Oct 31 2005

土屋
隆夫
推理小
作品集
08

盲目的烏鴉

土屋隆夫 著／張秋明 譯／傅博 總導讀／詹宏志、楊永良 全力推薦

千草檢察官系列

土風陸江人

土屋隆夫親筆簽名

土屋隆夫｜攝於 1985 年 3 月，光文社提供。

土屋隆夫
TSUCHIYA TAKAO
推理小說作品集
08

Contents

孤高寡作的解謎推理大師・土屋隆夫

傅博

日本推理小說的源流

第二次世界大戰前的日本推理小說的主流是非解謎為主題的「變格探偵小說」（在日本偵探稱為探偵）。「變格」的對義語是「本格」，都是日本獨有的造語。「本格」的原義是「具全原來的格式」，而含有非正規成分的事象都稱為「變格」。

當時，還沒有「推理小說」這個文學專有名詞。凡是偵探登場解謎的小說，以及非現實性內容，而具怪奇、幻想、耽美之要素的小說都稱為「探偵小說」，此一專有名詞翻譯自英國稱柯南・道爾所發表的「福爾摩斯探案」系列這類小說為Detective story。

由此可知，在英國是指記述具有謎團的事件發生後，由偵探的合理推理，而解謎破案之經過為主題的小說稱為偵探小說。

但是在日本，一九二三年江戶川亂步發表處女作〈兩分銅幣〉，奠定日本推理小說的基礎後，很多人嘗試這類新大眾文學的創作。因為人人各具不同個性、不同思想、不同才華，其表達形式和作品內容自然有異，也就是說，新人作家的作品，各具其特色，但是符合偵探小說創作要件的並非全部。

當時，唯一刊載推理小說的雜誌是《新青年》月刊，這些非正統偵探小說，只是故事新穎、內容有趣，該刊即給與發表機會。月增年盛，後來居上的情況下，成為一大洪流。對於偵探小說的本質與定義這個問題，曾經引起廣泛的討論。結論是，凡是具有偵探登場之推理解謎的小說稱為「本格探偵小說」，而非現實性的怪奇、幻想、耽美等為主題的小說，合稱為「變格探偵小說」。

這種偵探小說二分法，一直沿用到一九五〇年代。

一九五七年，松本清張出版《點與線》和《眼之壁》，仁木悅子發表《貓老早知情》之後，「推理小說」才取代了「探偵小說」這專有名詞。

推理小說原來有兩種涵義，第一種涵義是，以寫實手法撰寫的偵探小說，作品本身不帶「社會批評」的色彩，如仁木悅子的作品。第二種涵義是，同樣以寫實手法，記述社會矛盾而發生的事件之經過與收場，並重視犯案動機的小說，作品本身就是社會批評，如松本清張的作品，所以這一類又稱為社會派推理小說，簡稱社會派。

也就是說，推理小說與社會派推理小說原來是不相同的，但是，後來兩者劃上了等號。本文主旨不在探討此問題，不詳述其經過與作品內容的演變。話說回來，第二次世界大戰爆發的一九三九年，日本政府認為偵探小說是「敵性文學」，全面封殺、禁止創作、發表、出版。大戰終結後，偵探小說的文藝復興之機運到來。終戰翌年的一九四六年四月，橫溝正史率先在新創刊的偵探雜誌《寶石》月刊，開始連載「金田一耕助探案」系列首作《本陣殺人事件》，而五月又在三月間創刊的偵探雜誌《LOCK》月刊，開始連載戰前所塑造的名探「由利麟太郎探案」系列之《蝴蝶殺人事件》。

這兩部長篇都是戰前罕見的純粹解謎為主題的本格偵探小說。尤其是前者，其和式建築的密室殺人設計之發明與成功，成為一股力量，令三九年之後，不得不改寫非偵探小說的作家重獲信心，回到推理創作園地，並且還使一群年輕人加入推理創作陣營。

推理小說復興後的主流是本格。如「戰後五人男」中，除了撰寫秘境冒險小說的香山滋和文學派的大坪砂男兩位，島田一男、山田風太郎以及高木彬光三位，都是從解謎推理小說出發的。

日本推理小說史上，戰後期是指一九四五至五六年的十二年。戰後五人男的「戰後」，實際上是指大戰結束後第三年的一九四七年。這年發表處女作而登上推理文壇的新人不少，最具創作成就的即是他們五位。他們與兩年後的四九年登龍的鮎川哲也、日影丈吉、土屋隆夫三位，就是戰後派的代表作家。

鮎川哲也與土屋隆夫屬於本格派，一生只撰寫解謎推理小說，日影丈吉雖然是文學派，其長篇都是解謎推理。這三位戰後第二期作家的共同特色是孤高寡作，頗受讀者愛戴。

但是他們在推理文壇確立作家地位，與戰後五人男相較，晚了數年，須待到一九五七年以後。原因除了作家本身的作品不多之外，一九五〇年以後，混亂的戰後社會漸漸恢復秩序，不正常的出版社林立，也須時代考驗，不適合生存的即被淘汰，減少大半，作家發表作品的機會，自然也受到影響，推理作家也不能例外。如四六至四七年間新創刊的推理雜誌就有十二種，五〇年以後只剩《寶石》與通俗推理雜誌《妖奇》兩種，由此可知當時出版界情況。

今年時值終戰六十周年，八位戰後派，現在只剩土屋隆夫一人繼續寫作生涯外，其他七位都已逝世了。土屋於去年（二〇〇四）二月，年滿八十七歲時還出版了第十三部長篇《著魔》呢！

土屋隆夫的推理文學世界

土屋隆夫於一九一七年一月二十五日生於長野縣。中央大學法學部卒業後，在三輪肥皂公司上班，之後轉職影片配級公司宣傳部，業餘撰寫劇本。戰後歸鄉（信州立科町）最初在小劇場當經理，四七年任教蘆田中學，業餘仍然繼續寫劇本，選擇推理創作為終身職業前的土屋是演劇青年，其作品曾經獲得「信濃每日新聞社腳本獎」。這段時期所創作的劇本有三十餘篇。

一九四九年，對土屋隆夫而言，是生涯中最大的轉捩年。事因是：

江戶川亂步有一篇很有名的評論，題為〈一名芭蕉的問題〉，芭蕉不是水果名，是日本傳統定型短詩的俳句文學大師（一六四四～一六九四年），他是將當時庶民遊戲詩（俳句）的品質提升到文學境界的俳句革命者。（同樣是傳統定型詩的短歌，又稱和歌，是當時的貴族文學）。

這篇是江戶川為第二次偵探小說藝術論論戰而寫的評論。第一次論戰在一九三六～一九三七年間，本格派甲賀三郎與文學派木木高太郎是事主，參與論戰的作家、評論家不在少數，各說各話沒有結論。終戰後，木木重新主張偵探小說可成為最高藝術（本文篇幅有限，不能詳述兩次論戰的內容與經過），因此江戶川亂步針對這問題提出見解，同時也表達了自己的推理小說觀。

此文主旨為，推理小說如果出現芭蕉級大師來改革，推理小說的品質自然而然會成為藝術；不必紙上談兵，期待這樣大作家的登場，並鼓勵木木去做芭蕉的工作。事後，土屋隆夫讀了這篇評論，決心放棄劇本創作，撰寫推理小說。

於是一九四九年，土屋把推理小說處女作〈「罪孽深重的死」之構圖〉投稿四月舉辦的「《寶石》百萬圓懸賞比賽」，十二月獲得C級第一名。這次為《寶石》創刊三周年而舉辦的紀念徵文，可以說是日本推理小說史上最盛大的一次。向讀者簡介如下：

《寶石》於一九四六年四月創刊後，即舉辦短篇推理小說徵文，當年十二月便發表七名不分等級的入選者。上述的香山滋、山田風太郎、島田一男三位就是這次的入選者。（第二、三屆沒有得獎者）。這次比賽是第四屆，與以往不同之處是分為A級（長篇）、B級（中篇）、C級（短篇）三種。得獎者一共有十四位（作品十五篇）。土屋之外，鮎川哲也（長篇第一名）與日影丈吉（短篇第二名）都是這次得獎者，可見這次徵文是成功的。

在日本，不止是推理作家，大多數小說家默默地創作，始終只向讀者提供其作品，不發表自我的文學觀。但是，土屋隆夫卻不同，是一位稀有的、樂以公開自我推理小說觀的

小說家。他在〈私論・推理小說是什麼?〉(一九七二年三月,發表於《現代推理小說大系第十卷》)一文的冒頭說:

「想要研究一位作家的話,首先要閱讀他的處女作。因為裡面隱藏著想要知道他的重要關鍵。他,第一次站在出發地點時的姿勢,與其後跑完全程時,並沒有多大變化。」

這意謂處女作是該作家的原點,古今中外,雖有少數例外,很多作家以身作則證明過了,不必多言。那麼土屋隆夫的出發點〈「罪孽深重的死」之構圖〉,與之後五十多年的作品關係如何呢?

湯本智子是孤兒,大戰中喪失母親和弟弟。之後寄居在伯父泉弘人家裡。弘人是畫家,三個月前妻子道江突然服毒自殺,沒留下遺書,死前只說「我的自殺是罪孽深重的死」,由此,被認定是自殺。湯本智子來訪的八天前,弘人留下一幅題為「罪孽深重的死」之繪畫而自殺。其自殺現場與「罪孽深重的死」的構圖很類似。

這天早上八點半,湯本智子來訪伯父的友人美術評論家相原俊雄。故事是從智子的訪問寫起,全篇以第三人稱單視點記述,上述的故事分為六章節,奇數節由作者說明故事、偶數節由智子與相原的對談形式進行。故事不複雜……如果再寫下去,恐會揭開謎團,只可以說全篇是針對上述兩起自殺事件的推理、解謎,最後作者還替讀者準備了意外收場。

從故事主題而論,是一篇結構很精緻的解謎推理小說。誠如作者在其處女長篇《天狗面具》裡所揭櫫的偵探小說論:「簡單說,偵探小說是除算的文學。其實,把很多謎團除以名偵探推理後,其結果不可有任何餘數。」亦即十分著名的「事件÷推理=解決」公式。

另從故事的包裝而論，它不具當時之本格派的浪漫性與怪奇性。是一篇寫實、樸素，具文學氣息的作品。

九年後，土屋隆夫才獲得出版處女長篇《天狗面具》的機會，這段時間，總共發表三十三篇解謎推理短篇，平均兩年發表七篇。在日本，這樣的創作量不止在推理文壇，就連在大眾文學文壇而言，都算是非常寡作，但是每篇均是水準之作。

寡作之外，加上五十多年來一直居住在信州農村，過著名副其實的「晴耕雨寫」的生活，與東京文壇不往來的不同流俗的孤高性格，獲得多數推理小說迷的肯定，推崇為解謎推理大師。

二〇〇一年，土屋隆夫獲得光文Scheherazade文化財團主辦的第五屆日本推理文學大獎，此獎是日本推理文壇唯一的功勞獎，贈與對日本推理文學有貢獻的作家或評論家。由此，也可知土屋隆夫在推理文壇的地位。

這次筆者為了撰寫本文，重新仔細閱讀了〈「罪孽深重的死」之構圖〉後，按其出版順序，讀了土屋隆夫五十多年來所創作的十三部長篇推理小說。發現了「土屋推理文學」自處女作以來，一直由兩大要素所構成。

第一就是：事件除以推理等於沒有餘數的解決之謎團設計。

第二就是：以寫實形式包裝故事，使虛構的故事具現實感和文學氣息。

這兩大要素的成分比例，雖然每篇作品有異，但是越後期的作品，文學氣息濃厚是不容否認的事實。

揭開「土屋隆夫推理小說作品集」的真面貌

這次，土屋隆夫授權商周出版社，在台灣發行中文版「土屋隆夫推理小說作品集」全套十三部。按作者的發表順序簡介如次（括弧內是解說執筆者的姓名）：

1.《天狗面具》，一九五八年六月出版。以戰後的封建農村（牛伏村）為背景，地方選舉勾結偽宗教而發生的連續殺人事件為主題的不可能犯罪型推理的傑作。是一篇值得肯定的社會派推理小說的先驅作品。（橫井司）

2.《天國太遠了》，一九五九年一月出版。十八歲的少女，留下一首正在社會上流行的厭世歌謠〈天國太遠了〉的歌詞而死亡。自殺抑是他殺？厭世歌詞暗示什麼？事件背後的動機又是什麼？不在犯罪現場型的社會派推理小說。（村上貴史）

3.《危險的童話》，一九六一年五月出版。假釋出獄的青年，在女鋼琴老師家裡被殺，兇器從犯罪現場消失，投書給當局的明信片上的指紋意味著什麼？童話詩的故事暗示什麼？不可能犯罪型解謎推理小說。土屋隆夫的代表作。（小椰治宣）

4.《影子的告發》，一九六三年一月出版。百貨公司的電梯上升到七樓，最後的男乘客突然說了一句「那個女人……在……」而倒地死亡。在三樓參觀書道展的千草檢察官被捲進事件。不在犯罪現場型解謎推理小說，土屋隆夫的代表作，日本推理作家協會獎得獎

作。千草檢察官系列的首作。（山前讓）

5.《紅的組曲》，一九六六年十二月出版。桌布上三個0的血字、在溫泉旅館發現的紅色睡衣以及紅色封面的日記本等，一連串的紅色之謎對連續殺人事件有什麼暗示？不在犯罪現場型解謎推理小說。千草檢察官系列的第二部作品。（大野由美子）

6.《針的誘惑》，一九七〇年十月出版。幼兒被綁票，母親帶贖金到嫌犯所指定的現場，卻在眾人的監視下被刺殺，沒人目睹兇手。綁票小說的懸疑加準密室殺人的不可能犯罪型解謎推理的傑作。千草檢察官系列的第三部作品。（吉野仁）

7.《獻給妻子的犯罪》，一九七二年四月出版。因車禍失去性功能的「我」，在打惡作劇電話時，被捲進犯罪事件。由於好奇心，「我」積極參與解謎。作者從本篇起，作風丕變，本篇的基底雖是解謎，卻摻入冷硬、懸疑、犯罪等推理小說子領域的諸多要素，文學氣氛很濃厚。（新保博久）

8.《盲目的烏鴉》，一九八〇年九月出版。以短篇〈泥塑文學碑〉為底本改寫的文學性濃厚的長篇。一名評論家在小諸車站消失，數日後，在千曲川河邊發現其上衣、小指以及寫有「烏鴉」的紙片。又，劇作家在東京的咖啡館說了「白色烏鴉」而死亡。兩件與烏鴉有關的事件，是否有關聯。千草檢察官系列的第四部作品。（千街晶之）

9.《不安的初啼》，一九八九年十月出版。在製藥公司董事長宅的庭園，女傭被姦殺。兇手是醫科大學教授。有名譽又有地位的教授，為什麼做出這種沒廉恥的事件呢？動機的解析是本篇的主題。千草檢察官系列之異色而最後一部作品。（山前讓）

10.《華麗的喪服》，一九九六年六月出版。全書記述一個帶著四歲女孩被綁票的少婦，與綁票兇手如何一起逃亡。謎團是這名年輕人為何要綁架這名少婦，也是一篇很難分類的愛情、懸疑、犯罪的混合型小說。（權田萬治）

11.《米樂的囚犯》，一九九九年七月出版。推理作家被大學時代當家庭教師時的女學生綁架監禁。監禁期間，作家的徒弟被殺。學生為何監禁老師，監禁事件與殺人事件是否有關聯。是一篇探討犯案動機的解謎推理小說傑作。（鄉原宏）

12.《惡聖女》，二〇〇二年三月出版。內容與架構都非常異常。土屋隆夫在本篇以說故事的身分出現。他從一名有三個乳房的「惡聖女」聽來的奇怪犯罪生涯，除了用小說的形式記述之外，還在故事裡露面講評事件。（末國善己）

13.《著魔》，二〇〇四年四月出版。土屋隆夫發表處女作〈「罪孽深重的死」之構圖〉以來，已歷經五十六年，這第十三部長篇，總之是回到長篇的原點了。《天狗面具》的牛伏村，又發生連續殺人事件，這次的偵探是當年的土田巡查，但是他已升官為警部，職位是刑事課長。這樣的故事設計，容易引起讀者的鄉愁。是一部文學性加不在犯罪現場型解謎的推理傑作。（未定）

這十三篇導讀，由當今推理文壇最活躍的評論家分別執筆。筆者相信台灣讀者，可由此獲得很多啟示，不管創作或閱讀皆然。希望讀者珍惜這次難得機會，好好地來閱讀這套「土屋隆夫推理小說作品集」。

二〇〇五・六・六

本文作者簡介——傅博

文藝評論家。另有筆名島崎博、黃淮。一九三三年出生，台南市人。於早稻田大學研究所專攻金融經濟。在日二十五年以島崎博之名撰寫作家書誌、文化時評等。曾任推理雜誌《幻影城》總編輯。一九七九年底回台定居。主編《日本十大推理名著全集》、《日本推理名著大展》、《日本名探推理系列》以及日本文學選集（合計四十冊，希代出版）。

推薦序

小說的推理　推理的小說

楊永良

前景

「推理小說即詐術的文學。」——土屋隆夫

在魔術師面前的美女為何突然凌空漂浮起來呢？放進玻璃杯內的硬幣為何消失了呢？為什麼魔術師能夠猜中撲克牌呢？高木重朗在《魔術心理學》中指出人類心理的漏電現象，越是告訴自己不願掉進陷阱，反而就越掉進陷阱。人的心理充滿了錯覺與先入為主的觀念，因此容易受到誤導。

以最簡單的魔術來說，例如夜市馬路邊的一個老人，他讓小紙團在空中飛舞，照著他的只是一盞小小的燈泡。若將謎底拆穿，其實，讓紙團飛舞的道具是黑色的尼龍絲，要讓尼龍絲不被看到，適度的黑暗是必要的。黑暗不僅讓人看不到尼龍絲，而且減弱了人的理性。但是，人總是會懷疑黑暗的，所以魔術師不能將燈光調得太暗。

如果魔術師只有這樣還不能當魔術師。魔術師知道人會懷疑黑暗，因此他在桌上擺一盞檯燈，打開開關後，燈亮了。接著，他將燈泡轉離燈檯，但是燈泡卻依然亮著，而且還能在空中飛來飛去。魔術師知道你懷疑黑暗，所以他故意使用點亮的燈泡當道具。

高木重朗說，推理作家江戶川亂步的小說中不但經常出現魔術，而且他也經常邀請魔術師（包括高木重朗）到推理作家協會去表演。所以推理小說家其實就是小說的魔術師。

近景

有的推理小說看完了就不想再看。但是有的推理小說卻散發出高貴的文學氣息，讓人徜徉在文學的森林當中。兩、三年前，有一個日本作家在《讀賣新聞》的青少年版中向青少年大力推薦土屋隆夫的推理小說。他說他在中學時，每看完一本土屋隆夫的小說，就會期待下一本趕快出版。但是我們知道，土屋隆夫算是一個慢工出細活的少產作家。而且他是目前日本「本格推理小說」界的代表。他曾說過：「本格推理小說就是推理小說中的楷書。」這句話有多方面的涵義，我們先從本格推理小說談起。

「本格推理小說」一詞，大部分的台灣文壇皆直接引用，或翻譯成「傳統推理小說」，但是我認為應該譯成「正統推理小說」較為適當。因為日語「本格」的原意是「正式」，或可引申為相對於旁門左道的「正統」。

土屋隆夫說：「偵探小說就是除法的文學。」也就是「事件」除以「推理」等於「解決」。這句話的真意就是，作家在小說中的種種佈局、伏筆、懸疑，在解開謎底之後，必須全部解決得一乾二淨，不能留下絲毫的矛盾或疑團，而且不能讓讀者想出更佳的解謎方式。這就是「本格推理小說」。

遠景

再回到「本格推理小說就是推理小說中的楷書。」一語。土屋隆夫認為，現在很多推理小說家寫作態度不夠嚴謹，就如同楷書還沒寫好就先寫行書或草書。我並非書法家，不知道楷書與草書之間的關係。但是有一件事是可以確定的——寫楷書不但較費時間，而且一個不懂書法的人也可以判別楷書作品的優劣。

雖然土屋隆夫一再強調本格小說才是推理小說的正統，但是他也主張，所謂推理小說，除了要有「推理」的部分，也要有「小說」的部分，而且在他的眼中，推理小說是小說中的一個範疇。也就是說，要成為一篇好的推理小說，也一定要是好的文學作品。

土屋隆夫有一篇文章探討江戶川亂步所寫的〈一名芭蕉的問題〉。亂步在文章中寫出，芭蕉之所以被稱為詩聖，那是因為他將原本是市井小民戲謔寫作的「俳諧」，提升到崇高無比的藝術境界，甚至達到了哲學的層次。江戶川亂步既期待又感嘆地說，推理小說家中究竟有誰能成為推理小說界中的芭蕉呢？土屋隆夫說：「江戶川亂步始終在通俗的作品與崇高的藝術兩邊痛苦地徘徊。」我們不知道土屋隆夫是否也有同樣的心境，但是我們看他的小說，絕對不僅僅是膚淺的解謎推理小說而已。

背景

土屋隆夫的長篇推理小說，從第一篇《天狗面具》到最近的一篇《著魔》，裡面有所謂的本格推理小說，也有幾乎與一般小說無異的《聖惡女》。

小說中有人物，有情節。推理小說要吸引人，通常都會出現帥哥美女，或是有神通的超級大偵探。但是土屋隆夫的小說中的人物，都和我們身邊的人物沒有兩樣。這或許和他對生活的態度有關，他的職業欄上寫的並不是「作家」，而是「務農」。這種晴耕雨讀的生活，無疑的，對他的小說的基調會有絕對的影響。

小說要吸引人讀下去，即使是最嚴肅的小說，基本上要有懸疑性，也就是說要讓人想知道情節究竟怎麼發展？而推理小說就是將這懸疑性發展到最高點的小說。

雖然土屋隆夫強調本格推理小說，但是其實他的推理小說非常注重動機的部分，這動機也就是犯人的心理背景。在他縝密地分析犯人的深層心理之後，作品的深度自然就增加了。另一方面，他並不主張社會推理小說，但是他的作品卻非常具有社會性。我們看了他的小說，總會感受到生命或生活中極為深沈的黑暗部分。

全景

土屋隆夫自己說過，要了解一位作家，最好熟讀他的第一篇作品。而且他又說，作家好像是在圓周上的孤獨跑者，從處女作品出發，最後再回到了處女作品。不過，作為今日推理小說界的大將，他的作品雖然讀者各有所好，但幾乎都是讓人不忍釋手的作品。

要了解土屋隆夫推理小說的全景，最好還是看完他的全集吧。

本文作者簡介——楊永良

一九五一年出生，專攻日本學，日本明治大學法學博士，現任國立交通大學通識教育中心教授。曾任交通大學通識教育中心主任、中國文化大學日本研究所所長，台灣日本語文學會會長。近作《日本文化史——日本文化的光與影》（語橋出版社）。

尋訪土屋隆夫

詹宏志推理文學行旅

經過長達兩年的交涉，和日方出版社光文社多次的會議與拍攝景點實地勘景之後，商周出版終於完成了臺灣推理小說出版史上，首次以影像呈現「尋訪日本本格推理小說大師土屋隆夫以及作品舞台背景」的創舉，由詹宏志先生帶領讀者進入土屋隆夫堅守本格推理創作五十年的輝煌歷程，親炙一代巨匠的典範風采。（本文第三十六、三十七頁涉及《影子的告發》、《天狗面具》的詭計。）

（詹宏志先生〔以下簡稱詹〕訪問土屋隆夫先生〔以下簡稱土屋〕，敬稱略。）

詹：土屋先生，在西方和日本像您這樣創作不斷卻又寡作，寡作卻又部部作品皆精的推理小說家，非常罕見。在寫推理小說之前，您讀過哪些本國或是西方的推理小說？有哪些作家、作品是您喜愛的嗎？您覺得自己曾經受哪些作家影響嗎？

土屋：我沒有特別受到其他作家和作品的影響。我記得三歲的時候家裡的大人就已經教我平假名了。當時日本的書籍或報紙，只要是艱深的漢字旁邊都有平假名，我就這樣漸漸學會難懂的漢字。等於我三歲開始識字，五歲就會看女性雜誌了（笑）。上小學時——日本是七歲上小學——我就已經開始看大人的作品，也就是很少會標注平假名的書。我大量地看書。一開始，我看時代小說，這類作品看了很多。後來念中學、大學的時候，因為沒有閒錢也不能四處遊玩，便去東京一個叫神保町的地方，那裡有很多舊書店，堆滿了許多便宜的舊書，我買了很多書看。我從那些書裡讀到了喬治．西默農的作品，他的作品深深感動了我。到那時為止的所謂偵探小說，都是老套陳腐的名偵探與犯人對決的故事，西默農的作品則截然不同，令我非常感動。我想如果我也能寫這樣的東西該有多好。日本從前的偵探小說總是用很突兀離奇的謎團、詭計，解謎是偵探小說的第一目標。然而西默農卻更關注人的心理活動，即使不以解謎為主，也可以寫成偵探小說。我感受到他的這種特色，而且也想嘗試看看。

後來我畢業了，當時正值日本就業困難之際，謀職不易。我想應該得先找到工作，總得糊口。所以我進了一家化妝品公司上班。日本有個叫歌舞伎座的劇場，那裡會上演一些舊的歌舞伎戲碼，那家化妝品公司和歌舞伎座合作宣傳，招攬觀眾入場。因此我當時的工作就是看歌舞伎表演，本來要花錢看的歌舞伎，對我而言卻是工作。看著看著，我覺得創作也許很有意思。當時有一個叫松竹的演劇公司專門演出歌舞伎，他們有一個讓業餘人士參加的劇本選拔企劃。我一天到晚都在看歌舞伎，覺得自己應該也能寫劇本，因而投稿，結果稿子入選了。所以我覺得或許能靠寫歌舞伎劇本為生。此後我真正努力的目標，應該就是劇本的創作了。

正當我學習創作劇本時，戰爭爆發了，這時哪還輪得到寫劇本呢。我也曾被徵召入伍，當時和我同齡的夥伴，有百分之八十以上都死了吧。只有我還這麼活著，好像有點對不起他們。

我回到農村以後，沒別的事情可作。我父親曾是學校的老師，但當時已經去世了，只剩下我母親，我們生活很困苦，因為那是什麼工作也沒有的時代。所以當時就有了黑市，比如買來便宜的米再高價賣出，便能賺很多錢。有個從黑市賺了很多錢的暴發戶建了一個劇場，雖然劇場建好了，他可是一點都不知道如何才能從東京將明星請來。而我曾經在東京的歌舞伎界工作，認識很多演員，所以他雇用我去邀請他們，於是我從東京請來演員在我們這裡的劇場演出。除了歌舞伎演員之外，我還請來話劇演員和流行歌手等等。我就以這個工作維持生計，但又覺得這也不是長久之計。

有一天我看到《寶石》註[1]雜誌刊登一則有獎徵文的啟事，徵求偵探小說，當時不叫推理小說，而叫偵探小說。我以前就想寫時代小說、偵探小說和劇本，只要是在稿紙上寫字就能賺到錢的話，我什麼都能寫。我回想起在讀西默農作品時的想法，因此寫了篇偵探小說參加比賽。我當時的投稿作品便是〈「罪孽深重的死」之構圖〉，是一篇短篇，並且得了頭獎。在那之後我便開始寫推理小說了，所以我並不是基於某個明確目的，不過是迫於生計而開始寫作的。對我而言，這是個輕鬆的工作，只要寫小說就能生活，天下沒有比這更輕鬆的工作了。總之，我並不是看了哪篇作品而深受感動以後才寫作，它只是我維持生

註[1]日本推理小說雜誌，自一九四六年四月創刊至一九六四年五月停刊為止，共發行二百五十期，是日本戰後推理小說復興的根據地。

計的方式。不過在寫作的過程中，我看到了江戶川亂步先生的小說，他是日本著名的作家。他曾經在文章中提到：推理小說也可能成為優秀的文學作品。日本有俳句，即用十七個字寫出的世上最短的詩，松尾芭蕉在十七個字裡，濃縮了世間萬象。如果能用芭蕉的智慧和匠心，說不定推理小說也有成為至高無上的文學作品的一天。我看了這段話深受感動，心想，那我就好好地寫推理小說吧！我是這樣進入了推理小說的世界。

詹：您提到了喬治西默農，他是用法文寫作的比利時作家，我覺得千草檢察官看起來有點西默農的味道，但是，西默農是七天寫一部小說，而您是十年才有兩部作品的作家，也有很多地方不一樣。我搜索記憶中的例子，覺得英國女作家約瑟芬．鐵伊（*Josephine Tey*）也許差可比擬。她從戰前一九二九年的《排隊的男人》（*The Man in the Queue*）寫到一九五二年的《歌唱的砂》（*The Singing Sands*）總共只有十一部小說（用時間和比例來看，您更是惜墨如金的少作了），數量不多，質量和成就卻很驚人。我特別感覺到，您和她的作品都在本格的推理解謎中帶有濃郁的文學氣息。先生曾經讀過鐵伊的作品嗎？

土屋：嗯，讀過。但是現在不太記得了，不過我想我應該讀過《時間的女兒》。不過我基本上沒有受到外國作品的影響。

詹：日本推理小說的興盛是在大戰之後，距西方推理小說的黃金時代已有半個世紀。西方的黃金時代是自十九世紀末就開始的。那麼推理小說的形式、技巧、特別有意思的詭計設計，或社會現象的發掘，西方作家已經做得非常非常多，幾乎開發殆盡。而日本的推理小說，不管是本格派還是社會派，您認為它是如何在這種已經遠遠落後的局面中，發展出它獨具特色的推理小說？如今在全世界的推理小說發展中，日本是最有力量的國家之一，不僅擁有國內的讀者，在國際上也有獨特的地位。您覺得日本推理小說和西方推理小說，有些什麼不一樣的地方嗎？

土屋：很多人都說我是本格派作家。本格派是以解謎為中心，那麼，詭計是不是會用盡？很多人都寫過密室殺人，已經沒有新意了。那麼，本格派就已經沒有市場，沒有新東西了，也就是說，本格派推理小說要從這個世界消失了。這樣的說法，從幾十年以前就出現了。以前日本有一本叫《新青年》註[1]雜誌，是一本以偵探小說為主的雜誌。每年都有人在上面寫：偵探小說就要沒了！偵探小說就要消失了！可是，偵探小說從來沒有消失，它流傳至今，並源源不絕。為什麼？以我自己的作品為例，我獨創了幾種詭計放在小說裡，都是沒有人使用過的。也就是說我一個人就能設計出詭計，而日本有一億幾千萬的人口，大家都來寫推理小說的話，就會有一億幾千萬個詭計。所以我一直認為詭計不會絕跡，因為人的思考能力是無限的。不肯思考的人會覺得沒得寫了，肯思考的人就會覺得無邊無際。我對推理小說充滿期望，還有很多嶄新的詭計尚未被使用呢。

詹：剛才先生提到寫作的起源時，說到您在劇場對創作劇本也很有興趣。現在在新版的文庫版註[2]裡，也有您寫的推理獨幕劇。既然您這個興趣由來已久，為什麼在戲劇上的

註[1]日本雜誌名，自一九二〇年一月起至一九五〇年七月停刊為止，共發行四百期，是日本戰前偵探小說的重要根據地。
註[2]日本光文社的新版紀念版本，共九本。

發展這麼少呢？

土屋：我寫過電視劇，以前曾經幫NHK寫過三十七、八個劇本呢。但是我現在住在鄉下，沒有辦法多寫戲劇，因為沒有演員也沒有劇場。以前我也曾經在戲劇雜誌上發表劇本，但是未能上演，寫了卻不能演出的話，也就缺乏動力了。不過我也曾好好地寫過一陣子，在世界大戰剛結束時，東京著名的一些劇作家曾經因為疏散而住在我家附近，他們辦了戲劇雜誌，我也在上面發表了幾個劇本。但是沒有辦法在舞臺上演出，在這種鄉下只是寫寫劇本，然後發表在沒什麼名氣的戲劇雜誌上的話，會消耗自己對戲劇的熱情。如果我一直在東京的話，就會堅持下去；但回到鄉下以後，沒有舞臺、演員、導演，我的熱情便漸漸冷卻了。但是，即使是現在，如果哪個一流的劇團找我寫劇本的話，我還是會寫的。

詹：您提到因為讀了江戶川亂步的文章而激起了創作推理的熱情，我也看過您在其他文章中談到，您曾經寫信給江戶川亂步，提出您對松本清張的評價，您也寫過追思亂步的文章。我很想知道您和江戶川亂步的私人友誼、交往的情況。而您今天又如何評價江戶川亂步在日本整個推理小說發展中的位置？

土屋：江戶川亂步先生在日本是非常受人景仰的人物。他是非常博學廣聞的人，不光只是偵探小說而已，他什麼都懂，就像個大學教授一樣。我在參加《寶石》雜誌的小說比賽得獎之後，第一次接到江戶川先生的信。在那之後，雜誌因為經營不善幾乎面臨倒閉，江戶川先生自掏腰包付稿費給作者，自己當編輯，讓雜誌能夠經營下去。他的編輯工作包括向作者邀稿等等，他也曾寫了很多信給我。他是一個凡事親力親為的人，雖然身居高位、又是日本最大牌的推理作家，卻親筆寫信給我這個住在鄉下、默默無聞的小作者；而且每一封信都相當鄭重其事，我們就這樣持續著書信的往返。記得我寫出第一篇長篇小說後，因為住在鄉下，不認識出版社的人，也不知道哪裡能為我出書呢！那部作品就是《天狗面具》。因此我的朋友將這本書引介給他認識的出版社，這書就這麼出版了。可是我是一個無人知曉的作者，又是第一次出書，便覺得應該請一位名人替我寫序，為我的書作介紹。於是我便想拜託江戶川先生。雖然心想像江戶川先生這樣有名的人，怎麼可能替我的書寫序呢？但凡事總得試試，我便去拜託他，沒想到江戶川先生說：「好，什麼時候都行。」這是我第一次去東京見江戶川先生，他家在立教大學附近。見了面之後，我便拜託他為我作序。

不久以後，我寫了《影子的告發》，一樣是在《寶石》發表，這篇作品獲得日本推理作家協會獎。當時江戶川先生已相當病弱，但在協會獎的頒獎典禮上，他老人家還是出席，在台上親手頒獎給我。這就是他最後一次出席該獎的頒獎典禮了，之後，先生臥病在床，不久便仙逝了。總之，我與江戶川先生的交往，基本上是以書信往來為主。再微小的事情，只要問他，他總是認真回答。到目前為止，我從未見過像他那般卓越，卻又如此平易近人的人，對我來說他真像神一樣高高在上。不論問他任何小事，他都立即回信。這樣的大作家真是少見，真是位高人。

詹：千草檢察官是您創造的小說人物，可能也是日本推理小說史上最迷人的角色之一。他和眾多西方早期福爾摩斯式的神探很不一樣，既不是那種腦細胞快速轉動的思考機器，也沒有很神奇的破案能力。他和您剛才提倡的西默農小說裡的馬戈探長有些類似，比較富於人性，是比較真實世界的人物，生活態度很從容。可是我覺得千草檢察官比馬戈探長更有鄉土味，像是鄰家和善長者。他的技能只是敬業和專注，靠的是勤奮的基本線索整理，以及他的員警同事的奔走幫助。他注意細節，再加上點運氣，這是很真實的描寫。不像那種比真人還要大的英雄，這種設計有一種很迷人的氣質，甚至讓人想和他當朋友。西默農的馬戈探長是用七十部小說才塑造成功，而您則是用了五本小說便留下了一個讓人難忘的角色。那麼，千草檢察官這個角色，在您的生活當中有真實的取材來源嗎？就好像柯南·道爾寫福爾摩斯的時候，是以他的化學老師貝爾當藍本，千草檢察官是否有土屋先生自己的影子在裡面？您和千草檢察官相處這麼多年了，您能否說一點您所認識的千草檢察官，談一下這個角色的特色。

土屋：千草檢察官在我的小說裡的角色是偵探，這個角色首次出現在《影子的告發》。日本作品中的偵探，往往都是非常天才的人物，看一眼現場，就像神仙一樣地發現了什麼，然後又有驚人的推理能力——「啊，我知道誰是犯人了！」這就是從前的偵探小說。但我認為世上並不存在這樣的神探。日本的偵探一般就是刑警和檢察官，特別是檢察官，他們一般都能指揮刑警，讓他們四處調查，他們有這樣的權限。在日本發生犯罪事件時，檢察官可以去各地調查，這是法律賦予他們的權限。我心想如果讓檢察官當小說主角的話，他就可以去任何地方進行調查。而如果讓刑警當主角的話，比如說是長野縣的刑警，就只能在縣內活動，如果要去縣外，就得申請取得許可，否則無法展開行動。而檢察官呢，法律賦予他權力，他可以四處調查，這樣的角色比較容易活用吧？這就是我以檢察官當主角的理由。從前日本書中的偵探都像神仙一般，我覺得很沒意思，還不如那種就在我們身邊，隨時可見，也能夠輕易開口和他攀談的普通人。但就算是這種普通人，只要認真地調查案件，也能逼近事件的真相。我就是想寫這樣的角色，不是那種神奇的名偵探，而是在家裡還會和太太吵吵嘴的普通人，我想要這樣的人來當主角，所以我創造了千草檢察官。正如您所說，他沒有任何名偵探的要素，只是一個普通的平凡人，這是我一開始就打算創造的人物。他能被大家接受和認同，我感到非常高興。這讓我知道原來在小說中也可以有這樣的偵探。

詹：我想再多問一點有關千草檢察官的同僚。例如大川探長、野本刑警，或是《天國太遠了》裡的久野刑警，也都是很真實很低調的人物，都有很重的草根味，就像您說的他可能出門前還會跟太太吵架。像刑事野本，看起來好像是一個一直在流汗的老粗，但是他又有很纖細敏感的神經，看到霧會變得像個詩人。他具有一種很有意思、很豐富而飽滿的角色設計。這個同僚也和西方的神探組合，即神探和他的助手這樣的對照組合不太一樣。神探好像總是超乎人類，而他的助手代表了平凡的我們，助手說的話，讀者讀來都很有道理，等到神探開口之後，才知道我們都是傻瓜。可是野本刑事和千草檢察官好像不是對照的方式，而是像剛才先生說的這種團隊的、分工的、拼圖的，他們用不同的方法尋找線索，慢慢地拼湊起來，整個設計不是要突出一個英雄。這真的和西方的設計很不一樣，您認為這是東西文化的差異嗎？東方的創作者才會創作出這樣的概念嗎？您可不可以多解釋一下像野本這樣的角色？

土屋：一般的作品都是要設計出福爾摩斯和華生這樣的組合，這也不錯。而我在創造了千草檢察官以後，就設想該由什麼人來擔任華生這個角色，考慮之後，就設計出野本刑事這個角色。我在作品中最花費力氣的部分是千草檢察官和野本刑事的對話。日本自古就有漫才[註1]這種表演，一個人說些一本正經的話，另一個人則在一旁插科打諢，敲邊鼓，逗觀眾笑，我想將它運用在小說之中。當讀者看書看得有點累時，正好野本刑事跑出來，和千草檢察官開始漫才的對話，這麼一來讀者不就覺得有趣了嗎？而就在這一來一往之中，也隱藏著逼近事件真相的線索，那就更加趣味盎然了吧。所以，那確實是在潛意識中想到福爾摩斯和華生而創造出來的兩個人物。

詹：那麼究竟有沒有原型呢？或是有自己的影子嗎？

土屋：呵呵，不、不，他們和我一點都不像的。

詹：先生在作品中常常會引用日本近代文學作品，很多詩句總是信手拈來的，您都是將這些作品的內容融合並應用到推理小說之中，《盲目的烏鴉》就是如此。在我閱讀的時候可以感覺到先生對於日本文學作品非常嫻熟和淵博，並且有很深的感情。這樣的文學修養在大眾小說的作家裡，其實是不多見的。您這麼喜歡純文學作品，為什麼選擇了接近大眾的推理小說的創作？您在大眾小說裡放這麼多純文學的詩句和典故，不會擔心它變成廣大讀者閱讀上的困難嗎？

土屋：我從三、四歲起就開始讀書了，幾乎讀遍了日本的文學作品。像是有很多種版本的文學全集，三十本也好、四十本也好，我全都讀完了。因此我在寫作時，這些東西很自然地便浮現在腦海。哪位作家曾經這樣寫過，哪位詩人曾經寫到這種場面等等，很自然地便會想起從前讀過的內容。因此我認為，如果在我的作品裡引用一些作家的詞句，可以替自己的作品增色，就像是替自己的作品增添點色彩。所以我就借用那些作家的一些文字，或者稍微介紹別人的作品，我覺得這樣挺好的。總之，就是我對文學的熱愛自然流露在作品中吧。還有一點，我曾引用過作品的那些作家，幾乎都以自殺終結此生。例如大手拓次，他耳朵不好，一生都很悲慘，其他我引用過的作家也都以自殺終了。我喜歡自殺的作家。（笑）

詹：關於您在小說裡的一些情節設計，如果回頭看當時寫作的時間，就會發現那些正是當時很流行的話題。比如人工授精、血型等等，這個趣味的地方和使用純文學作品是很不一樣的傾向，這又是怎麼回事？

土屋：那正是所謂的關注「現在」啊，我總不能寫脫離時代太久的東西。別的作家也是這樣吧。

詹：您用到這些題材的時候，是很新、很時髦的。

土屋：因為是寫「現在」，當然會這樣了。

詹：您曾經在《天國太遠了》（浪速書房版）的後記裡寫著：「我想要追求兩者合

註[1]類似中國相聲的日本傳統藝術表演。

一。」即是將推理小說當中的文學精神和解謎的樂趣，您是說想把日本推理文學中的本格派和社會派的對抗，把它從對抗轉成融合。在這些小說的發展之中，這似乎是很難兩全的。可能本格派的世界要比真實世界簡單太多了——就是解開一個謎團；而社會派這種比較複雜的描寫，則可能不太適合抽絲剝繭的解謎。但是，您說要讓這兩者合一，而從您的作品來看，也可以看出您達成了一部分，有一個接近真實的世界，但還是注重一種古典解謎的樂趣，這是非常非常少見的。您可不可以談談您對這一部分的看法？您針對兩者可以合一的創作觀點有什麼想法？

土屋：我似乎沒有特別介意這點。我以前曾經談過松本清張，他也和我一樣嘗試過這種做法，也就是說不止我一個人這麼做，很多人都有這種嘗試。

詹：這種真實性很高的古典本格推理創作的關鍵是什麼？

土屋：我以前看過很多偵探小說，如果問從前那些偵探作家，偵探小說最大的樂趣是什麼？也許他們會回答：是非常出奇的詭計設計，別人還沒用過的出奇詭計設計，那才是偵探小說的生命；但我不這樣認為。依我看，這個世界上的犯罪者也是和我們一樣有著普通智力的人，詭計也是這些人思考出來的。詭計不該是非常離奇的，而應該是在我們身邊的，只不過人有時會懶於思考或是思考不周，結果便失敗了。這不正是偵探小說的有趣之處嗎？這是我的看法。我至今從未設計缺乏真實性的詭計。我曾對一個評論家說過，我所寫的詭計都是自己實際驗證過的，這點令他覺得很有趣。例如，我曾經設計使用照相機構成的詭計，看起來像是今天拍的照片，實際上是昨天拍好的，這個詭計就在《影子的告發》

裡。要這樣做有很多種方式，比如將照相機的日期往回推之類的，而我則是拍好這張照片，然後翻拍，形成一種不必去現場而看起來像去過了現場的假象。總之這些都是我自己實際驗證的。翻拍的照片和普通拍攝的照片究竟有何不同呢，總之我全都一一實驗。又比如《天狗面具》裡，運用了神社祈福驅邪時神官拿的拂塵。如果在那拂塵的竹棍上開一個洞，用滴管注入毒素，是否就能將毒下到別人的茶杯裡呢？因為驅邪時人們都低著頭，若是茶裡被下了毒，應該沒人會知道吧？我想用這個方法設計詭計。事實上，我找了一根竹棍，開了一個小洞，上面綁了白紙，然後把太太叫來，讓她就像神社裡請神官驅邪時那樣在我面前，然後我告訴她我倒了茶給她，她嚇了一跳，問我什麼時候倒的茶？我說妳不知道？她說一點兒也不知道。我心想這個詭計用得上了。我的詭計都是經過這樣實證的，很真實，我不會寫不可能發生的詭計，但是我也曾經碰上糟糕的事情。有一次，我寫了一部有關中元的作品，所謂中元就是夏天時送禮給人的日子。中元禮品都是由百貨公司包裝的，如果我另外買一份，然後包裝好，請百貨公司的人發送，結果，吃了這份中元禮品的人死掉了。這可是百貨公司的人發送的禮品，和我完全無關吧？任誰也不會知道我是兇手。沒想到在我的周圍發生了類似的事件，有人吃了從百貨公司送來的中元禮物，結果吃壞肚子。當時雜誌上已經刊登這篇作品，我覺得這真是太糟糕了。讀過這篇作品的人對我說，有人因為看了你的文章，所以跟著做了。我真沒想到有人會用我作品中的手段，那一定是偶然吧？結果對方居然說，莫非就是你做的？我與那人根本毫無關係。因為和那人沒關係，所以警方沒有懷疑我，但是發生了與我所寫的手段同樣的事情，真有這種事呢！也就是說，我的詭計是十分真實的，誰都可以模仿照做。如果是非常離奇的詭計，就沒有人能模仿了，但我的卻是誰都可以做到。雖然偶爾發生類似的事件，讓我覺得很為難，但我還是認為，只有帶有真實性的詭計才可以用在小說裏。

詹：從讀者來看，您就像一個隱者，長期居住在這長野的山中，過著晴耕雨書的生活，很少出現在公眾場合或比較熱鬧的地方。大家對您的生活都很好奇。晴耕雨書，您真的是有一塊田地嗎？是種稻米、種蔬菜嗎？還是這塊田地只是文學上的一種比喻？能否談一談您在家鄉這種平靜的生活？您有那麼多的機會，為何選擇住在長野縣？這種生活與您的小說有怎樣的關係？

土屋：呵呵，這裡是我出生的地方呀。我們家族是從德川時代便移居至此的，算起來有四、五百年了，每一代都住在這裡。我家門前古時候叫中山道，是從東京可以直接步行走到京都的路，也是從前的諸侯到東京拜謁將軍時會經過的路途。當時的諸侯得組成諸侯行列，從很遠很遠的地方徒步前去拜謁將軍。率領自己的部下去東京見將軍，得花費很多錢。將軍擔心手下積累資金謀反，因此讓他們花錢來見自己，也是安定天下之策。諸侯領著眾多部下浩浩蕩蕩走來，一天走五、六十公里，總不可能一直走，他們需要休息住宿的地方。為了好好休息，也為了晚上不被偷襲，所以有「本陣」這種地方當作他們的驛站。從我祖父的爺爺那代起，我家便經營本陣，從四百五十年前起，我們家族便一直住在這裏。我年輕時曾在東京工作，之後發生戰爭，我歷經了兩次徵兵。戰爭結束，我回到家鄉之後，便沒離開過，一直住在自己家裡。我還會種地呢，以前身體更好的時候，我種過稻米，也種過蔬菜，現在老了，揮不動鋤頭了。到五十歲為止，我都一直種菜過活，現在是我太太在種，家裡吃的蔬菜都不用花錢買。我習慣這種生活，現在叫我去都市，身體已經無法適應了。我一天花七、八小時看書，我沒有一天不看書。還是現在的生活方式最適合我，也最輕鬆。儘管不是說要特別贊這樣的生活，可是如果問我為何要過這樣的生活，我還真想不出答案呢。因為我就是順其自然，不知不覺便已經是這種生活了。

詹：您經常在作品中寫到家鄉，長野的很多風物和場景都出現在小說中，例如小諸、藤村碑、懷古園等等，那些場景替作品增添了真實的色彩，也在詭計中扮演重要的角色。每次讀完，都像是走了一趟信州，就像個導遊一樣。我的編輯同事就說，讀過您的書再來到長野縣，好像每個地方都活了起來，因為書裡想像的世界和真實的世界相遇，激發了很多樂趣。您之所以選擇這些長野縣的場景，只是因為熟悉，還是有特別強烈的意識？

土屋：簡單來說，就是我只會寫自己知道的地方。別的作家會出門旅行，會去很多遙遠的地方，然後再以那些地方為舞臺。但是我不會，我是非常懶散的人，我懶得出外旅行，所以只能寫自己周圍、我所熟悉的場景。

詹：您已經花了了五十年的時間在寫推理小說，這個文類在全世界擁有許多讀者，以及許多努力的創作者，對您來說推理小說最終、最深層的樂趣究竟是什麼？

土屋：嗯……我好像沒有這麼深刻的感受。當初我想寫時代小說，後來不知不覺地寫起推理小說了，當然江戶川先生對此事是有影響的。不過要問我怎麼會選擇推理小說？可能還是因為容易寫吧？（笑）

詹：您在全世界都有很多追隨的讀者，特別是一些推理小說的精英讀者。這次商周出版社出版了您的長篇小說全集，這可能是臺灣第二次介紹您的作品。這次看起來是更加用心和大規模。我在臺灣看到很多推理小說的讀者，比如我認識的一些教授、法官，他們通常對讀的東西很挑剔，他們一般不讀推理小說，但是讀您的作品。讀者層次之高，令我印象深刻。我想問一下，您有什麼話對臺灣過去和未來的讀者說呢？

土屋：真有那麼多讀者看我的書嗎？（笑）我覺得不會吧。以前在臺灣出版過兩本我的作品，是林白出版社，出了兩本，那以外都是盜版，是開本很小很小的書，出了好幾本，去臺灣旅行的人曾當禮物買來送我，那是好久以前的事了。我曾經想過為什麼臺灣的讀者會讀我的作品？我很感謝大家能讀我的作品。可是，我真不覺得會有很多人讀呢。

詹：經過這次商周出版社的推廣，臺灣的很多讀者可能會因此而想到長野縣，他們會受到小說的影響。土屋先生會對從臺灣來的讀者有什麼建議？到長野縣之後，應該去哪裡玩？應該吃什麼東西？

土屋：真的會有人來嗎？（笑）其實，我從前去過臺灣呢，戰爭以前我的伯父在臺灣當律師，我還記得他住在台北市大同町二丁目三番地。而且他在北投溫泉那裡有別墅，後來他就搬過去了。臺灣的香蕉很好吃啊。

詹：希望您有機會能去臺灣看一看、玩一玩。謝謝土屋先生。

二〇〇五．七．五下午三時

於長野縣上田東急INN酒店會議廳

本文作者簡介——詹宏志

名作家、電影人、編輯及出版人。一九五六年出生，台灣南投人，台灣大學經濟系畢業。PC home Online網路家庭國際資訊股份有限公司董事長、電腦家庭出版集團和城邦出版集團之創辦人、台北市雜誌商業同業公會理事長。曾於一九九七年獲台灣People Magazine 頒發鑽石獎章。

作者的話

土屋隆夫

此次，由台灣的商周出版社出版包含我的主要長篇作品共十三卷的作品集，令身為作者的我非常開心。

我在一九四九年寫了生平的第一篇短篇〈「罪孽深重的死」之構圖〉，入選了當時的偵探小說專門雜誌《寶石》的徵文比賽，踏出了推理作家的第一步。

自此已經過了五十五年的長久歲月，但是我對推理小說的基本看法迄今未變。

決定我走上推理小說作家之道的契機是江戶川亂步先生所寫一篇名為〈一名芭蕉的問題〉的文章。江戶川先生在文章中指出：「對推理小說而言，謎題或邏輯是不可或缺的要素，從這點來看，推理小說是與一般文學大不相同的小說形式。」但是另一方面卻也提出這樣的看法：「要寫出能夠稱為第一流的文學作品，卻又不失推理小說獨特趣味的推理小說，是非常困難的事情。但是，我並不完全否定成功的可能性。」

總之，雖然非常困難，但是的確有可能將以解謎為重點的推理小說提高到藝術的境界。

截至目前，先不談自己究竟能不能成功，但我一直朝著追求解謎為主的推理小說的獨特性，以及同時也是出色的文學作品的艱難目標，一路奮鬥過來。

回顧一路走來的推理小說作家生涯，不敢說自己已經實現了當初的夢想，但是全十三卷的作品集，每一部都是當時的我的心血結晶。

五十五年的作家生涯，我雖然一心一意地寫著以謎團為主題的推理小說，但是我感覺在近年來自己稍微擴大了謎團的範圍，在詭計等的邏輯性的謎團之外，也開始重視起犯罪的動機與心理的謎團。

身為作者，希望讀者在享受各部作品之餘，如果也能從這部作品集感受到作者作風的微妙變化，對我而言將是無上的喜悅。

二〇〇五・八

序章　野狐忌

野狐忌讀做「yakoki」。或許有人會納悶這是什麼忌日嗎？一向跟狩獵沒什麼緣份的我，從來沒有捕過野生狐狸，當然也就不可能為牠們祈求冥福。

自古以來，常有文人雅士的忌日成為俳句季語[註1]的例子。說起來「野狐忌」也很類似，但是跟芥川龍之介的「河童忌」[註2]或太宰治的「櫻桃忌」[註3]卻又不同，恐怕知道的人寥寥無幾。這也難怪，因為「野狐忌」是我命名的，其實它不過是一個深藏在我心中的歲時記[註4]。

那一天是十一月三日。其實這和大部分的歲時記做為冬季季語的「文化節」是毫無關係的。

對我而言，「野狐忌」顧名思義就是一個忌日。那是一名不見容於世的作家親手了斷自己無賴人生的日子。這一天是要傾聽他遭世人疏離、鄙視的作品中所發出的類似罪人祈禱的苦惱與哀痛哭聲。這是用來追憶和回想的日子。

我說的作家就是田中英光。

註[1]俳句為日本獨創的短詩。每首規定為五、七、五共十七個音節，且必須嵌入表現季節性的固定語彙「季語」。
註[2]七月二十四日的河童忌為其忌日。
註[3]六月十九日的櫻桃忌為其忌日。
註[4]將俳句季語依照四季整理分類、並附上解說與例句的書籍；整理一年四季的節令活動、生活與自然現象的書。

他走進位於三鷹市下連雀的禪林寺境內，在他奉為文學導師的太宰治墳前自殺，是在昭和二十四年（一九四九）的十一月三日。「野狐忌」是取自他作品的題名《野狐》。

然而我將那一天私自命名為「野狐忌」、納入心中的歲時記，並非只是對他的作品感到惋惜，那一天對我而言也有著很重要的意義。

昭和二十四年十一月三日，當年六歲的我正好在田中英光自殺的現場。我站在他背後，大約相隔不到四、五公尺遠吧，目睹了整個過程。

當時的報紙報導如下：

「田中英光這一天前去拜訪新潮社的野平健一不遇，乃轉往三鷹尋訪龜井勝一郎，又去找了戶石泰一，卻都沒能遇上。下午五點半左右，他在禪林寺的太宰治墳前喝下自己帶來的酒和安眠藥，並用安全刮鬍刀的刀片割斷左手腕動脈企圖自殺。在現場附近的小孩發現後立刻通知寺方，他旋即被送往井頭醫院。當晚九點四十分因失血過多而告不治，臨終時身邊沒有親人，孤獨離世。他在隨身攜帶的文學全集扉頁留下了類似遺書的文字：這是早有心理準備的死，但願屍體不會受到汙辱……」

所有報紙的報導內容幾乎大同小異，連發現者也都寫成「在現場附近的小孩」。其實「小孩」並非只有我一個人，應該有好幾名才對。我只是其中之一。

這已是將近二十多年前的往事，記憶有些久遠了。我甚至連當時在現場的小孩——那些一起把禪林寺當做遊戲場所的夥伴們——叫啥姓啥都記不得了。在久遠模糊的過往中，唯一還能夠浮現的是一張臉孔。

那是一名叫「早苗」的小女孩。

早苗和母親兩人相依為命，住在類似農家倉庫搭蓋的房子裡。印象中她們家面對馬路的窗口總是掛著碎花圖案的窗簾。我記得曾經進去過一次，充滿油漆味的屋子中央擺了一張大床，早苗就靜靜地坐在床上。

我至今仍記得那一天的光景。

從她的裙子露出一雙白皙、看似冰冷的裸足。她留著一頭及肩的長髮，嚼著口香糖的小嘴不斷地動著。

她向我招手，要我跟她一起坐在床上。我的肩膀突然被抱著仰躺了下來，貼近我臉頰的早苗說：「媽媽和叔叔常常這樣子睡覺。」

早苗的語氣透著神秘，有種甜美的芳香，頭髮的觸感清新乾爽。

早苗何時脫去身上的衣物，我絲毫沒有印象，然而她的裸體就像古老的相片一樣隨時浮現在我的眼前。她的肌膚如白瓷般光滑，燦爛炫目，讓幼小的我無法喘息。我像觸碰珍寶般摸著她小巧的乳頭，早苗卻笑說「好癢」避開了。她推開我的手，長髮在她的胸前晃動著。

當時的我應該無法理解在體內奔竄的甜美顫抖意味著什麼。待我進了中學、考上高中之後，便經常想著那一天的早苗沉溺於自慰的快感之中。當時那個想像中的少女就是我的情人。

回憶有些離題了。我目擊田中英光自殺時，早苗肯定也在我身邊。在我上了小學，她和母親便已消失無蹤了，沒有人知道她們是什麼時候離開去了哪裡。之後我也曾向兩、三個人打聽，但是大家都不知道她們的下落。

「記得好像是有那麼一個女孩。她媽媽不是駐軍的賣春婦嗎？如果她們母女還活著，應該會一起賺皮肉錢吧。」

也許吧！看來我該死了這條心。

也因此至今沒有人能替我的目擊做證。

不過，如果早苗看到這篇文章，她肯定能回憶起當天的情景。

回憶起那個肩膀寬闊、體格壯碩的男人。

回憶起男人抱著墓碑不停地哭訴。

回憶起男人的手血流如注濡濕了墓碑、形成血泊被白色泥土吸納的光景。

回憶起自己突然哭了出來，靠在我的懷裡。

回憶起男人聽見她的哭聲轉過頭來，他的臉頰通紅有如血染一般。

回憶起男人揮手企圖趕走在一旁已然嚇呆的我們，緊接著他的臉上浮現像哭又像笑的悲戚表情……

雖然只是一些片段的光景，但是早苗一定都記得吧。因為我們曾經並肩靠在一起目睹這一切。

這段幼年時期的經驗在我的人生留下了永不磨滅的烙印。日後我在大學主修心理學並研究自殺作家，或許就是因為這個緣故。

總之，被田中英光奉為導師的太宰其作品至今仍有許多讀者，一如生前的時候，他似乎還是時而昂然地挑高眉頭、時而像個小丑般地拋著笑臉，走在現代年輕人之間。然而知道田中英光的人卻微乎其微。

我現在想起來了——我和早苗看到他那血紅的側臉上有著溫柔的表情，有著清澄如少年般閃亮的眼神。

這個自喻是跌落在山溝的野狐，人稱不走正軌、無賴、頹廢派的男人，就像是在荒唐的生活中始終悄然亮起的心靈燭火一樣，永遠在我的記憶中搖曳著。

明天十一月三日是屬於我個人的野狐忌。

一合水酒冷，夜忌野狐悽。

（K大新聞學藝欄「一人一話」）

第一章　無賴派的軌跡

1

真木英介接受大型出版社四季書房之邀為田中英光全集撰寫解說，是八月下旬的事。

真木在今年四月之前仍在K大擔任副教授，一般人則只知道他是名文藝評論家。這個因為技癢而開始的工作，不知不覺竟凌駕在本業之上了。真木主修心理學，但比起學問上的成果，其《異端派詩人的家譜》、《自殺作家論》等著作反而更為人所知。日前甫出版的《瘋狂的美學》，在聳動的副標「你什麼時候也要自殺呢」的推波助瀾下，在最近的暢銷書排行榜上名列前茅。

他的作品都是從異常心理學、精神病理學的觀點來觀察作家、剖析作品，這種獨創的寫法抓住了年輕人的心。

四季書房派來的編輯吉野奈穗子，她紅潤的雙頰有著彷彿用手掐出來的深陷酒窩，靈動的眼睛透露出這名年輕女子的性格開朗。

她說完田中英光全集的出版計劃後，躬著高大的身體詢問：「您的意思如何？編輯部要的不是單純的解說，而是希望包含類似作家論的內容。換句話說，想請您將田中英光這位特殊作家的心理層面，以心理學家的立場自由發表評論……」

「簡單地說，就是要幫田中英光寫一份診斷書囉！」

「是的，您也可以這麼說。大家都很期待拜讀您新鮮有趣、不同於過去的解說文章！」

「嗯……診斷書嘛……」真木點了一根菸說道：「對了，整套全集共出幾卷？」

「預定出十卷，每卷需要寫二十五到三十張左右的稿紙。」

「嗯，那麼全部不就要寫三百張稿紙了嗎？妳知道這可是個大工程啊！尤其評論文章的稿費一向很低，實在是很不划算的差事。」

奈穗子趕緊低頭陪笑道：「這一點我們也考量過了。我們出版社預定將這十篇解說以作家論專書獨立出版，不過得等到全集完成之後再說……」

「是嗎？你們願意出版！」

「是的。除了這套書之外，我們正在企劃出版一系列的現代作家論叢書，希望能收入您的著作。」

這句話打動了真木英介。如此一來自己的工作才算留下具體的東西，尤其是像四季書房這種一流的出版社要幫自己出書，簡直是求之不得啊！

真木按捺內心的喜悅，新點了一根菸說：「話說回來，要出版田中英光全集真是大膽的企劃啊！」

「我們總編輯是英光的頭號書迷。在企劃會議上也有人認為風險太大，結果總編輯站起來開始長篇大論，說什麼提供機會照亮懷才不遇的作家是我們四季書房的使命。為什麼只有太宰治會紅？你們讀過英光的作品嗎？還拍桌子說賣不出去的話，我照單全收……就是這麼一喝，便決定出版了。」

「真是有意思，好個總編輯啊！」

「他就是急性子。」奈穗子笑了，紅唇之間露出白色編貝般的牙齒。

「不過我倒是很贊成總編輯的意見。到目前為止英光的文學價值實在是太被低估了。」
「我猜得果然沒錯。」
「嗄?」
「我來之前就猜教授大概會這麼說。因為我拜讀了教授在K大新聞上的那篇〈野狐忌〉隨筆……」
「哦!妳從哪裡拿到的?」
「我哥哥曾是K大的學生……教授,您文章裡面所寫的全都是真的嗎?」
「當然,我可是親眼目睹英光的自殺。當時我們家在三鷹,我和父母住一起,就在禪林寺附近。那個時代沒有電視,說到玩耍就只能往寺裡跑,玩抓鬼、躲貓貓之類的遊戲,幾乎每天都會邀同伴去玩。所以目擊英光的自殺絕非偶然……」
「那個叫做早苗的女孩,當時……」
「就在我身邊。一切就跟我文章裡所寫的一樣。」
「教授喜歡那個女孩吧?」
「喜歡啊!就算是只有六歲的少年也會愛慕異性啊!」
「所以算是初戀的情人……」
「或許吧。直到現在,一聽到早苗的名字,心頭還會一震呢!」
「哦!」
「她是個皮膚白皙的長髮女孩。在戰後的混亂時期裡,大家光是為了生活就自顧不暇了，人們的遷移頻繁，她們母女從哪裡來、到哪裡去，問了許多人也沒人知道。」

「我拜讀那篇〈野狐忌〉時，就認為這應該是教授的情書吧。」

「一封沒有收件人的情書嗎？其實好幾年前因車禍過世的內人也叫早苗，但臉蛋長相倒是不一樣。可是……」真木說到一半有些難為情地抓了一下頭說：「我怎麼說這些無聊的事。言歸正傳吧，截稿時間是什麼時候？」

「希望十二月底之前能拿到第一篇稿子。」

「嗯……只剩四個月啊！如果只是作品的解說倒還簡單，既然是要寫田中英光的診斷書，那就需要蒐集資料了。」

「您的意思是需要更多的資料嗎？」

「沒錯。他被稱為是典型的頹廢派文人。就這一點，坂口安吾與太宰治也有共通之處，但我認為本質上還是不同，例如：他曾經寫過《奧林帕斯的果實》如此充滿青春和生命力的作品，卻在僅僅七、八年後轉變成無賴派作家，轉變之大令人難以置信。套句正宗白鳥的說法，他的寫作一反過去，轉變成就像是邊小便邊在大街上遛達似的風格。」

「說得真過分！」年輕女編輯嘟著嘴說道，「我是不太懂，但那些作品不也表露出一個作家的人性的苦悶嗎？」

「這個看法因人而異。只是我感興趣的是他的遺書，就是他最後寫在自己的太宰治全集扉頁上的文字，其中提到『我是被神的手或是惡魔的手給打敗了』，就是這個驅使他走向毀滅性的人生，而打倒田中英光的惡魔的手究竟是什麼？如果不能弄清楚這一點，就無法寫出關於他的診斷書，因此我需要更多的資料，也要有時間研究……」

「可是……」吉野奈穗子撥了撥汗濕黏在額頭的髮絲，她說：「拜讀教授的《自殺作家論》，我以為您對田中英光已經有相當的研究了……」

「哪裡，我沒有研究過。那種程度的內容，大家應該都知道吧。何況我本來也沒打算寫田中英光論，只是列出一堆自殺的作家，看看能否從他們的作品發現自殺的徵兆。寫作目的一開始就不同。但是這次可是正式的作家論，需要更多的資料……或是他尚未發表過的作品……」

「我了解了。」奈穗子用力點頭後起身說道：「關於資料的蒐集，我們也會幫忙。如果因為取材需要旅行，我當然會安排，希望您能答應寫稿。」

「這個嘛……」真木英介閉上眼睛想了一下，其實他早就決定了。「我不是很有把握，但可以試試看。」

「謝謝您。」奈穗子安心地點了點頭說道，「解說的部分由我負責，如果有任何事，我隨時登門候教，還請多多指導……」

女編輯致謝後告辭，真木送她到大門口，接著他走進書房坐在大桌前喘了一口氣。要完成三百張稿紙的解說，得先決定整體的架構才行。好！我一定要寫出不落俗套的作品。這樣的一股氣勢讓真木的心情逐漸激昂了起來。

人。

2

根據田中英光的年譜，他於大正二年（一九一三）一月在東京赤坂出生，父母都是高知縣

父親岩崎英重是土佐郡土佐山村出身，號秋月鏡川，是維新史的研究者，有數本著作。另外，他還發行《富士日報》，在當年也算是知識名流，頗具文才。

他的祖父英生是土佐山神社的神官，也是家鄉知名的漢學家。英光也遺傳了上兩代的文人血統。

他的作家特質可以從這個家譜看出端倪。

但是英光遺傳的並非只是「文人血統」而已。他自己寫著：「我的父系血統可能存有瘋狂的基因。」由此可見父親和祖父的性情激烈到讓他產生如此的恐懼。

尤其是父親有酗酒的傾向。這種對「瘋狂基因」的畏懼感應該一直都沉重地積壓在英光的內心深處。他在《魔王》中寫著：「既然都是一死，不如早點死，而且要趁早！」

他還寫道：「如果有惡魔的話，靈魂、影子、良心隨它買！」

這種絕望的心境會不會是源自於對未來的不好預感呢？一般認為他的自殺是在喝了酒和吃了安眠藥所造成的錯亂狀態中發生的。

當時的報紙列舉他自殺的原因還包括離婚問題的糾葛、思想上的煩惱等，但這些都只是表象上的見解吧？甚至不能說是見解，而是臆測。他自殺的背後原因，就是對「瘋狂基

因」的畏懼。他是否藉由把自己逼瘋了來解脫對發狂的恐懼呢？

他有意識地跳進了瘋狂的世界。在遺傳性的發瘋之前，以人為的「發狂」來實現自我的意志。那是他唯一能對始終威脅著他的「黑色血統」所做的復仇和逃避……

真木英介看著田中英光的年譜，心中茫然地這麼想著。

這大概是了解他的作品和生命的唯一線索吧？甚至也可說是新的看法。但是能否符合出版社要求的獨特見解，真木英介沒有把握。因為這個想法有些空泛，也太過獨斷了。真木英介再度將視線集中在年譜細小的文字上。

田中英光有兩個姊姊和一個哥哥，排行老么。生於岩崎家的英光之所以冠上田中這個姓，是為了繼承母親娘家的關係。

母親名叫阿濟，之後改名新子，是土佐郡高知村出身，父親田中福馬在東京經營書店。由於她是獨生女，因而嫁給岩崎家時約定如果生了次子就要過繼給娘家繼承香火。

他的母親個性好強，完全不把別人看在眼裡，一旦生起氣來任誰也管不了。因此，性格激烈的丈夫和個性易怒的妻子碰在一起，自然是衝突不斷，而且不止是一般的夫妻吵架而已，有時還會出現短兵相接追打的情形。英光固然對父系的血統感到恐懼，但影響他人格形成的難道不是受到母親異常的個性和特質更大嗎？

然而少年時期的他是個個性柔弱的撒嬌鬼。他進入早稻田大學就讀後，家裡面的人仍然稱呼他「小少爺」。

「從小喪父，身為么子的我，在家中一如小貓般被寵愛。儘管身長六尺，年已十九，卻還是個長得一副娃娃臉的小男孩。」

從這段文章可以想見他當年的模樣。總之，學生時代的他身為早大划船隊的選手，曾參加奧運比賽。這可說是田中英光人生中最美好的時期、最榮耀的時光。

他回想當年曾表示：「那趟奧運之行蘊含著一種彷彿沉醉於青春的感覺。」關於奧運開幕大會的情況，他這麼描述：「那天飄蕩在塔上的萬國旗之中，分外美麗的紅日旗深深地映入了從小就信奉馬克思主義的我的眼簾。印象強烈到讓我渾身顫抖。」年輕人自然純真的感動，毫不遲疑、毫不虛偽地表露無遺。

獲得池谷獎的《奧林帕斯的果實》是以告白的方式表達對一位三級跳選手熊本秋子的愛意，他們是在前往參加洛杉磯奧運的船上認識的。書中高唱著田中英光的青春之歌。一個綠色毛衣上垂著兩根黑色髮辮、站在明月下甲板上的少女身影。他寫著「和妳最初的邂逅，只能在如此芬芳的海洋、月光和夜晚裡」。雖然他想表達自己的情愫，卻沒有說出口的勇氣。但他還是在書中如此告白「就像她的血液不斷在我的血管中流竄一樣，她始終在我的身邊」、「我真的度過了一段黃金歲月」。

如此抒情、充滿童話風格的愛情故事男主角絲毫看不出晚年竟會成為無賴派的代表作家。究竟他是從何時開始轉變的呢？

真木英介將視線從年譜的文字移開，自書架上取出一本剪貼簿。那是他以前寫《自殺作家論》時製作的，裡面收集了不少和田中英光有關的報導和研究論文。

昭和十年（一九三五），早大畢業的英光進入橫濱橡膠公司，派往朝鮮事務所服務。在學期間曾受到哥哥的影響加入共產黨，之後眼看著黨內的混亂而退黨。接著創辦同人誌《非分之想》，搖身一變為文藝青年。

他私淑太宰治，也是從這個時候開始書信往來。太宰在英光的創作集上題序說：「田中君比起我是更高尚、軟弱、且比誰都老實的人。」

在太宰治的眼中，他無疑是個精進文學的好青年吧。但由於外地工作的寂寥，他迷失在酒色之中。喝酒的毛病來自父親的遺傳。昭和十一年，酒醉受傷的他住院近兩個月，和當時照顧他的護士小島喜代熟稔，翌年便結婚了。那一年英光虛歲二十五。

他在戰時曾被徵召兩次。戰爭的經驗使他在戰後成為共產主義者，並再度入黨，但不久又因為看不慣那群「看上不看下只知追求私利私欲的傢伙們」，再次退黨，而且一想到「自己是叛徒，是不義者流的代表」，就深陷於自我厭惡和挫折感之中。

對他而言，文學是唯一的救贖，然而他所面臨的現況是「許多流行作家問世後，我就像是所謂的沒有趕上潮流的人帶著稿子四處碰壁」。

另一方面，他的妻子對丈夫的苦悶卻十分冷淡。他提到其中的原因是：「我的妻子並非處女，而且還謊稱是騎單車時受了傷。她為了讓自己的過去看起來很神聖，總是對我表現得很冷淡。」不過這種說法有點叫人無法相信。然而他們的日常生活因經濟拮据的關係，不難想像是過得黯淡無光的。他的生活在急速毀壞之中，就像滾落斜坡一樣，他墜入了頹廢派的世界。而加快其墮落的，是他與山崎敬子這個女人的相遇。

真木英介對這個叫做敬子的女性頗感興趣。

根據田中英光的年譜，在昭和二十二年（一九四七）那一欄寫著：「十月，為了領取稿費而上東京，於新宿認識山崎敬子，不久便開始同居生活。」

戰爭一結束，英光便帶著妻子和四個小孩舉家搬到靜岡縣三津濱。他與山崎敬子糜爛的愛欲生活，在小說《野狐》中有詳細的描寫。總之這個同居生活切斷了英光和妻子的情分。他的錯亂、自殺未遂、刺傷事件都不能無視於這個女人的存在。

山崎敬子到底是個什麼樣的女人？

3

山崎敬子在小說中是以「桂子」之名出場。

她在新宿附近的鬧區遊蕩，是個靠夜晚討生活的女人。英光在《野狐》中如此描繪桂子：

「膚色微黑，手腳、身材都很嬌小。塌鼻樑，大大的朝天鼻。」

「比方說十二的八倍是多少，她是無法心算出來的。她是窮苦農家的女兒，而且還是偷生的。」

「她一旦喝醉膽子也就變大了，管你是警察還是流氓都不怕！」

英光徹底地迷上了這個女人。這個長得既不漂亮又沒有才能、滿口胡言亂語、淫蕩的身體還感染了性病的夜生活的女人，究竟是什麼地方吸引他呢？他如此形容這個女人的肉體魅力：

「我深深著迷於她那永無倦意、大腿上還有些許青筋暴露的肉體。」

「可以說是因為她我才懂得對肉體的愛戀。」

但就這些理由，英光是不可能會耽溺於她的。由於精神上的飢渴而深感苦惱的他是想要透過對這個女人的耽溺來滿足內在的渴求。

事實上他是飢渴的。思想、愛情、家庭、妻子、金錢、文學，沒有一項讓他滿足。過著荒涼日子的他，眼前突然出現了「不同於一般女人的夜天使，既純情又固執」的桂子！

他們的初夜是在飯店的房間裡，女人毫不掩飾地訴說了自己的過去，邊哭泣邊躺在英光的懷裡睡著了。嬌小的女人看起來就像小女孩般楚楚可憐。

可愛的女人——躺在自己懷中說著真話、流著眼淚的女人。她真的是賣春婦嗎——幾近瘋狂的愛情，撕裂著他的心

「少年時代我也曾對鎌倉農村裡的那些與桂子相似的少女感到好奇和淡淡地愛慕。那些女孩後來到都會工作，年紀輕輕便染上惡疾，不久就死去了。我對那些女孩萌生的愛意竟在桂子身上爆發了。」

他如此訴說著對這個女人傾心的經過。

英光耽溺於桂子；她是性愛高手。可是在這不分晝夜的激情之中，英光偶爾仍會想起留在三津濱的妻子，尤其掛念孩子們。然而他也曾想跟這個女人結婚。

「桂子連十八的六倍也算不出來，我很清楚她是教不了小孩的。」因此打消了和她結婚的念頭。

他曾好幾次想跟桂子分手，兩人做個了斷，甚至曾逃回到三津濱的妻兒身邊。但是……

「一看到妻子表情僵硬、板著臉孔悶不吭聲無言鄙視的模樣，就更加死命地想念桂子，而又跑回她的身邊了。」

這樣的情況反覆上演。為了撫平痛苦，他開始喝酒，並且服用安眠藥和鎮靜劑。一開始只是十顆，之後增加到五十顆、一百顆，結果反而睡不著，精神持續亢奮，反倒讓他的欲望高漲。

當時桂子已經染上性病，為了治療而注射盤尼西林。他想起了過去在醫院看過那種病患的照片。「鼻翼潰爛，留下山茶花瓣般的痕跡。雙唇長了無數的疱疹，尤其是女人的下體一片糜爛。」他腦海中一邊浮現這樣的畫面，卻還是依然將自己深深埋入幾乎是腐肉的女人體內。

之後接踵而來的則是疲憊和一種明知故犯的自責與懊悔。為了忘卻，他繼續喝酒、服用安眠藥與鎮靜劑……。就在這樣的狀態下，他獲知太宰治在昭和二十三年（一九四八）六月自殺。

太宰是唯一能理解他的文學的人，也是他私淑的前輩。兩人之間有著許多奇妙的相似處：自殺未遂、藥物中毒、左翼運動、住進精神病院……

或許是生活模式的相似讓兩人感到心意互通吧，而且一如太宰留下了作品〈Good bye〉去世，英光也寫了一篇〈再見〉之後結束自己的生命，總之太宰的自殺對他是很大的衝擊。陷入半瘋狂狀態的他，也想跟太宰一樣跳進玉川上水，卻被制止了。他之後的生活就更加荒唐了，不僅藥物中毒，還住進了精神病院。但出院後依然離不開酒與藥物。幻覺和妄想折磨著他，導致他做出傷人之事。

昭和二十四年五月，他和敬子爭吵之際，順手拿起菜刀便刺向女人的小腹。他被告進四谷警署，精神鑑定結果，這起事件獲得了不起訴的判決。他的犯行被視為是藥物中毒產生的精神錯亂所致，換句話說，他已經被當成是瘋子了……

真木英介翻閱英光的年譜至此，想起了他當初最早的疑惑——這樣的瘋狂世界是不是英光用自己的雙手製造出來的？就算「製造」這個字眼用的不對，但總覺得遺傳瘋狂血統的他的確擺出了自己想要跳進瘋狂世界的姿態。

人站在懸崖時，會有一種想往下跳的心情，對高度的恐懼反而轉變成向下一躍的誘惑。看著在眼前招手的幽靈，能做的選擇不是逃跑就是縱身一跳。英光面對在他眼前晃動的瘋狂陰影，應該是選擇向下跳吧？

從他晚年的作品可以得知他自殺之前對活著這件事始終很執著。

「我雖然自認為自己已然死去，但其實還不想跟活著的世界說『再見』。」這是〈再見〉中的一節。

「一心一意地認真過活，貫徹自己的修行，就能成為一個好作家，我單純地如此認為。」這是《野狐》中的一節。他一邊和山崎敬子過著隨心所欲的情愛生活，心中一邊想著「一心一意地認真過活」。

這種一心對生存的欲望，該如何跟他異常的錯亂聯想在一起呢？然而說是錯亂，他又不是全然發瘋。他在遺書中提到「是有心理準備的死」，甚至還會擔心遺孤的生活，他寫著：「可以的話，請幫我編選集，版稅交給孩子們。」

他每天那種苦惱的心境，應該不會對妻子訴說吧？曾經「連肉體的歡愉都極力隱藏」的他的妻子，一邊看著丈夫無賴的舉動，一邊「諷刺嘮叨，還會在小孩面前說他的不是」。正因為如此，山崎敬子對他而言是仙女、是渾身污泥的天使、是可愛的女人、是彼此可以暴露私處、互舔傷口的唯一的女人……

我想見見這個女人——真木英介突然興起這個念頭。她應該更了解田中英光才對，她是唯一能夠說明真實情況的人。

山崎敬子（桂子）究竟人在何處？是還活著呢、還是已經死了？

4

四季書房的吉野奈穗子造訪真木位於世田谷的家是在星期日的下午。自從真木答應寫稿以來，剛好過了一週。

「那之後工作還順利嗎？」奈穗子遞出帶來的威士忌酒時詢問道。

「還沒開始呢。」真木笑著回答，「我才只是大致瀏覽一下他的年譜和作品而已。」

「真是辛苦了，學校方面的工作呢……」

「別提了。我還在後悔接了一個苦差事呢。」

「真是不好意思。」

「關於田中英光的評價，不論是在文學上還是他的為人幾乎已成定論，而且很多人都寫過了。如果我也寫出一樣的東西，你們應該不樂見吧？」

「的確是。我們希望您能從新的觀點來寫田中英光的評論。」

「結果仍然需要更多的資料。我現在對山崎敬子這名女性有點興趣。」

「哦，就是跟他同居的女人……我記得好像在《野狐》裡也有提到……」看來奈穗子應該大致讀過所有作品了。

「妳說得沒錯。他對自己的妻子沒有愛情與信賴可言，可是卻能夠在這個女人面前敞開一切。一些無法對妻子、家人、朋友說的話，他應該都對這個女人說了。換句話說，她是唯一知道田中英光真心話的人！」

「可是，」奈穗子形狀美好的嘴唇浮現笑意地說，「那個作品寫得很露骨，我以為那些就是他的真心話……」

「這就難說囉。例如葛西善藏、嘉村礒多——也就是說所謂的私小說作家的作品裡，究竟有多少是真實的還有待商榷呢，我們無法直接從作品來判斷作家的真實生活。」

「我大概能夠理解。」奈穗子沒有反駁。

「我很想跟那個女人見面，有很多事情想問她，但其實是不可能的吧，這麼一來也就無法找到關於英光的新資料。至少我希望能從認識他的人那裡知道一、兩件還沒被發表的事情……」

「教授，」奈穗子探出身子說道，「既然這樣，何不利用我們出版社的週刊呢？」

「利用週刊？」

「對呀，我們的《週刊四季》裡面有個『萬事通留言板』的專欄……」

「原來是那個，我知道啊。以前我就透過那個專欄得到幫忙。」

萬事通留言板是《週刊四季》創刊以來就有的專欄，頗受讀者好評。若是作家和藝人想找人、找東西或拜託什麼事，都可以登在留言板上請求讀者幫忙。例如：要找傭人也行，要找老電影的海報或是某地的風景明信片等也可以。總之那是個免費刊登的廣告欄，因為讀者眾多，每一期的反應都很熱烈。

真木英介過去在執筆撰寫《異端派詩人的家譜》時，就曾經透過這個專欄刊登這樣的啟事：「我要找詩人的生活照和書信。請簡單說明照片拍攝的時間、地點；書信則說明與對方的關係。用畢立即歸還。如於個人作品中發表，將敬備薄酬。」

結果他收到了十幾張照片，其中不乏詳細紀錄當時情況、與該詩人關係的資料，可說是詩壇的側寫，非常寶貴。有些照片還收錄在他的著作裡，他也致贈對方薄酬以表謝意。

奈穗子似乎也記得這件事。

「沒錯，那個專欄的反應很熱烈。這次就聽妳的建議吧。」

「這麼一來，搞不好能夠得到有關山崎敬子的線索呢。」

「不可能吧。」

「那或許會找到早苗也說不定？」

「開什麼玩笑！山崎敬子和早苗她們母女都因為戰爭的牽累，在都會的暗巷討生活。敬子賣春，就連早苗她母親也不太可能過正常的生活，就算她們現在還活著，應該也不想對外人說自己過去的傷痛吧？」

「難道您不會有想和她見面的念頭嗎？」

真木苦笑地避開了奈穗子的話峰說：「妳怎麼對那個女孩這麼有興趣呢？」

「也許是因為嫉妒吧。三十幾年來那個少女一直被教授的記憶所擁抱著，身為女人的我感到強烈的嫉妒……」

「胡說八道！」

「對不起，我有點失態了……。不過這次的稿子，無論如何請提到早苗的事。身為解說者的您目擊了作家的自殺——這是件不得了的事，而且還有一名少女在場，肯定更能提高讀者的興趣……所以請您務必……」

「我知道，可是解說畢竟不是小說呀。」

真木英介一臉索然地吐出煙來。

隔週，奈穗子的建議很快便付諸行動了。萬事通留言板的專欄刊登了真木的文章。

「我在調查田中英光的資料。凡是他學生時代、工作時期有來往的友人或知道他戰後情況的人士，可否告知任何資訊？我也想借用他的書信和照片。請聯絡週刊編輯部或寒舍。對於提供者的好意，將敬備薄酬致謝。」文末還附上真木的地址和電話號碼。

刊出後的第六天，真木收到一封信。寄件人是日高志乃，地址是長野縣北佐久郡北御牧村八重原。真木不曾聽過這個名字。

（是那本週刊的讀者吧？）

真木拆開信封。

他的直覺是對的。

第二章　信濃路的女人

1

敬啟者，客套的問候就此省略，敬請見諒。

在《週刊四季》上得知教授正在尋找田中英光的資料，心想或許能幫得上忙，便提筆寫這封信。

我是三十四歲的家庭主婦。六年前和在縣政府服務的先生結婚，婚後住在長野市。今年四月因為婆婆過世，現在回到先生老家與行動不便的公公住一起。我先生每個月回老家一、兩次。由於我無法丟下生病的公公回長野市，所以行李都搬到這裡了。

我的行李包括了將近兩百本的書。從少女時代起我就喜歡閱讀，結婚時也帶了些書過來，之後還陸續購買，自然便累積了相當的數量。整理行李時，行動不便的公公也在一旁幫忙，還笑說簡直就像書店搬家！就在那個時候——我在收拾書本時——站在背後的公公發出了一聲輕嘆。我一回頭，看見公公手上拿著一本書，正讀得入神。那是田中英光所寫的《奧林帕斯的果實》。

「那本書怎麼了嗎？」聽我這麼一問，公公輕撫著封面回答：「我認識他。我認識這個叫做田中英光的男人。」

我聽他這麼說嚇了一跳。因為嫁過來的時候，公公是村裡育幼院的園長，他的職業跟小說家毫無關係，也從來沒聽他提起文學的話題。

「爸爸是在哪裡認識他的？」我問。

「東京，就在東京的四谷。」他說。

「哦，爸爸也曾住過東京啊！」

這我是頭一次聽說，我還以為他一直都住在這裡呢。

公公笑著點頭說：「嗯，我沒跟妳說過吧。當時，也就是昭和二〇年代，我在東京的四谷警署服務，那時候的我不像現在的老朽。我可是偵查組的警部補，每天指揮年輕人，充滿了幹勁。」

說完這段開場白，他才提起與田中英光認識的經過。原來田中英光當時和同居的女人吵架，用刀子刺傷了對方，所以被逮捕到四谷警署。

「當時就是我負責偵訊這個男人。因為我是頭一次偵訊小說家犯人，所以記得很清楚。我既要忙著寫問訊筆錄，又要安排他接受精神鑑定。」

「他發瘋了嗎？」

「嗯，他是酒精和安眠藥的中毒患者。我記得他沒有被起訴。我覺得很不服氣，但是醫生都這麼說了，我也無可奈何。何況他時而發瘋時而正常，在偵訊的時候，他會突然哭泣或是寫些看不出是詩還是歌的東西。他說那就是他的心境，可是我完全讀不出個所以然來。不過想到或許將來能作為參考，便將當時的情形寫在日記裡，這會兒不知道收哪去了？」

《奧林帕斯的果實》是我喜歡的一部作品，所以我很難相信那本浪漫抒情的青春文學的作者會鬧出傷害案件。

「不久之後，那個男人好像也自殺了。田中英光……一個高大肥胖的男人吧……」

公公始終注視著那本書回憶當年的往事。

今天在週刊上拜讀教授所寫的啟事，心想或許能有所幫助，所以便寫了這封信。

我公公目前因為輕微的中風，每天過的就是睡覺、起床的生活，但是說話不受影響，記憶也很清楚。昨天他開始到附近的溫泉療養所做定期檢查，我預定明天接他回來，到時候我會告訴他教授的希望，應該會有更詳細的內容才對。我會在兩、三天後以電話報告結果。

這裡是交通不便的山村，連打個電話都必須跟村裡的集會所借，如果可以的話，請於傍晚七點左右在家接聽，這樣我會比較方便些……

2

雖然這封信寫得很長，真木英介卻心情雀躍地讀完了。

對方的字寫得很漂亮，文筆也很不錯，不愧是個喜愛文學的女性，可以巧妙地將對話摻雜在行文中加以說明。

但是最令真木高興的還是信的內容。當年負責偵訊田中英光傷害案件的警察居然還活著！真是出乎意料之外！這可說是研究者和評論家的盲點。幫英光做精神鑑定的松澤醫院醫生已在某雜誌刊載他的症狀和性格，這應該是該編輯部的主動邀稿吧？但是所有人卻都忽略了當年直接偵訊英光的警察還活著的事。即使有人想到了，想必也無法取得他的問訊筆錄吧。

英光之所以獲不起訴，是因為鑑定結果判定他是在精神錯亂的狀態下行兇，換句話說，被認定是酒精和藥物造成的暫時性心神喪失者的行為，所以他並非是完全無法接受偵訊的瘋子。

而那位警察在寫問訊筆錄時，應該也見過被害人山崎敬子，仔細詢問兩人同居前的經過、日常生活的情況、犯案原因、犯案時的模樣，甚至是他思想的轉變和現在的心境等等。

英光本來就不擅說謊，他的供述不可能虛假不實。也就是說，案發當時英光的生活和心理狀態，負責偵訊的警察是最清楚不過了。而且英光還將自己的心境寫成文字拿給警察看。

這封信上形容「看不出是詩還是歌的東西」，是否是因為英光曲折的心理狀態和文學性的描寫而讓這名警察難以理解呢？不過他為了日後的參考，將那些文字抄在日記本上。

（這不就是我夢寐以求的未發表資料嗎？）

看來這將是這次解說中最能大放異彩的賣點了，也絕對是了解刺傷自己愛人的無賴派作家其頹廢靈魂歷程的重要線索！真木英介按捺住喜悅的心情，反覆讀信。他注視著信封上所寫的地址和名字，幾乎都要刻在心上了。

當天下午，四季書房的吉野奈穗子來了電話。

「教授，」她的語氣興奮，「日前的萬事通留言板很快就收到讀者的迴響了。」

「是嗎？」

「收到了田中英光的照片。這是在四國高松市開美容院的讀者寄來的，據說她過世的先生是報社的攝影記者，曾被派到洛杉磯採訪奧運。」

「嗯……所以那張照片是英光參加奧運時的……」

「是的。一共有兩張照片，一張是登陸夏威夷時拍的，穿著西裝的英光正接受一名胖婦人獻上白色花環。婦人高興地笑著，他卻是一副幾乎快哭出來的扭曲表情，是一張很孩子氣、很可愛的照片。另外一張則是在開往洛杉磯的途中，一群穿著運動褲的選手在輪船甲板上做體操，其中有一個人的側臉很像是英光。」

「嗯……奧運的紀念照片嗎……」真木的語氣顯得意興闌珊。

「我也覺得這些照片派不上用場……」奈穗子在電話那頭輕聲笑著說。

「沒關係，總之會有來自讀者的迴響，誰知道之後還會寄來什麼資料呢？很令人期待。目前我這裡也……」

真木話說到一半便閉上了嘴巴。現在告訴對方早上收到的來信似乎還嫌太早。以記者的直覺來說，這就像獨家新聞，而對他來說也是一份夢幻般的資料。現在就告訴對方，感覺有些可惜了。但是建議他利用萬事通留言板專欄的人是奈穗子。她是自己的聯絡人，也是今後的協助者，接獲讀者的來信，還是應該跟她說清楚比較好吧？

這一時的遲疑使他突然沉默了起來。

「喂、喂，」奈穗子稍微加大了音量問道：「是不是也有讀者寄什麼東西給教授了？」

「嗯。老實說我收到一名女性的來信。」

「是嗎？是誰呢？」

「她住在長野縣，好像是個很平凡的家庭主婦……」

「那她知道田中英光的事嗎？」

「不是，是她先生的爸爸，也就是她的公公，以前曾住在東京，當時是警察，在四谷警署服務。我想聽到這裡，妳或許也能猜出個大概吧……」

「這個嘛……警察和田中英光……我不知道呀，一點都猜不出來。」

「妳知道他的情婦就是那個叫做山崎敬子的女人吧？」

「知道。上次到府上拜訪時，教授說很希望跟她見上一面……」

「沒錯，如果她還活著的話。英光自殺是在昭和二十四年秋天，那年五月他和山崎敬子吵架，鬧出了拿刀刺傷敬子的事件。他最後獲不起訴，而當時負責偵訊的警察現在就住在長野縣。」

「哎呀！」話筒裡傳來奈穗子驚訝的大叫聲。「這麼一來，教授就可以找到山崎敬子了。」

「怎麼說呢？」

「因為是傷害案，被害的女性當然也要接受調查，不僅是她的籍貫，就連父母的名字、職業等都會有紀錄。只要能拿得到那些資料，就可以動員我們出版社的同仁……」

「不能操之過急啊！」真木苦笑地說，「平民百姓是不可能拿到警方的問訊筆錄的，也不可能看得到吧。就算當時做了妳所說的調查，也不可能清楚記得當時的內容。總之這是很久以前的往事了。」

「可是跟對方見面，聽聽對方怎麼說也好吧？說不定能知道什麼難得的事。」

「嗯，我也想見見對方，可是還沒有得到對方的答應。根據信上所寫的，他目前生病，好像是去了附近的溫泉區療養。等他回家後，對方會跟我聯絡。」

「我可以問一下寄信人的姓名和地址嗎……」

「不用了，我自己聯絡就行了。關於這件事，我還不打算公開。」

「我了解，只不過《週刊四季》編輯部通常會寄發簡單的謝函給回應啟事的讀者……」

這真木當然也知道。那不過就是連同印在明信片上的謝函附贈一枝印有雜誌名稱的原子筆給讀者，也算是對讀者的一種感謝。

真木報上對方的地址和姓名之後，又再度叮嚀：「妳也許覺得我很囉唆，但我還是希望日高志乃的來信內容暫時不要讓編輯部的人知道。」

「遵命。與其去關心資料的來源，我們其實更期待的是一篇很棒的解說……」

「你們太過期待，對我也是一種困擾……」

「不，我們真的很期待。」

在奈穗子的輕笑聲中結束了這通電話。

3

真木英介收到信的當天和翌日整天心神不寧地盯著桌上的電話，就連上廁所、洗澡時也都開著門，生怕錯過了電話。自從四年前妻子因車禍過世後，他幾乎都是外食。打掃和洗衣服則是以薄酬請公寓管理員的太太代勞。

儘管他已經習慣一個人的生活，但是遇到這種時候還是很不方便。其實家裡也有電話答錄機，但這攸關個人誠意。對方一旦聽到錄製在機器裡平板枯燥的聲音，或許會因而打退堂鼓也說不定。

這通真木期待已久的電話是在那封信寄達後的第三天晚上打來的。電話鈴響時，真木英介反射性地看了一下桌上的時鐘，七點剛過一分。

「請問是真木教授府上嗎？」說話的是輕柔的女性聲音。

「我是真木，您是日高女士嗎？長野縣的日高志乃女士……」

「是的。很冒昧寄信給教授。」

「哪裡，我很感謝。我收到信後就在等您的來電，真可說是一日三秋啊！」

「哎呀！這麼說來我得提供好消息給您才行。」

日高志乃在電話那頭輕聲地笑，充滿風情的笑聲挑逗著真木的心。

「我們言歸正傳，」真木說，「請告訴我您的好消息是什麼？」

「好的。前天我拿了那本週刊給我公公看，他一臉不可思議的表情說原來田中英光是這麼有名的小說家，還說這個人應該不知道我曾經偵訊那個男人的傷害案件吧？那個男人在拘留所還企圖自殺呢。於是我建議公公不如跟您說明這件事，您一定會很高興的。」

「那麼您公公……」

「他說不知道人家肯不肯來這種深山，換句話說，聽起來我公公是希望當面說清楚吧。他的右手行動不便，連筆都拿不穩，加上整天都待在家裡，所以我猜他是想要有個聊天的對象吧。」

「我知道了，我當然很樂意去拜訪。可以的話，我也希望當面聽他說。」

真木難掩興奮地如此表示。這麼一來就能取得研究英光文學的新資料了，千萬不能放過這麼好的機會。他趕緊乘勝追擊，詢問方便登門拜訪的時間。

「隨時都可以，可以的話，明天或是後天……其實，因為家裡要改建，所以這段期間我公公會住在溫泉療養所，再過四、五天我也會一起搬出去……如果等改建完成，隨時都歡迎您來，只不過要兩、三個月才能完工，到時再通知您吧……」

「不，我希望能早點到府上拜訪。」真木趕緊說道。再過兩、三個月的話，怕會來不及動筆——說好年底前要交出第一篇稿子的。「我個人的時間沒問題，只是不知道府上怎麼走？」

「請搭信越線到小諸下車。搭特急列車的話大約兩個半小時就到了，之後再搭一個小時的公車，如果搭計程車的話只要四十分鐘，鄉下地方路很難走……」

「沒關係，那我後天就到府上拜訪。」

「後天我剛好要去小諸。我要去市內的醫院幫公公拿藥，教授可以在車站等我，我開車去接您。」

「那真是太好了。」

「那就這麼說定了。我記得下午三點左右有上野發車的白山五號列車，到達小諸的時間是五點十七分。我因為要拿藥和買東西，可能會忙到傍晚……」

「我知道了，我會搭白山五號。」

「好的。還有……」日高志乃有些遲疑地說，「我知道教授的大名，可是卻不知道您的長相……」

「哎呀，說得也是，我真糟糕！」

「不如這樣吧，您出了收票口之後，左手邊有一個公共電話亭，可否拿著我寄給您的信站在那裡呢？這樣我就可以認出您了……」

「好啊，那當然沒問題，就這樣吧。對了，我是傍晚的時候到，不知道當地有沒有旅館？」

「這一點請不必擔心。如果太晚的話請住在我家。我也很希望留您住下，好聽您說些小說和文學的話題。只不過教授這麼忙，我這個要求可能會造成您的困擾吧……」

「哪裡，是我麻煩府上才對……」

「能跟教授見面，感覺好像做夢一樣，我很期待呢。」

「謝謝，那後天見，我一定到……」

「再見，不好意思，打擾了。」

放回話筒後，真木安心地點了一根菸。

日高志乃平穩的語氣和溫柔的聲音還在他的耳畔迴響著。信上提到她是三十四歲的主婦，從少女時代就喜好文學。這點從信中的文筆和剛剛的對話裡也能充分感受到。她肯定是個知性、聰慧的女性，而且是成長於高尚人家、有過一段愉快自在的青春歲月吧。六年前結了婚，如今必須照顧生病的老人家，等待一個月才回家一、兩次的丈夫，在深山裡的老家過著平靜的生活。

她說能跟教授見面感覺好像做夢一樣，還說很期待，聽起來都不像是客套的說法。也許真的想要有個說話對象的人是她自己吧？她那窮追不捨的黏膩語調，餘韻無窮地撩撥著真木的遐想。

她究竟是個什麼樣的女性呢？三十四歲的主婦。成熟的肉體中蘊藏著對文學的嚮往，一個人守著孤獨暗夜的信濃路女人……。過去曾經躺在真木懷中又一一消失的幾個女人的容顏和肢體突然在真木的腦海裡閃現。

他搖搖頭，想揮去這些妄想。

4

特急列車白山五號是下午兩點四十六分由上野站出發，終點站是金澤。

那一天真木英介悠閒地坐在綠色頭等車廂幾乎是正中央的位置上，車廂裡沒什麼人。現在才九月中旬，為探訪深山秋色而出遊觀光的人還很少吧？離紅葉的季節怕是早了點。

早上的電視新聞預報南方海面上會有颱風，但此時車廂內陽光明亮。真木瞇著眼睛，欣賞車窗外飛奔而去的關東平原風光。

列車一過了橫川，山壁便往左右兩側逼近。夏日枝繁葉茂看似沉甸甸的樹枝形成了深綠色的視野，不斷往遠山的方向延伸。綠色山脈的稜線上頭飄浮著一抹白雲，湛藍澄碧的天空無限寬廣。真木心想，終於來到信州了，心中不禁充滿了一種類似旅愁的情思。

下午五點十七分。列車減慢速度，駛進小諸車站。

確認過放在口袋裡的日高志乃信函後，真木英介一手提著小行李箱，慢慢地爬上階梯，往收票口的方向走去。行李箱裡收拾了盥洗用具和大型筆記本，以及在上野車站買來當做伴手禮的點心盒。至於對方接受採訪的報酬，真木打算事後再說。

真木走出了收票口，環視四周。不知道日高志乃在哪？

此刻將近五點半，遲遲不肯轉暗的天色將街景映照得明亮清晰。前方豎立著一座寫著「淺間山登山道入口」的標示塔。從站前廣場往前延伸的大馬路應該就是這個城市的主要街道吧？看來過去島崎藤村住在這裡時，曾吟詠的「小諸古城畔」的高原小鎮也難逃被都市化浪濤侵襲的命運。馬路兩邊鱗次櫛比的高樓、店家，散發著華麗繽紛的色彩。

真木停下腳步，不停地四下觀望，他很快就找到了日高志乃所說的公共電話亭。車站的左邊是國鐵巴士的公車站，一整排的電話亭就在公車站前。車站附近擠滿了趕著回家的上班族和高中生。真木穿越人群走向電話亭的前方。

他將行李箱放在腳邊，從口袋取出日高志乃的信函夾在右手指上。為了讓在遠處就能看見，他故意在胸前不停地擺動。這時他聽見後面有人輕聲呼喚：「教授！」

真木回過頭一看，眼前站著一位身材高䠷的女性。

「讓您久等了，我是日高。」

「哪裡，不敢……」真木英介趕緊點頭致意，順手將信收進口袋。日高志乃突然地出現，令他有些驚慌失措。「哎呀，嚇了我一跳。您馬上就認出我了嗎？」

「是啊，因為我的信就在教授的口袋露了出來……」

「原來如此！這真是個好主意。沒見過面的人也能一眼就認出來……」

真木說到這裡便閉上嘴巴，因為他覺得自己的話有些不對勁。

（我看過這張臉，應該在哪裡見過才對？）

他覺得彼此不像是第一次見面。日高志乃對他應該也有印象才對。如果是這樣的話就沒有必要拿著信站在電話亭前面了。

「不好意思……」真木說，「日高女士是東京人嗎？」

「不是。」

「那……曾經在東京工作嗎？」

「沒有。」日高志乃輕輕地搖頭。米色喇叭褲搭配淡藍色的襯衫，包裹著她修長的身材，襯衫上面還加了一件薄背心，豐滿的胸部隨著呼吸而波動著，她看起來一點都不像信中所謂的農家主婦，而且她那含笑的表情，真木確實印象深刻。

（真是怪了，我記得這張臉。我們應該見過……在哪裡見過呢……）

「日高女士一直都住在這裡嗎？」

「是的。」日高志乃點頭回答後瞄了一眼手錶說：「教授，我公公在等您……」

「噢，說得也是。那就麻煩您帶路吧。」

「那我先去開車。車子就停在附近的超市停車場，因為這裡不能停太久……」

「我了解。」

「那麼就請教授在那裡等我，可以嗎？」日高志乃指著站前廣場前方左邊的建築物說道，「那棟在商店街入口的細長建築物是商業大樓，我們會從那裡左轉進去，所以待會兒我會將車子轉過去……」

「我知道了。」

「不好意思，那就請您先過去。」

日高志乃輕輕點頭致意後便快步走向大街。

此時夜色籠罩著街頭，閃爍的霓虹燈似乎更加顯得明亮了。

真木英介點燃一根菸後，立刻拿起了腳邊的行李箱。就在這個時候突然有人從背後輕拍他的肩膀。真木回過頭一看，霎時臉上浮現詫異的表情，旋即又很驚訝地笑著跟對方說：「啊……這可真是……」

第三章　荷馬殺人

1

九月十二日，星期二早上。

長野縣北佐久郡北御牧村的農民日高六助看著寄來的一封信，吃驚地大聲呼喊他的老婆：「喂！妳過來一下，有人寫信給死去的阿嬤！」

「是弔唁信嗎？」

「笨蛋，有誰會寫弔唁信給死掉的人呢？」

六助重新看了一眼信封上的收件人。細小的鋼筆字確實寫著日高志乃女士收，就連地址上最小的行政區域八重原都寫出來了。看來這不是寄信人糊塗了，也不是郵差誤投的郵件，更何況整個北御牧村也只有兩家人姓日高。

「哪裡寄來的？」從廚房走來的老婆阿惠一股腦地坐在丈夫的面前問道。

「東京，叫什麼四季書房的地方寄來的。」

「書房，那不就是書店囉？」阿惠湊過頭來看著六助遞出來的信封問道。

厚牛皮紙信封上印著四季書房的出版社名稱，旁邊則蓋上吉野奈穗子的橡皮章。

「這個叫吉野的會是阿嬤的朋友嗎？」

「不會吧，這名字聽都沒聽過！」

「搞不好是把阿嬤的照片給印在書上了吧？」

「說不定喔。對了，敬老節不是快到了嗎？去年報社、雜誌什麼的不是來了一堆人說要幫阿嬤拍照嗎？」

六助用力點頭稱是。他的祖母日高志乃是縣裡少數的人瑞之一。為了幫今年六月過一百零一歲生日的祖母辦慶生會，六助還向村裡的集會所借了場地。本來只是邀請親朋好友參加，可是光是來自東京、名古屋的孫子、曾孫竟也超過了三十人。人數多到狹小的屋子根本擠不下。

當時還有S電視台來錄影，並在縣內的新聞時間播出。此外日高志乃的照片和名字也經常在報紙上出現。這位「長壽阿嬤」可說是日高六助的榮耀和驕傲！每年到了敬老節，村長就會送禮。阿嬤年過百歲之後，連縣長也會送紀念品來。家裡客廳掛的匾額是縣長的墨寶，村裡的小學校長告訴他們上面寫的是「壽福」二字。

日高志乃沒生什麼大病，就是耳朵有些背了、走路也不太方便，這對一個一百零一歲的高齡者而言，其實也很正常。

「咱們家的阿嬤一定會長生不老！」六助如此相信。

阿媽壽終正寢是在八月十六日的傍晚，剛好是中元祭典的最後一天，家家戶戶在門口燃燒送神火，瀰漫著濃厚的白煙緩緩地飛過暮色將至的村中。

「阿嬤乘著那些煙跟好兄弟一起回去了。」六助總是對趕來哀悼的鄰人這麼說。一如枯樹悄然倒地一般，活了一個世紀的日高志乃安靜地嚥氣歸西了……

怎麼連阿嬤過世了都不知道，東京的書店也真是太混了！

「你不把信拆開來看看嗎？」

「嗯。」在老婆的催促下，六助撕開信封。

「啊！裡面有個紙盒耶。」

狹長的紙盒上纏著一張紙片，上面寫著贈品兩字。

「裡面是什麼？」

「應該不是什麼好東西吧。」

六助打開了紙盒。

「是鋼筆嗎？」

「不是，是原子筆。」

「幹嘛寄這種東西給阿嬤呢？」

「裡面還有一封信。」

敬啟者：

日前承蒙 台端協助敝社「《週刊四季》萬事通留言板」請託，十分感謝。謹致薄禮以為謝忱。今後敬請繼續惠予愛讀與指教。

六助的視線從簡短的印刷書信移開，點了一根菸。

「妳有聽說阿嬤協助書店什麼事嗎？」

「『萬事通留言板』是什麼東西啊？」

「不知道。從信上看來，大概是阿嬤的照片被登在這個《週刊四季》的雜誌上了吧？」

「反正是給阿嬤的東西，我們拿來用應該沒關係吧？」

「我想沒關係吧，不過還是先供在牌位前。老實說阿嬤又不會寫字，送給她原子筆她也不會高興吧。」

「還有你應該寫封信告訴這家書店東西收到了。」

「說得也是，順便通知他們阿嬤已經死了。」

六助如此回答。其實不用老婆交代，他也不會悶不吭聲地收人家的東西。即使只是一枝原子筆，也不能無視於對方的好意。

六助完全想不透已過世的祖母究竟曾經「協助」四季書房什麼事，而且也沒聽過吉野奈穗子的名字。不過這種事之前也發生過好幾次——百歲誕辰時就收到許多寄給祖母的禮物，大部分都是六助夫婦不認識的人送的；每次報社和電視台來採訪也都會寄送小禮物和謝禮。日高志乃因為「長壽」成了縣裡的名人，也難怪六助夫婦對寄來一枝原子筆並不覺得有什麼好奇怪的。

（記得這兩、三天寄謝函給對方吧。）

日高六助心想。

2

四季書房的吉野奈穗子收到長野縣北佐久郡北御牧村日高六助寄來那張奇妙的明信片是在九月十八日星期一。

那天早上奈穗子直接從家裡到印刷廠。四季書房最近正在為老作家K出版短篇小說集。初校用的稿子預定在上午印好，然而比預定時間大幅落後，奈穗子拿到稿子回到編輯部已經是下午兩點過後了。

「辛苦了。」總編輯志賀從正在閱讀的厚重原稿中抬起頭來，詢問她：「看來等了很久嘛！」

「是啊。」

「午飯呢？」

「吃過了。」

「是嗎。初校等多田回來叫他看吧。誰叫K大師非得用舊字體、舊假名寫作不可，而且原稿又寫得龍飛鳳舞難以辨識，年輕編輯根本處理不來！」

志賀說完點了一根菸，再度埋首剛剛閱讀的稿子。

奈穗子回到自己的座位。其他同事都外出了，辦公室裡安靜無聲。她正要坐下時，發現桌上放著一張明信片。寄件人是日高六助。她對這個名字很陌生。

（日高六助……長野縣北佐久郡……）

她突然想起來了。應該是在上上個星期聽到真木英介提起一名女性看到《週刊四季》的留言板而專程來信的事，信裡說可以提供田中英光的重要資料，於是自己趕緊詢問對方的地址、姓名，並寄出了謝函和印有出版社名稱的原子筆。她還記得對方的名字是日高志乃，地址也跟這張明信片上寫的一樣。所以這個日高六助應該是她的公公囉？

奈穗子就站著快速瀏覽那張填滿了拙趣文字的明信片。讀完時她不禁大聲喊道：「真是怪了！怎麼會有這種事？」

「怎麼了？」總編輯志賀吃驚地抬起頭問道。

「好奇怪啊，有點不太對勁！」

「所以我問妳哪裡奇怪啊？」

「真木教授……」

「真木英介怎麼了？」

「教授好像收到已經過世的人寫信給他。」

「嗯……是他說的嗎？」

「不是，我想教授應該不知道吧。可是我只能這麼想。」

「收到死人的來信！這倒是懸疑小說常有的情節。」

「這可不是小說，真的是收到了死者的來信。該不會是讀者的惡作劇吧……」

「讀者？」

「是的。教授之前在《週刊四季》的萬事通留言板投書尋求提供有關田中英光的照片和資料。

「嗯，我看到了。」

「結果有讀者因為那篇投稿寄信給教授，好像是一名農村主婦，說是她公公知道關於田中英光的重要資料。」關於這點，奈穗子之前聽過真木說了一些，只是當時她被要求不能對編輯部透露。

「嗯……然後呢……」

「所以我就寄出了謝函和我們的原子筆。我記得是在上個星期一寄的，對方是長野縣的日高志乃。可是我剛剛看了寄來的明信片，上面說那個人已經在八月十六日過世了，而且還活了一百零一歲……」

「什麼，一百零一歲！那麼老的老太婆會讀週刊嗎？」

「很難說。不過要提供資料的並非志乃女士，而是她的公公……」

「一百零一歲的人的公公，那不就是一百三十歲到一百四十歲了嗎？妳先把明信片讓我看看！」

「是。」奈穗子將明信片放在總編輯的桌上。

「就是這個嗎……嗯……祖母志乃已於今年八月十六日以一百零一歲的高齡壽終正寢。謹此感謝生前厚誼……寄贈禮品已獻祭靈前……」

時而出聲唸讀的志賀浮現了疑惑的眼神。

「的確很奇怪。而且這個寄件人日高六助好像也很自然地收下了寄給他祖母的原子筆，這一點妳不覺得很奇妙嗎？」志賀說完後想了一下，又說：「慢點！」

他看著奈穗子的臉說：「這位日高志乃是個一百零一歲的老人，這樣的高齡，放眼全國恐怕也沒幾個，自然會有地方上的報紙、女性週刊等雜誌去採訪報導，所以對《週刊四季》的謝函一點也不以為意。何況我們寄去的原子筆又是印上出版社名稱的便宜貨，對方一定認為是一種宣傳或服務而送的小東西吧。對方一定是這麼想的。」

「可是真木教授確實收到日高志乃女士的來信。」

「所以那是另一個日高志乃吧！」

「另一個……」

「嗯，就是同名同姓啊。在鄉下農村有時會有十幾戶同姓的人家住在同一個地方。因為是從祖厝分出來的，分家之後又再細分。因此北御牧村會有兩個日高志乃一點也不足為奇。總之查一下就知道了。」

志賀拿起桌上的電話直接打給總機。「長野縣北佐久郡有個北御牧的村子，打電話給那裡的郵局，也就是北御牧村郵局，問他們村裡是否有兩位以上同名同姓的日高志乃。如果對方問起理由，就說我們寄出去的郵件收件人沒有收到，所以才來確認。如果郵局查不到就打到鄉公所等公家機關去查。」

放回話筒時，志賀的嘴角浮現笑意。「有時候說謊也是必要的。應該是有另一個日高志乃才對。」

幾分鐘之後，總機報告了對方的回覆，完全推翻了志賀的猜測。北御牧村只有一位日高志乃。

「北御牧村只有兩戶姓日高的人家，但是叫做志乃的女性只有一位，而且已經在上個月過世。這是那邊的郵局的說法，這究竟是怎麼回事呢？」

「我想是讀者的惡作劇吧。」

「這還得了，那個『留言板』的風評還算不錯，萬一是被人惡作劇的話，我們身為出版社的人得想想辦法才行。事關信用呀。」

「真木教授說那個日高志乃會再跟他聯絡……」

「我想應該先把這件事告訴教授比較好吧？」

「好的，我會聯絡。萬一他相信對方跑到長野就糟了……」

奈穗子一回到座位，立刻請總機轉接真木英介的電話，總機人員很快回覆：「教授不在家，轉成了電話留言，說是暫時外出，如有要事請留言……。現在要怎麼處理？」

「那就算了，等一下再聯絡吧。」奈穗子說道。其實她很怕電話留言，那就像對著一個不存在的人說話一樣，又好像一個人對著機器自言自語。雖然有電話留言很方便，但感覺怪怪的，她就是不太喜歡。

（會是去哪裡了呢？）

他曾說有時會在都內的舊書店逛一整天，一個月也會有一、兩次上電視演講之類的。能讓真木英介「暫時外出」的事情不勝枚舉，這次出門應該也是類似的情形吧，奈穗子心想。但這只是她一廂情願的想法，或許事情根本不是這樣也說不定，因此她始終覺得心神不寧。

日高志乃究竟是誰？甚至她是否真是一名女性也令人存疑。但可以確定的是這個人假借提供田中英光的相關資料企圖接近真木，同時不難想像的是真木已經撲向了誘餌。

根據真木那天的說明，負責偵訊田中英光傷害案件的警察是日高志乃的公公。但是真有其人嗎？然而真木英介在轉述時卻是一副深信不疑的口吻。而且聽說那個「公公」目前生病正在附近的溫泉區療養，對方會等公公回家後再與他聯絡。

那通電話是上上個星期六打的，到現在已經過了十天。如果日高志乃真有什麼企圖，應該會再聯絡。那麼真木英介的外出和這件事有關嗎？這種時候的想像總會伴隨著不安的情緒，一旦起了疑便無法停止。

（教授會不會被日高志乃給約到哪裡去了？）

這點無從確認，因為目前真木是一個人獨居。他的日常生活本就很孤獨和封閉。總之，建議他利用萬事通留言板的是奈穗子，也因此才讓日高志乃有機可乘，有所預謀。

（這是我的責任！）

奈穗子心想。傍晚離開出版社之前，她再度請總機轉接真木的公寓，得到的答覆仍然一樣。

「教授不在家。」

「是嗎。謝謝。」自覺自己皺眉，臉色肯定也不太好看。她一邊放回話筒一邊自言自語：「真是怪了。」

若是平時，奈穗子才不會這麼想呢。說一個大男人半天、一天不在家的「很奇怪」，自己才奇怪吧。話雖這麼說，但她心中還是有著一股莫名的不安，甚至可說是不好的預感，只是過了許久她才發現到這一點。

3

東京地檢署檢察官千草泰輔和屬下山岸事務官一同走出位於世田谷的高級餐廳清風園是在晚上七點左右。

「真是個不錯的歡送會！」走出玄關時，一邊點菸的事務官一臉酡紅的醉容笑著說道。

由於副席檢察官田川義正榮調為S縣的首席檢察官，今晚是他的歡送會。

「話說回來，沒想到會準備那麼豪華的菜色，看來會費應該不夠了，不過大家喝酒時也有了追加費用的心理準備。當然大夥兒還是很感謝身為幹事的檢察官如此用心安排。」

「是這樣子嗎，那是我的錯了。我應該一開始就先說明的……」

「說明什麼？」

「不過我倒是跟首席檢察官說了。那家清風園是我太太的親戚開的，以前就提過辦公室的聚餐別忘了給他們生意做，還跟我太太拜託呢。可是經營者是親戚時，有時反而不好辦事。只是今晚是廳裡同事的私下聚會，我也想替田川學長辦個盛大的送行，在這裡辦，既能做人情，對方也高興。所以是在我們的預算內，算是提供了物超所值的服務吧。」

「是這樣子嗎？聽你這麼說，我就放心了。」

「不用追加費用，所以你的薪水袋也平安無事了。」

「既然薪水袋平安無事，那就去乾一杯吧。」

「還要喝啊！」

「說是喝酒，其實是嘴巴渴了。至少得喝一杯冰涼的啤酒吧……」

「我看你簡直就是居心不良嘛！」

「反正檢察官又不是馬上回家的那種人，就算回去了，今晚太太又不在家。」

「原來你知道啊！」

「早上聽說的。說是親戚家有喜事，要回老家兩、三天……」

「我自己倒忘了。好吧，那就找家合適的店吧。」

「交給我了，今晚我會好好陪你喝個夠……」

「開什麼玩笑？應該是我陪你喝酒的吧。」

兩人併肩、高聲談笑地走在夜晚的街頭。

原色的霓虹燈影如同光的漩渦打在行人道上。雖然千草檢察官的家也在世田谷區，可是他卻搞不清楚這裡是哪裡。路旁兩側熱鬧閃爍的廣告燈光將夜晚染成華麗的色彩，改變了整個街道的氣氛。

「好熱鬧的街啊！酒吧、俱樂部、酒廊、和式酒館、咖啡廳，還有壽司店和賣關東煮的。檢察官的嗜好是？」

「隨便都行，進去吧，但是不要粉味的。」

「我當然知道。就是因為知道才會這麼辛苦……」已然喝醉的山岸事務官說話比平常輕浮許多，但檢察官卻不以為意，大概是自己也有點醉了吧。

「這個倒是很有意思，」事務官突然停下腳步說道，「檢察官，你瞧瞧那個！」

「什麼？」

「你看，就是那棟細長高瘦的大樓啊……」

檢察官朝事務官指的方向望去。一個像是火柴盒堆疊起來的高樓，凸出的廣告燈箱由上而下地排列著，有些牆面看起來彷彿著了火一樣。

「那又怎樣呢？」

「你不覺得很好玩嗎？那是個龍蛇雜處的大樓，各個樓層擠滿了酒吧、酒店。那些店名不是都排列在那裡嗎？最上面的那一間酒吧叫做『Lucky』耶。」

「有什麼好玩的。叫『Lucky』的店不是很普通嗎？」

「你看嘛！下面那一家店居然叫做『初夜』！」

「嗯。」

「接下來是『Virgin』，下面的酒廊叫『相逢』，這簡直就是無意中形成的夜晚藝術嘛！」

「我不懂。每一家店名不是都很普通嗎？哪有什麼藝術可言！」

「我的意思是由上而下把店名串在一起唸，於是乎Lucky的初夜和Virgin相逢了，真是諷刺啊，這可是廣告燈在夜空裡創作的店名俳句傑作啊。」

「嗯。現代社會的處女那麼少啊？可是……山岸，」檢察官笑著說：「你看看這首俳句的作者是誰？」

「嗄？」

「下面那一家店呀。」

「下面是賣關東煮的啊！」

「沒錯，而且店名就叫做『與太郎』。」

「對喔，我倒沒發現。是啊！一個分不清處女是天大謊言的笨蛋與太郎被騙得好慘的故事！這才是真正的黑色幽默。」

事務官擊掌大笑。路人都用訝異的眼神看著他。

「用這種方式來看酒店和酒吧，」事務官邊走邊說，「倒是可以發現不少奇怪的店名。」

「為了引人注意、讓客人永遠記得，自然就會取一些比較奇怪的店名。」檢察官也放慢了腳步，漫無目的地走著。其實像這樣隨興散步、聊天也很愉快。

「說到奇怪的店名，這個應該也算。」事務官指著馬路左前方小巷口的一家店，店前豎著一個古雅的燈籠，燈籠裡點亮的昏暗燈光映照出「和式酒館・可夢院」的文字。

「噢，應該是唸做『kamuin』吧。不過看起來不像是可以做好夢的店啊。」

「前面有一個紅色燈籠。」
「是可以乾一杯的烤雞肉店嗎？店名是『多樂福』，聽起來就像是會打嗝[註1]似的。」
「嗯……這家你也不滿意……」
兩人併肩轉進了小巷。不同於大馬路的熱鬧，位於小巷兩旁的商店、餐廳不但外觀破舊，行人也寥寥無幾。
「這條路不行，沒什麼好店。什麼『阿染』、『駒子』，簡直是老掉牙的店名嘛……」
「可是也有叫做『荷馬』聽起來很不錯的店名啊。」
「你說那個啊，在最前面的那一家……」事務官說到這裡時，正好看見一個男人從那家店走出來。
男人在暗巷走了兩、三步，隨即停了下來，而且彎著身體蹲在路上。檢察官看著他的背影說：「大概喝醉了吧？」
「嗄？」
「你看，那個男人，剛剛從荷馬出來的……」
「奇怪了，那是家咖啡廳耶，上面寫著音樂茶館。荷馬，究竟是什麼意思呢？」
「希臘的……應該是盲眼詩人……」檢察官說到一半便住了嘴。

註[1]多樂福的日文發音為tarafuku，疊音聽起來類似打嗝聲。

因為蹲在地上的男人突然又站了起來。男人就像上了發條的玩具一樣，一下子踢著地面彈跳，一下子又整個人前傾跑了兩、三步，同時高舉著右手胡亂地在空中揮舞，一個踉蹌，男人便應聲倒在地上。檢察官不禁發出一聲驚叫。

「怎麼回事？」事務官似乎也注意到男人異樣的舉動。

「去看看吧！」

檢察官這麼說時，事務官早已邁出步伐了。

4

千草檢察官和山岸事務官面對著老闆坐在荷馬咖啡廳的吧檯則是十分鐘之後的事。由於這個短暫的十分鐘對事後具有重要的意義，在此先依序說明。

檢察官和事務官趕到倒在路上的男人身旁時，男人全身痙攣、發出呻吟。他痛得抽搐的臉在地上摩擦，扭曲的嘴唇流出黏稠的穢物，穢物就在白襯衫的領子上滴流。

「喂！振作點！你怎麼了？」檢察官蹲下身詢問。

男人的臉稍微動了一下，渙散的眼神拚命地朝檢察官的方向看著。

「好怪……那……那家……咖啡廳……」伴隨著急促的呼吸，他好不容易才擠出這幾個字。這個年輕人由於身體痙攣得厲害，一頭長髮在地面揮掃。

「咖啡廳？你是說荷馬嗎？發生什麼事了？」

男人的手握住喉嚨，嘴唇不停地顫抖。他試圖想說些什麼，卻說不出話來。

「山岸，快找電話叫救護車！」

「是。」

事務官當機立斷地往荷馬的大門跑去。檢察官再度蹲下來靠在男人耳邊說：「振作點！救護車馬上就來。你住在哪裡？我幫你通知家人。」

但是男人似乎已經聽不到這些話了。男人放大的瞳孔看著天空，嘴唇微微顫動著。

「白……白色……」

「白色？白色什麼？」檢察官繼續追問時，男人蜷曲如蝦的身體突然伸直了，同時急促的呼吸聲也減弱了，男人吐出一大口氣後便再也不動了。

「白色嗎？」檢察官一邊低喃一邊起身。這時荷馬的店門打開，衝出一位穿著短袖襯衫的年輕女子。

「啊！這位客人……」女子一看到躺在路上的男人便幾乎快哭出來了。

「這個人之前在你們店裡吧？」

年輕女子輕輕地點頭。

「你們店裡發生了什麼事？」

女子靜靜地搖頭，然後一轉身跑回店裡。

四、五分鐘之後救護車來了。兩名從車上下來的人員對著檢察官說「辛苦了」，看來事務官在聯絡時報上了職業。

其實這句話應該由檢察官來說才對，可是在這種情況下，檢察官不過是報案的人。現場還感受不到犯罪事件的氣氛。

「喝醉了嗎？」其中一名人員詢問檢察官。

「不，我不知道。他從這家咖啡廳走出來之後就突然倒了下來。我看到的就這些。」

「已經不行了。」另一名人員在檢查了躺在地上的男人的脈搏和瞳孔之後，起身呼了一口氣後說：「已經沒有呼吸了，也聽不到心跳聲。」

「外傷呢？」

「好像沒有。」

「氣色顯得還不錯。」

「嗯，不太妙啊。」

兩名人員簡短地交談後，動作迅速地取出擔架將男人搬進車裡。

「指定的急救醫院是在前面不遠、位於經堂二丁目的仁愛堂醫院。急救結果需要跟您報告嗎？」

「不用了，你們趕緊過去吧！」

男人可能還有救。有時假死狀態的患者經由醫生急救後也有起死回生的例子。醫院如果對死因有疑問的話，也會通報轄區的警署。

救護車一發出警笛聲離去後，聚集在四周的人群也跟著散去。都是些沒有責任感的好事者。當閃爍的紅燈消失在檢察官的眼前時，事務官說：「哎呀，真是要命，酒都嚇醒了！」

「怎麼樣，要不要喝杯咖啡呢？」

「咖啡？不是要喝啤酒的嗎？」

「嗯。剛剛那個男人好像發現那家咖啡廳有什麼不太對勁的地方。」

「那個男人說的嗎？」

「我不是聽得很清楚，但我確定他說了奇怪的字眼。」

「所以你要去確認一番囉？」

「對，而且那個男人還看到了什麼白色的東西。」

「白色東西……這麼說起來，那個店裡的女人身上也是穿著白色襯衫。」

「所以我才想到那家店瞧瞧。」

「點個啤酒來喝喝吧？」

「還是點咖啡的好。」檢察官語氣堅定。

這就是兩人坐在荷馬的吧檯前，和年約三十、皮膚白皙、面無表情的老闆面對面之前所發生的經過。

5

「總之，跟我們店裡一點關係都沒有。那個客人也是第一次來，進來和離開的時候都好端端的，沒有任何異樣。我們可是規規矩矩地跟客人收錢、道謝，送他離開的。」當咖啡送到千草檢察官和山岸事務官面前時，老闆一口氣說了這些話。

穿著白襯衫的女服務生神情緊張地站在吧台旁。店裡只有兩名類似上班族的年輕客人，他們就坐在檢察官後面的包廂裡。原本與老闆高談闊論的這兩個人在檢察官他們進來之後便突然安靜無聲。店裡流洩著安詳的音樂，但這兩個人此時並非在欣賞音樂，他們只是對事情的發展感興趣，坐在一邊準備看熱鬧。檢察官幾乎可以感受到背後那充滿好奇的視線。

「不過話又說回來，還好沒發生在店裡。要是在店裡出了那種事，我們可是會很困擾的。真是嚇人，怎麼就突然倒在馬路上了，那不就是所謂的暴斃嗎？之前還好好的人突然就一命嗚呼了……」

「這還很難說吧，」檢察官一邊點菸一邊說，「那個男人是不是死了，現在還不知道……」

「當然是死了。他被送走時連動都不能動了。」

「可是我聽說暴斃通常是在睡著的時候發生……」

「不一定吧。何況人為什麼會暴斃，醫學上還查不出原因。慢點……說不定他是狹心症，我伯父就是這樣去世的。」

「嗄？」

「那是夏天的事。他剛洗過澡，全身光溜溜地坐在走廊上擦汗，這時附近的一個女孩子正好走進來。因為是小女生嘛，大叫一聲『伯伯你好討厭』便跑開了。我伯父突然發出奇怪的呻吟，便重心不穩地從走廊跌落到院子，聽說當時他還緊抓著胸口在地上打滾。家裡的人立刻叫了醫生，但是醫生趕來時人已經斷氣了，病名是狹心症，死因則是劇痛造成的休克死亡。那個男人的情況跟他很像，不是嗎？簡直一模一樣。我想那個客人肯定也是狹心症吧。」

「也許吧。」檢察官點頭說道。被送往醫院的男人究竟出了什麼事？自己並非醫生也就少了否決老闆意見的知識和信心。但也不表示他就全面贊成對方的意見。檢察官的想法甚至是比較傾向於完全相反的，因為他聽到倒在路上的男人所透露出的簡短、片段的話語。

（好怪……那……那家……咖啡廳……）

男人是這麼說的。通常病人會說胸口痛、頭痛、幫我叫醫生之類的，然而他卻沒有。他是否在那一瞬間明白了造成自己痛苦的原因是什麼呢？他是否努力想說出在荷馬咖啡廳裡看見或發現的什麼「怪事」呢？這種想法絲毫沒有醫學根據，而是憑檢察官職業上的直覺。

「對了，」檢察官對著站立在吧檯旁的女服務生說道，「那個客人是一個人來的嗎？」

「是的。」女服務生用力地點頭回答。還帶著少女氣息的細瘦身材包裹在白色襯衫裡，敞開的胸口別著一只金色胸針隨之晃動不已。

「是常客嗎？」

「不是，是第一次來的客人。」

「幾點到的？」

「大概是七點左右吧。」女服務生看著掛在吧檯正面牆上的時鐘。老闆聽到她的回答也抬頭看著後面的時鐘說：「沒錯，應該是快七點的時候吧。」

在精雕細琢的大型畫框中央，一如繪畫般地嵌著一個圓形電子鐘。金色的鐘面上紅色秒針飛快地動著，現在時刻是七點四十六分。

「那麼，」檢察官接著問，「那個男人坐在哪裡？」

「那裡，最裡面角落的包廂。」女服務生指了指位置。

「嗯，是靠牆的位置啊。」

檢察官再次環視店內。這家店在這一帶算是比較大的，入口位於面向道路的右邊，一推開門，正面就是吧檯，座位和吧檯平行排成了一列。左邊的轉角延伸出去，也有幾張桌子。換句話說，這個設計成L形的店面，男人選擇的位置是這個L的縱軸底端，也是最裡面的包廂。後面乳白色的牆上掛著一幅油畫。

一整片的畫布上畫上一個留著西瓜頭的少女人頭。儘管檢察官對繪畫所知有限，但還是一眼就看出那是岸田劉生的《麗子畫像》。他為獨生女麗子描繪從五歲到十六歲的《麗子畫像》，幾乎被所有的畫冊選入。然而坐在《麗子畫像》底下位置的男人突然倒臥在地的謎底，畫中的少女是不可能透露的！

6

「那麼，」檢察官換了個問話的方式，「當時店裡有哪些客人？」

「一共三位。一位是女客人，她很快就走了，剩下的就是在場的那兩位……」

「他進來時有沒有什麼奇怪的地方？」

「沒有。」

「想到什麼都可以說……」

「真的沒有，我只是覺得他有點冷冷的……」女服務生咬著塗了厚厚口紅的嘴唇說明男人進來時的情景。接著她是這麼說的——

晚上七點左右，一個留長髮、瘦瘦的男人推開荷馬的大門走了進來。男人站在吧檯前環視店裡，然後直接走向最裡面的包廂。他坐上座位後，便打開自己帶來的書本還是雜誌，駝著身體閱讀起來。女服務生上前問他要點什麼時，他連頭都沒有抬只說了聲咖啡。

女服務生將剛煮好的咖啡用托盤送到男人的桌上，並問他要加牛奶嗎，男人只是揮揮手，沒有說話，所以她便將牛奶罐拿了回來。男人將糖包放在只喝了三分之一的咖啡杯旁邊，糖包自始至終都沒有打開。女服務生在男人離開後收拾桌子時心想：這個客人大概喜歡喝黑咖啡吧。

男人走出店門時也沒有任何異狀。他將帳單和咖啡錢三百圓放在桌上。就只是一個默默走進來又默默離去的客人罷了，根本無法預料他會變成那樣……

「謝謝妳，我知道了。」檢察官為了緩和女服務生僵硬的表情，微笑地對她說：「只是我還有一個問題。」

「什麼問題？」

「我們一看到那個男人倒在地上便立刻衝上前去，當時男人口中說著白色（shiroi）或可能是寬廣（hiroi）的字……」

檢察官說到這裡，老闆探出身子大叫：「我知道了，他說的是白色烏鴉！那個客人一定是在說白色烏鴉！」

「你說什麼？」這次換檢察官提高了聲音。「白色烏鴉？店裡有這種東西嗎？」

「怎麼可能呢！」

一旁的女服務生笑了出來。這是檢察官和事務官走進這家店以來第一次看到的笑臉。

「是這樣子的。」女服務生邊笑邊說，「我差點都忘了，有人打了一通電話給那個客人。」

「哦！什麼時候？」

「大約是他進到店裡十分鐘後吧。」

「是誰打來的？」

「不知道，是個女的。對方說水戶先生應該在你們店裡，請幫我叫他好嗎……。對了，那個客人姓水戶。」

「嗯……」

「我們常常會有請客人接聽電話的情形，所以當時並不覺得有什麼奇怪的地方。我拿著話筒問水戶先生在嗎？那個客人就從後面的包廂站了起來。」

「他在電話裡說了些什麼？」

「這個嘛……」老闆面無表情地說，「那個客人好像是在我們店裡等人。」

「等的是女人嗎？」

「應該是吧。我看到他微笑地回答說：『我從剛剛就一直在等著、哪裡的話，這種事妳別擔心……。』然後又說：『我知道了，馬上過去。啊，是白色烏鴉嗎？』是白色烏鴉吧？他還重複了兩次。『我知道了，待會兒見。』然後就掛上了電話，接著便急急忙忙走出店門。」

「嗯。」檢察官一副思索的眼神。那個男人說的「白色」是這個意思嗎？他是要說「告訴那個在白色烏鴉等著的人」嗎？

「這附近有沒有叫做白色烏鴉的酒吧呢？」

「這個嘛……」老闆側著頭說，「沒聽過。穿過這條巷子到對面去，倒是有一家叫做白色杯子的小酒館，不過杯子和烏鴉應該差很多吧。」

千草檢察官和山岸事務官在幾分鐘後便起身告辭離去。整個問訊完畢，對於那個姓水戶的男人突然倒地的原因仍一無所知。

「接下來怎麼辦？」一走出昏暗的小巷，山岸事務官便有氣無力地詢問道，「這下子應該也無心喝啤酒了吧？」

「說得也是。」

「回家吧？」

「回家吧。」

「但願能順利攔到車子……」

「感覺還真是悽慘啊。」

兩人往燈火通明的馬路走去。

「到底有沒有白色烏鴉呢？」

「應該沒有吧。烏鴉這種鳥，會迎著朝陽飛翔，朝著夕陽歸巢。換句話說，可以直接對著太陽飛的鳥類只有烏鴉而已，因為牠們就棲息在太陽裡。」

「哦！」

「這是傳說啦。所以烏鴉的翅膀才會燒成黑色的，連嘴巴、腳尖也都是黑色的。所以白色烏鴉是指不可能發生的事物。」

「可是卻在那個男人身上發生了。」

事務官這麼說時，檢察官正對著一輛迎面而來的空車招手。

第四章　樹叢裡

1

【荷馬】

希臘最早的詩人。生存年代不詳，推估是在紀元前九世紀左右。關於其出生地眾說紛紜。一般認為他是《伊里亞德》、《奧德賽》的作者。也有學者認為荷馬是當時吟遊詩人的泛稱，並非真有其人。

據說荷馬是個盲眼老詩人，遊遍各都市吟唱自己的詩句，站在人家門口乞討金錢，過著貧困的生活。但這種說法缺乏史料根據。

傳說是其作品的《奧德賽》，是一部長篇敘事詩，描寫特洛伊戰爭武將奧德賽十年的冒險與漂泊生活。將男主角名字以英文發音的《尤里西斯》傳入日本之後，因而有了近松門左衛門的《百合若大臣野守鏡》作品……

千草檢察官將視線從百科事典的小字中移開，點了一根菸。從東邊窗戶射進來的陽光就打在他的臉上。雖然有些刺眼，卻不是那種會曬得令人發熱的強光，而是帶有秋意的柔和太陽。

那一天早上，檢察官八點就醒來了。妻子預定在娘家待三天，家裡靜悄悄的。她娘家位於東北地方群山環繞的鄉下，自古以來的習俗還根深蒂固地保留著。親友一有婚喪喜慶，就會鄭重其事地寄通知或請帖。

「跟鄉下親戚應酬可不輕鬆。不管什麼事總是喜歡聚集一大堆人……」每次妻子總會如此忿忿不平地一邊抱怨一邊查火車時刻、準備出門的行李。

「沒辦法啊，我還是不能出席。幫我問候大家。」檢察官也擺出固定的表情如此說道。或許根深蒂固的不止是鄉下的風俗習慣，也有在那裡生長的兩個人對故鄉思念的心吧。

千草檢察官躺在被窩裡用力伸懶腰。這三天可說是難得的單身假期；三餐就到外面打發，既不會聽到有事沒事就喜歡跟他說話的妻子的聲音，也不會聽到從廚房傳來任何聲響。這雖然很正常，但感覺卻很新鮮。

「好吧……」他正要起床時卻皺起了眉頭。因為腦海中突然浮現了昨晚和山岸事務官路過時看到男人倒地的記憶。那個男人不知怎麼樣了？

救護車人員彼此交談著「沒有呼吸了」、「應該不行了」，便將男人用擔架送走。這會兒說不定人已經死了。這麼一來自己不就成了聽見那個男人死前說話的唯一證人了嗎？即使是巧合，這其中也是有著什麼因緣吧？

當時檢察官只聽到「咖啡廳」、「好怪」等字眼，另外他還聽見了「白色」，而根據咖啡廳老闆的說法，應該是「白色烏鴉」的意思。白色烏鴉——那個男人在極度的痛楚中究竟想告訴自己什麼？他要說什麼呢？咖啡廳的老闆說附近就有一家叫做「白色杯子」的小酒館，那麼白色烏鴉也可能是咖啡廳或酒吧的名字吧。

昨晚和山岸事務官一路上就酒吧、餐廳的名字開了不少玩笑。檢察官記得那就是他們轉進小巷的原因。兩人走到半路時，事務官看到「荷馬」的招牌問起是什麼意思，當時他就記憶所及回答：「希臘的……應該是盲眼詩人……」他說到一半，就看到那個男人從荷馬跑出來。

就在這個時候，檢察官又有別的想法。荷馬是個盲眼詩人，這點自己是否記錯了呢？至此自己也沒把握了。卻又覺得荷馬像是某個國家的國王名字，或是洋酒名吧？荷馬威士忌、荷馬琴酒……。不對，搞不好是學生時代看過的莎士比亞舞台劇中的倒楣公主吧。

檢察官一想到這裡，對「荷馬」的印象就越發模糊不清了。在模糊的記憶中，真正的答案忽遠忽近，越是努力地想就越想不出來。說來很蠢，這種事如果不弄個水落石出，他這一整天都會被荷馬搞得心神不寧。

那天早上，檢察官臉也沒洗便走進書房翻開百科事典，就是為了解決這個惱人的小問題。荷馬的真相當下便解開了。

（我說得果然沒錯！）

檢察官心情輕鬆地點了一根菸，看著在秋陽中逐漸消散的白煙，樓下的電話鈴聲突然響了。

2

「我是野本，早安！」話筒傳來粗厚的聲音，那是警視廳偵查一課的刑警野本利三郎。他和千草檢察官是多年的老交情了，彼此很有默契，而且是在辦案中所培養出來的。

「原來是野本啊！怎麼這麼早，有事嗎？」

「這是電話叫床服務啊！」

「電話叫床服務？」

「住飯店時，飯店不是都會這麼做嗎？只要客人事先告知隔天早上想幾點起床，到時候電話鈴聲就會響起。這就是所謂的電話叫床服務啊。」

「這我當然知道，可是警視廳偵查一課什麼時候開始提供這種服務了？」

「今天開始的，其實我是先打電話到地檢署，山岸事務官剛好進辦公室，他說檢察官還沒到，大概是因為太太不在家還在睡懶覺吧。既然這樣我就提供電話叫床服務，讓你有個愉快的清醒……」

「知道了，你每次的開場白總是囉哩囉唆講一大堆。對了，你打電話到辦公室有什麼事嗎？」

「水戶大助死了。」

「水戶大助？他是誰啊？」

「檢察官昨天晚上遇到的那個人啊！是世田谷區櫻二丁目的荷馬咖啡廳的客人……」

「啊……是那個男人啊……」

「沒錯，聽說是你叫了救護車。他被送到醫院時人已經死了。水戶大助，二十五歲，職業是編輯，在神田一家叫白夜書院的出版社上班。」

「哦，你還真清楚嘛。是你調查的嗎？」
「這種事馬上就可以查到了，因為被害人身上帶著名片。」
「你說什麼？」檢察官連忙重新抓好話筒。「你剛剛說被害人，換句話說，那個男人
……」
「是的，他是被殺死的，很明顯的殺人案件。」
「死因呢？」
「被毒死的。急救醫院的醫生首先向世田谷警署通報死於非命。警署立刻派驗屍和偵查人員前去勘驗屍體。勘驗結果一致同意是服用毒藥致死。目前還不知道是何種毒藥，但法醫和醫院的醫生都認為是氫化系的毒，也就是氫酸、氫化鉀之類的毒藥。這類死者的皮膚會呈現鮮豔的紅色、嘴巴和嘔吐物會有一種獨特的氣味，而且從感覺痛苦到死亡的時間很短，大概只有兩、三分鐘。」
「嗯。」
「總之，已經確定是立即性的毒藥。當然在死者的身上並沒有找到類似的東西，畢竟是不會有人專程跑到咖啡廳服毒的，所以排除了自殺的可能性。因為山岸事務官曾經跟救護車的人員提到這個男人是從荷馬跑出來的，所以世田谷警署的刑警已經去找那家店的老闆問訊。」
「嗯。」
「另外，從死者的名片得知他的名字和工作地點，所以也跟神田的白夜書院聯絡了。」

但是出版社沒有人值班，也沒有警衛，等到刑警查到出版社社長的地址，前往青山調查已經是昨晚十一點左右了。」

「結果……查到什麼了嗎？」

「沒有。唯一查到的是，水戶是個很受大家喜愛的好青年。他一從K大畢業就到白夜書院工作。這家書店出版一本叫《旅情》的雜誌，也就是刊登有關旅遊資訊和遊記之類的雜誌，水戶大助是在編輯部服務。他是群馬縣人，目前單身。這些應該不能做為辦案的線索吧……」

刑警說到這裡時，電話旁邊好像有人在跟他說話。

「啊，我先失禮一下。」刑警說完之後似乎按住了話筒，另一個人的聲音便聽不到了。但是很快地又聽到刑警的聲音了。

「真是不好意思。這裡現在有些狀況。」

「你現在人在哪裡？」

「世田谷警署的偵查總部。一旦設了這種東西，管你是早上還是深夜就得被電話叫床服務給吵醒！做這種工作真是報應，就是沒辦法享受早晨愉快地醒來。」

「你是在諷刺我嗎？」

「我沒有。總廳的大川警部也來了，當然檢察官得負責這個案子，這麼一來，演員全到齊了。拿相撲做比方，我們算是三大選手一起跺腳表演。千草、大川和野本的鐵三角組合，沒有我們破不了的案啊……」

檢察官嘴角浮現苦笑。他幾乎能看到個性單純、直腸子的野本刑警志得意滿站在偵查總部的模樣。

「總之，」檢察官說道，「那個被害人跟我多少也有點關係……」

「什麼才多少，千草先生可是在案發現場啊……」

「可是當時我並不知道是個命案啊。」

「總之你是本案的重要目擊者，而且還聽到被害人死前最後說的話，本來應該請你以證人的身分到署裡接受問訊的。」

「我得接受野本刑警的偵訊嗎？」

「沒錯，正是這樣。我好想偵訊一次看看，寫寫你的問訊筆錄，讓你簽名蓋章。這可是我一生一世的大事啊，甚至可說是刑警野本利三郎一生的回憶……」

也許是心理作用，刑警的聲音聽起來像是在顫抖。大概是為自己所說的話而感動莫名吧。他是個個性直爽、淚腺發達、嫉惡如仇、遇事勇往直前的男人。檢察官忽然想起了山岸事務官曾經說過：「野本這個人感覺好像森林石松[註1]！」

「既然如此，」檢察官笑說，「為了讓你有個回憶，我就接受傳喚到偵查總部去吧！」

「我是開玩笑的。但是請你負責這個案子，不要逃避！這次你是逃不掉的。解剖結果

註[1]清水次郎長是日本民間傳說故事的英雄，來自遠州森林的石松是他旗下的兄弟，喜歡喝酒、打架。

大概會在下午出來，詳細情形我會聯絡山岸，接下來我要去被害人的住處調查。」

「我知道了，辛苦你了。」

「如果需要的話，我明天也可以提供電話叫床服務……」

「不用了，我承受不起。」

電話在笑聲中結束了。

即使兩人已經結束通話，但是檢察官的臉上依然掛著笑容，那是因為他想到這時野本正對著辦公室裡的刑警誇耀「地檢署的千草檢察官是我的老朋友。每當破案了，我們就會喝一杯」的緣故。

3

同一天早上，四季書房的吉野奈穗子一到出版社便立刻打電話到真木英介的公寓。

「不在，跟昨天一樣轉到了電話留言。」總機人員答覆道。

「是嗎，謝謝妳。」奈穗子說完掛上電話後不禁嘆了一口氣。

她從昨天到現在心裡一直感到不安。真木英介該不會出了什麼事吧？不安的情緒引發她不祥的臆想。無論如何，事情的起源是刊登《週刊四季》的萬事通留言板上的公告。那篇公告讓某個人想出了什麼不好的計謀。

能夠立即寫出處理田中英光傷害案件的警察、看護年老公公的農村主婦這種情節的人應該是有相當的文筆才對，不像是一般讀者隨便就能想到的惡作劇。可是利用這種虛構故事來接近真木英介究竟有什麼企圖呢？

教授在電話中跟她提到這件事是在上上個星期，至今已經過了十天。這期間對方應該聯絡過兩次才對。不難想像的是，真木肯定很高興地聽從對方的指示。

（教授一定是去了長野縣。）

那麼，在那裡等著他的是誰呢？

（建議使用「萬事通留言板」的人是我。如果當時我不要多事就好了……）

奈穗子感到自責，而且覺得如果自己不採取什麼行動、光是空等著顯得很不負責，也很不合理。

（或許去問問公寓管理員能夠問到些什麼訊息。）

她靈機一動，趕緊請總機將電話轉到管理員室。

話筒裡立刻傳來中年女子的聲音。「這個嘛……去了哪裡？我也不知道。」

對於奈穗子的詢問，對方的口氣顯得很冷淡。

「所以教授長時間不在家時，不會先跟妳說一聲嗎？」

「有時候他也會說一聲的。出門時會到管理室交代：我不在家，麻煩幫我打掃屋子。」

「那這一次……」

「我不清楚。真木教授最近好像電視台、電台的工作比較多……而且電視台也不限於東京，有時會到外地去，所以家裡經常沒人。」

「這一次他是什麼時候出門的呢？」
「妳問我什麼時候，我也……啊，對了，應該是那個時候吧，我想應該是上個星期的後面幾天。我們在電梯前遇到了，我記得當時他手上提著行李箱……」
「妳說上星期的後面幾天，是星期五還是星期六呢……」
「不是星期六吧，我想應該是星期四或星期五的中午過後……」
「當時他有沒有說要去長野縣呢？」
「沒有。真木教授走出電梯時，我剛好經過，他只是點了一下頭，我跟他說聲慢走便……」
「那之後他就沒有回來了嗎？」
「我想是吧，因為之後我就沒有再看到真木教授了……」
「我知道了。事情是這樣子的，我們出版社拜託他一件急事，如果他有聯絡的話，可否請教授打電話到四季書房，我是四季書房的吉野。」
「吉野小姐嗎？那就……」
「十分感謝妳的幫忙。」奈穗子慎重道謝後掛上電話，可是心中還是感到不安。
（教授果然去了長野縣！）
他提著行李箱走出電梯是在上個星期的星期四或星期五，今天是十九日星期二，上個星期五是十五日，所以這不過是四天的「外出」，但一想到自稱日高志乃的女性是個不存在的謎樣人物，這四天的意義就非比尋常了。

（怎麼辦才好呢？）

奈穗子很迷惘。等總編輯來了，再跟他商量吧。如果有必要的話也可以向警方提出搜索的申請。但是，奈穗子此時又陷入另一個迷惘。

真木英介是目前暢銷書《瘋狂的美學》的作者，也是當紅的評論家。如果他行蹤不明的消息曝光了，所有媒體一定會蜂擁而至、爭相報導。而正當鬧得沸沸揚揚時，萬一真木英介突然回來了，那後果會怎麼樣呢？到時候不僅四季書房鬧笑話，恐怕震怒的真木也會拒絕為田中英光全集寫解說了。

不能操之過急，奈穗子心想。真木英介除了是評論家，畢竟也是一個男人。幾年前太太過世後就維持單身的他應該也有不欲人知的私生活吧？這四天的「外出」，對真木而言或許是一段充實的時間。也許到了下午或明天，真木教授就會回家了——一副輕鬆自在、什麼事都沒有發生地回家了。

但願如此。只因為他提著行李箱，就認定他去長野旅行，又跟日高志乃聯想在一塊；或許是自己想太多了吧。

事態危急的預測和企圖抑止的矛盾想望在奈穗子的心中不斷地交戰。

4

檢察官別在衣服上的胸章據說是模仿白霜的結晶，而胸章正中央的紅點則是代表太陽。霜和太陽，意指秋霜烈日。或許是用來誇顯檢察官面對犯罪時的凜然氣魄與不畏強權的烈日氣概吧。

但是那天早上，位於日比谷的地檢署八層樓建築則是沐浴在柔和的秋陽下。千草檢察官走進建築物裡、走出電梯、站在自己的辦公室門前時，似乎還能感受到肩膀上殘留溫暖的光線。

一推開門，山岸事務官便笑著對檢察官說：「早安！看來又有案子要忙了。」

「就是說嘛。都是陪你在街上亂走才會這麼倒楣。」檢察官也笑著拉張椅子坐下。

「野本來過兩次電話，重點我都記下來了，你要看嗎？」

「也好。」檢察官點了一根菸，看著事務官拿上來的紙張。

關於死因的推測、被害人的姓名、年齡、職業、同事的評價等，都跟野本刑警在電話中所說的差不多。唯一吸引檢察官注意的是「案發當時在荷馬的客人」這一項。

（一）被害人水戶大助出現在荷馬是七點左右。當時裡面有A、B、C、D四名客人。

（二）A是年齡二十四、五歲的長髮男性。比被害人早約三十分鐘到店裡，他點了咖啡。即所謂的散客，也不太跟女服務生說話。三十分鐘之後，由於A揮了揮手上的千圓鈔票和帳單跟女服務生使眼色，所以女服務生也默默地找了七百圓給他。被害人出現在店裡時，A正好將找的錢塞進口袋站了起來，兩人在門前擦身而過。A走到店外時，被害人已經往最裡面的包廂走去。兩人看起來並不認識。

（三）B是年齡三十二、三歲、長髮及肩、濃妝豔抹，一看就是特種行業的女性。比被害人早約二十分鐘到，點了咖啡。也是散客，很認真地讀著自己帶來的雜誌。B是在被害人坐上座位四、五分鐘後離開。根據女服務生的記憶，她是一邊看著B打開門的背影一邊將咖啡送到被害人的座位。

（四）C和D都是荷馬的常客，兩人是附近牙科技工學院的男學生。兩人在晚上六點半左右到荷馬，跟老闆和女服務生談天說笑。他們表示對前面提到的A、B及被害人並不認識。此外，C、D的證詞和老闆、女服務生的證詞完全一致。

（五）女服務生將咖啡送到被害人座位後，並沒有任何客人曾經靠近該座位。

檢察官看完之後從那堆紙張抬起頭來說：「當時在荷馬有四個客人，可是昨晚我問店裡的女服務生她明明回答是三個……」

「沒錯。上面所寫的A客人正好和被害人擦身而去，所以不算是當時店裡的客人。我想女服務生可能是這麼想的吧？因為突然有偵查人員來調查，她才想起了A……」

「嗯。」檢察官點頭說，「可是在這種情況下，兇手是如何對被害人下毒的呢？」

「的確很怪。就常理來說，一般會認為咖啡裡有毒，可是咖啡送上來之後，並沒有其他人接近被害人的座位。」

「如果是老闆或女服務生就容易下手了。只是沒有人會用這麼簡單的手法下毒吧……」

「還有其他疑點。氫酸鉀這種毒性會在瞬間起作用，假如是放進咖啡裡，被害人喝了之後應該馬上感到苦澀，並且當場倒地才對。可是這次的案子，被害人卻是付了錢、走出店外之後才倒在路上的……」

「這是有原因的。我聽野本刑警的報告，被害人是在喝下送上來的咖啡不久就走出店門的。」

「所以那個男人是一直坐在自己的位置上面對著咖啡囉？」

「不是，他一坐上座位就把帶來的雜誌攤在桌上，駝著身子讀了起來。那是一本跟舞台劇有關的雜誌，叫做《開幕》，聽說上面刊登了被害人的戲曲作品。」

「嗯……」

「也就是他參加比賽的入選作品。據說那是今年四月號的雜誌……」

「他幹嘛拿那麼舊的雜誌呢？」

「這個嘛……總之那個男人專心看著雜誌，根本不太理會送來的咖啡。過了一會兒，有個女人打電話來找水戶先生，要他接聽……」

「嗯，這一點昨晚聽說了。」

「他掛上電話，回到自己的座位，然後站著將咖啡喝光，接著把錢放在桌上就走出了荷馬。我們正好看到他走了出來。」

「嗯。所以他倒在路上一點也不奇怪。」

「雖然不奇怪，」事務官說，「卻是個難解的案件。究竟是如何下毒的呢？還有那個男人最後說的『白色烏鴉』是什麼意思也還搞不清楚。剛剛野本刑警在電話裡嘴巴好毒，說什麼檢察官和事務官兩個人在現場卻不會保持現場！

「胡說八道的傢伙！」檢察官笑了出來，又馬上轉為思索的眼神。然後輕聲地自問道：「我的確是在現場，可是那裡真的可以說是案發現場嗎？」

「嗄？」事務官一臉詫異地看著檢察官。

這時檢察官提起了別的事。「山岸，荷馬的確是希臘盲眼詩人的名字。」

「哎呀呀！」事務官用開玩笑的口吻說，「盲眼詩人和烏鴉，這個案子的未來簡直是一片黑暗嘛！」

「的確是件麻煩的案子。」

「早知道隨便找家店點個啤酒喝就好了。」

「為了補償你，今晚喝一杯吧？」

「好啊！」

兩人相視而笑。

可是檢察官說的確是件麻煩的案子時，距離辦公室約一百七十公里的地方正發生了另一件麻煩事！

5

九月十九日是長野縣小諸市私立千曲商業高級中學的創校紀念日。這一天全校放假。二年級的芝田幸一帶著中型相機和三腳架從懷古園後門走在通往中棚礦泉的坡道上，是在當天的上午十點左右。碧澄如洗的天空浮著一抹白雲，淡淡的白色雲彩將天空襯托得更加湛藍。芝田幸一一邊吹著口哨，連走帶跳地走在不是很寬的路上。

中棚礦泉是緊偎在千曲川河邊的小型溫泉區。由於島崎藤村曾在此住宿，這裡至今訪客仍很多。藤村在他的〈千曲川旅情之歌〉中有這麼一節：

日暮淺間／悲戚佐久笛／千曲川波濤／拍岸擾宿前／且飲濁酒醉／草枕暫為眠

詩中提到的「拍岸擾宿」在哪裡無人知曉，但來到中棚礦泉肯定能感受到這首詩的意境。

原來這個礦泉是小諸義塾創辦人木村熊二於明治三十一年（一八九八）發現泉脈，並集資開採的。藤村於翌年到小諸義塾擔任教職，負責的科目是國語和英語。時值藤村二十七歲那年的春天。

為了迎接年輕有活力的老師，塾長木村立刻招待他到開採不久的中棚礦泉。根據日後藤村發表的小說〈岩石之間〉（中央公論）：

「溫泉區與新開墾的田地相連，從玻璃窗外可以看見葡萄棚架上垂掛的果實。藍黑色透明的礦泉冒著淡淡的蒸氣。浸泡在舒服的熱水中，校長不禁發出愉悅的嘆息。」提到新村，他自傲地說起自己是如何拿著圓鍬挖到這裡的泉脈。

在職期間，藤村曾多次來到這個礦泉旅館。對小諸義塾的老師們而言，這裡是可以放鬆心情的集會場所。「千曲川波濤，拍岸擾宿前」，當藤村如此歌誦時心中肯定存著中棚礦泉的意象。

旅館後面是坡度陡斜的懸崖，在懸崖壁上凸出的空地上，有一座小型建築物。這個樹木環繞的有著稻草屋頂的房子，從它那屋簷寬廣、前面有欄杆的書院式房間對外眺望，千曲川的水流和溫泉旅館的風采都能一覽無遺。

「從這個溫泉沿著石牆走上坡道，就能看見校長的別墅大門。別墅名曰水明樓。這棟房子原本是校長的書房，他將放在士族舊家的東西搬到這裡來使用。這是棟典雅的小樓，倚傍絕壁，眺望位置極佳。」

一如藤村在《千曲川素描》中所寫的一樣，這個稻草屋頂房子是木村熊二的別墅。和明治藝文有著很深淵源的這個建築，之後由家屬捐贈給小諸市，目前隸屬於市教育委員會。

言歸正傳，千曲商業高級中學的學生芝田幸一帶著中型相機和三腳架走向通往中棚礦泉的小路，就是為了拍攝這棟水明樓。

縣內的信州電視台正在徵選每個月氣象預報畫面所使用的照片。芝田幸一每次都參加徵選，他的作品終於在今年五月被選上了。

那張照片是他在懷古園拍攝的。小諸舊城遺址的石頭高牆、從上面傾瀉而下的垂櫻枝條、交錯的枝條縫隙間可見覆著殘雪的淺間山，他將這樣的構圖取名為「古城春色」。這張照片在五月播放了一個星期，畫面上打著「攝影：芝田幸一」的字樣。儘管氣象預報只有兩分鐘，但才剛播完同學就打來語帶粗魯的祝賀電話：「喂！你的名字剛剛出現在電視上，好厲害呀，畜生！」

第二天早上母親也很高興地跟他說：「隔壁媽媽要我跟你恭喜，她也嚇了一跳呢。」到學校上學時，一些女同學也一起為他鼓掌。畢竟對這些為了讓自己的名字在深夜的廣播節目中被提及，而願意寄出幾十張點歌明信片的高中生、中學生而言，自己的名字能出現在電視畫面上簡直就像神話一樣！

電視台寄來台名燙金的相簿作為獎品，如今這本相簿就像是他的寶貝一樣地供在書架的最上層。

芝田幸一難忘當時的感動，所以一到星期天便帶著相機四處跑。他在暑假裡甚至還跑到了輕井澤、湯丸高原，就像著了魔似地拚命拍照。然後從裡面挑出自己比較有信心的作品不斷地寄出，只是每一次的揭曉都嚐到了落選的傷心滋味。其實沖洗照片也不便宜，但他還是不死心地投稿，就是因為懷著「這一次我一定能入選」的信念！

九月份的截止日只剩下一個星期。儘管他已經拍了幾張自己覺得有信心的作品，然而今天早晨卻突然想到水明樓肯定會是絕佳的拍攝地點。

水明樓是近年來罕見的稻草屋頂房屋，四周有林木圍繞、臨著千曲川建築在懸崖的半山腰。此樓卓然獨立，靜靜地訴說著明治時代的歷史與藝文。而富於雅趣的造型和周遭風景自然調和，整個構圖猶似一幅山水畫。

（好，就這麼決定了！）

芝田幸一來到這個建築物前面時，感到自己的情緒逐漸高昂了起來。

（這次一定能入選！）

首先，水明樓的名字就取得好。題目就定為「水明樓之秋」或「仲秋水明樓」吧。雖說有教育委員會管理，但偏離小路的這棟建築卻沒有令人滿意的路或石階相通。行政單位對於文化財產的無力由此可見！

斜坡上長滿了山白竹和灌木叢，並且一直延伸到狹小的庭院裡。只有建築物的周圍稍有整理，還看得見泥土是濕潤的。老松樹伸展著粗枝，松針和洋槐、山毛櫸等樹葉形成濃厚的綠色簾幕遮住了陽光。

（如何取景才好呢？）

因為水明樓蓋在懸崖的半山腰，所以從芝田幸一來的路上看起來是平房，但如果是從下方的中棚礦泉仰望，就可以看出是兩層樓的建築了。二樓的一個房間是書院式造型，狹窄的走廊凸出，旁邊圍著低矮的欄杆。木村熊二和島崎藤村想必也曾倚著欄杆欣賞眼前如白色絲帶的千曲川水流和眺望遠方的御牧原台地吧。

芝田幸一撥開山白竹和灌木叢，在水明樓的周圍走動。必須從取景器找到合適的構圖才行。他拿起照相機又是站又是蹲地忙著取景。

就在他移動腳步準備稍稍變換一下位置時，感覺腳下好像踩到了一團柔軟的東西。

(這是什麼東西啊?)

他看了一下腳邊,有一團淡咖啡色的布包,布包外面纏著塑膠繩,而且類似袖口的東西還從布包露了出來,好像是男人的上衣。

(大概是誰留在這裡的吧?)

芝田幸一蹲在山白竹叢裡,他一拉開塑膠繩結,上衣便鬆開了。他用手指夾著將上衣在地面上攤開。從衣服高雅的色彩、輕柔的觸感,就連外行的他也知道這種布料相當高級。同樣顏色的鈕扣一如雕琢過的珠子般發出圓潤的光澤。

(好棒的上衣啊!)

這東西不便宜,做工也很高級,跟這附近的西服店打出犧牲大特價,貼上紅色特價標籤、掛在店門口叫賣的完全不一樣。肯定是在一流西服店訂做的高級西裝。

(真是浪費啊。)

這件上衣沒有髒污,也沒有破損、走樣變形,看起來不像是穿舊了的。有誰會將這種訂做的高級西服丟在樹叢裡呢?

有時候遊客為了欣賞水明樓而走進這裡,但很少有人會走到這麼裡面的樹叢中。現在也還不到脫掉上衣的時節,也不會有人將上衣裹成一團抱著走,換句話說,這件上衣應該不是有人不小心遺失的,而是因為某種理由故意丟在這裡的。

(這還真有點懸疑嘛!)

芝田幸一用偵探般的眼光直盯著這件淡咖啡色的衣服。

（慢著！假如這是訂做的西服，那麼裡面應該會繡上名字才對。）

這樣就能知道這件西裝的主人是誰了。誰會將幾乎是全新的高級西服亂丟呢？芝田幸一心想先確定名字之後，再將衣服送去派出所。

他小心翼翼地將上衣拿在手上，擔心衣服裡面會不會有什麼陷阱。曾經有人因為喝了放在電話亭裡的可樂而被毒死。他還聽說有人打開置物櫃的門時，突然炸彈就爆炸噴火了。現在這個社會真是一點都不能粗心大意。

芝田幸一以處理危險物品的慎重手勢將上衣舉高到眼睛的位置，然後仔細檢查一番，又上下輕輕搖晃，結果一張紙片順勢掉了下來。

（上面寫什麼？）

他撿起來一看，應該是從信紙上撕下來的紙片。狹長三角形的紙片被揉成了一團，攤開之後，上面只有一行可以辨識的字。鋼筆字的兩側印著波浪狀的線條。

（是從信上撕下來的。）

大概是捲上衣的時候不小心給捆在一起的吧？可是從撕下來的這一部分文字卻看不出是什麼意思。

我就像是那隻盲眼烏鴉

能夠辨識的就只有這一行字。

「盲眼烏鴉嗎……」

6

芝田幸一再次看著那些文字低喃。真的有什麼盲眼烏鴉嗎？我看這樣的烏鴉是不會飛也不會掠食吧。既然有盲眼症這樣的字眼，那麼就算有盲眼烏鴉、近視眼烏鴉的名詞也就不足為奇了。

這時芝田幸一所能想到的就只是這樣而已，更何況他還得先確認西裝的主人是誰。

他翻開西裝的衣領，很快便找到了繡字。在衣服的左邊內袋上有銀色絲線繡上的羅馬字E.Maki。Maki——是這件衣服主人的姓吧？雖然不知道名字，但英文縮寫是E，那麼Maki E先生就是這件上衣的主人。

這時芝田幸一又有一個新發現——在衣服的右側內袋上縫著一個紅色包邊的黑色布塊，上面也是用銀線繡著三行字，但好像是英文吧。

他瞇起眼睛，一如被老師命令複誦單字一樣，盡可能以正確的發音讀出來。

「For gentleman Wear · Regal Tailor · Setagaya Tokyo」

還好這種程度的單字他還看得懂。上面寫的是「紳士服專門 · 雷格西服 · 東京世田谷」。印象中Regal（雷格）的意思應該是「堂皇的」、「皇家的」。皇家西服，這名字還真是氣派啊。總之，肯定是使用高級布料、收費高得嚇人的西服店。穿著這種衣服的Maki先生肯定是有錢人，而且穿衣服也很講究吧。

這家西服店在東京的世田谷。如果這店是開在銀座或新宿那樣的鬧區，自然會有來自遠方的客人。可是世田谷離市中心應該很遠吧？同樣是高級名店，鬧區或市中心就有很多家了，何必專程跑到世田谷呢？可見Maki先生可能是住在世田谷附近吧。

芝田幸一對自己這樣的推理感到很滿意。沉浸在空想的樂趣幾乎讓他忘了來水明樓的目的。

（檢查看看口袋裡有什麼吧？）

說不定裡面會有關於地址的線索。

芝田幸一將手伸進上衣內側的大小四個口袋，裡面什麼都沒有。他的指尖在口袋底端滑動探索著，連一點髒東西都沒有，可見這件上衣幾乎是全新的。現在只剩外面的三個口袋——胸口的口袋裡沒有東西，然而當他的手伸進左邊的口袋時指頭碰到了東西。他拿出來一看，是折得很小的手帕，而且還厚厚鼓鼓的，裡面好像有什麼東西。

（是什麼呢？）

芝田幸一很自然地打開手帕，同時大叫一聲「啊」便將手帕丟了出去。

手帕裡面居然有一截人的手指。

白色手帕上沾染著發黑的血跡，裡面包著一截從第二個關節被切斷的手指。發白的手指，就其大小看來，應該是小指吧。切口的地方沾黏著紅黑色的血跡。

芝田幸一吞了一口口水，感覺到自己激烈的心跳聲有如擊鼓般清晰可聞，臉上則是一副快哭出來的扭曲表情。在這片濃密的樹蔭下，連大白天都顯得有些陰暗。斜坡外的小路，在平日是沒什麼行人的。趺坐在山白竹叢裡的他，感覺四周就像與城市的喧囂隔離一樣，寂靜無聲。

第五章　盲眼烏鴉在何處

1

九月二十日早上。

四季書房的吉野奈穗子一到出版社便請總機打電話給真木英介。

「教授好像出去了。」總機的答覆跟昨天一樣。

奈穗子嘆了一口氣。教授究竟是去哪裡了？應該是長野縣沒錯，因為有一個叫日高志乃的人在那裡等他。他們兩人究竟發生了什麼事呢？那個自稱是日高志乃的人對教授有什麼企圖呢？奈穗子對真木英介的私生活毫無所知，因而擔心日高志乃會不會跟真木有什麼不為人知的關係？而且是不好的關係。或許兩人的過去隱藏著憎恨或怨懟的牽扯吧。這樣推測應該對吧？

（該怎麼辦才好呢？）

從昨天開始的不祥預感始終縈繞在她的心頭，而且隨著時間的過去在心中形成了陰影。

「奈穗子，今天的臉色怎麼那麼凝重？」一名年輕記者同事看著一臉茫然的她詢問道，「是不是昨晚的約會不太順利啊？」

對於這種玩笑，平常她會明快地反擊，但今天沒有那種心情。

「不要亂說！」她的語氣顯得不耐煩。

「哎喲，公主生氣了呀。該不會是那個來了吧？」

「討厭！」
「不好意思啦。」對方聳著肩膀說道。就在周遭響起一陣哄堂大笑時，奈穗子桌上的電話響了。
「外面有客人找妳。」是櫃檯人員打來的。
「找我？什麼人呢？」
「嗯……」櫃檯小姐吞吞吐吐地表示。「是警察……」
「警察？有什麼事嗎？」
「這個我……」
「算了，先請對方到會客室吧，我馬上來。」

2

奈穗子一推開會客室的門，兩名男子便站了起來。
「我是吉野。」奈穗子輕輕點了一下頭，指著椅子說：「請坐。」
「好的，謝謝。」
彼此面對面坐下後，那名身材魁梧、年約四十的男人先開口說：「打擾妳工作的時間，真是不好意思。其實是有些事情想請教妳。」
男人說話的同時取出名片放在奈穗子前面——巡查部長木內真二，服務單位是世田谷警署刑事課。另外一名三十歲上下的男人也遞出名片，輕聲表示「請指教」。他是長野縣巡查松本邦男，服務單位是小諸警署偵查一課。

奈穗子覺得自己體內的血液瞬間冰涼了。從昨天起長野縣這個地名就在她的腦中揮之不去，而現在長野縣的警察來了。長野縣……日高志乃……真木英介……一股不祥的預感揪住她的胸口，讓她呼吸困難。

「首先，」世田谷警署的木內看著奈穗子的眼睛問：「妳認識真木英介這個人嗎？」

「是的，我認識他。」她的聲音顫抖。

「你們是什麼關係？」

「什麼關係？我們的雜誌和出版品經常拜託真木教授寫稿……」

「換句話說是工作上的合作關係囉？」

「是的。」

「有沒有私人的交情呢？」

「沒有。因為工作的關係，我和教授見過兩次面。」

「嗯……」木內刑事部長叼著菸，用打火機點火。「那麼妳知道真木英介現在人在哪裡嗎？」

「不知道。我也是因為有事找教授，打了好幾通電話給他，但是家裡都沒人。」

「嗯。可是妳應該知道真木先生去哪裡了吧？」

「我不知道。為什麼你會這麼問呢？」

「妳昨天早上打電話給真木先生住處的公寓管理員，對吧？」

「是的。我想問對方有關教授的行蹤。」

「是嗎？可是根據我們的調查，當時妳曾問管理員真木先生是不是去了長野縣，換句話說，妳一開始就知道真木英介去了長野縣，不是嗎？」

奈穗子嚇了一跳。刑事部長剛剛是用了「我們的調查」這個字眼，也就是說警方已經開始調查真木英介的下落，而且在調查的過程中掌握了奈穗子這個人，並且以懷疑的眼光視奈穗子為知道真木行蹤的重要人物。

這是天大的誤會，更是可怕的誤會。

「怎麼樣，妳知道吧？」刑事部長催促般地看著奈穗子。

「我並不知道。只是我有理由那麼認為。」

事到如今，只有把事情從頭說清楚了。

她舔了一下乾燥的嘴唇，將那天邀請真木為田中英光全集寫解說以及日高志乃的出現全盤托出。

3

「原來如此，這樣我們就了解了。」聽完奈穗子詳盡的說明，刑事部長的嘴角才浮現笑容。

一旁的小諸警署的刑警則在小記事簿上記個不停。

「真木先生大概是去找那個日高志乃了吧。根據管理員的說法，真木先生是在十五日的下午一點過後出門，就各方面來看這點應該沒有記錯。從真木先生每天送洗的洗衣店店員那裡也證實了他十四日晚上在家。」

由此可知警方的調查十分周延。

「所以，」奈穗子這時才開口詢問自己最想知道的事。「真木教授出了什麼事嗎？警方為什麼要調查教授呢？」

「妳問我他出了什麼事，我也很困擾……我們也想知道真木英介的行蹤。」

「那你們為什麼要找他呢……」

「那是因為，」刑事部長說到一半便轉頭看著小諸警署的年輕刑警說：「這一點還是你來說明比較好吧。」

「是。」這名叫松本的刑警難為情地看了奈穗子一眼便立刻又盯著記事簿，他低聲地說明：「昨天上午十一點左右，一名住在市區叫芝田的高中生送了一件失物到車站前的派出所，那是件西裝上衣，衣服裡面繡有羅馬字 E.Maki。」

「那是教授的上衣……」

「是的。不過當時還不知道真木英介（Maki Eisuke）的名字。這件衣服上面還有西服店的店名，是世田谷的雷格西服。」

「所以只要問店裡的人就可以知道是不是教授的上衣了？」

「妳說得沒錯。但事情不止這樣，其實警方關心的是上衣口袋裡裝的東西。」

「你的意思是……」

「一截手指。一截切斷的人指，用手帕包著。」

「啊！」奈穗子不禁驚叫，渾身起了寒意。

「被發現的小指，」年輕刑警繼續低聲說明，「是左手的手指。是用剪刀類的兇器從第二個關節一口氣剪斷的，腐爛的程度不是很嚴重，推估是被剪斷了約四、五天。」

「那麼……那是教授的手指……」奈穗子泣聲詢問。

「我們立刻聯絡世田谷警署，請他們到雷格西服調查。從西服店的顧客名冊和出貨帳簿上找到真木英介的名字，同時得知這件淡咖啡色上衣是真木先生訂做的，這個月八號才剛做好送交給真木先生，費用也付清了。接到世田谷警署的這些報告，我和另一名刑警昨晚便趕到東京。」

奈穗子流下淚水，但她似乎沒有意識到自己在哭泣。不祥的預感成了事實，可是不知為什麼她對這不尋常的變化卻沒有真實的感受，只覺得腦中一片空白，淚水不知所以地奪眶而出。

「事情就是這樣。」世田谷警署的刑事部長接著年輕刑警的話說道，「首先我們必須確定松本送來的小指頭主人的身分才行。昨天晚上我們已經到真木的住處採集指紋比對，結果在早上出來了，那根小指判定是真木先生的手指。」

「那麼……教授已經……」奈穗子探出身子追問，「教授已經不在人世了嗎？」

「不知道。」刑事部長看著遠方說，「黑道上還流行斬斷手指，只是我們並不認為真木先生是自己剪斷手指之後就此消失。身為警察，我們會盡全力找到他。目前知道的就只有這些，還不足以做生死的判斷。剛剛聽妳說的日高志乃這條線索對我們很有幫助。如果那封信還留著的話，會是很有利的資料……」

刑事部長一說完，小諸的刑警看著奈穗子接著說：「還有……一件事想請教……」

「是的，請說。」

「事實上，被發現的上衣是捲成一團之後用塑膠繩捆著丟在千曲川河岸附近的山坡上，那裡雜草叢生。發現衣服的高中生擅自查看了衣服，他說從衣服裡面掉出一小張撕下來的信紙。」

「哦！」

「遺憾的是，我們找不到那張紙片。大概是那個高中生太過慌張了，抱著衣服就直往派出所衝，那張紙片就掉在路上了。警方也努力找了一番，但是沒找到。」

「……」

「不過高中生說他很清楚地記得紙片上所寫的東西，上面寫著『我就像是那隻盲眼烏鴉』。」

「我就像是那隻盲眼烏鴉……那是什麼意思呢？」

「這正是我要向妳請教的。妳和真木先生見面時，有沒有提到烏鴉的話題呢？」

「沒有。」

「那句話好像是信的一部分。因為沒有看到紙片，無從得知是真木先生收到的信還是他寄出的信，但是從那隻盲眼烏鴉的寫法來判斷，至少這封信的寄件人和收信人彼此都知道盲眼烏鴉指的是什麼。雙方都知道盲眼烏鴉或曾經一起談論盲眼烏鴉，這是我們的想法……」

刑事部長插話說：「真有盲眼的烏鴉嗎？」

而這也是奈穗子心中的疑問。可是她沒有印象真木英介提過烏鴉的話題。

「不是盲眼的烏鴉，而是盲眼烏鴉！」年輕刑警糾正說道。

「還不都一樣嗎？」

「話是沒錯……」年輕刑警臉上浮現難為情的微笑。

其實這時兩人的對話已經觸及事件的核心，卻被刑事部長起身說「那我們告辭了」而中斷了。

4

奈穗子送兩名刑警到門口正準備回辦公室時，一輛計程車就停在她面前，總編輯志賀正好下車。他手上抱著一個印有出版社名字的大牛皮紙袋，大概是去跟誰拿稿子回來吧。

「總編輯！」奈穗子趕緊上前去。

「怎麼了？瞧妳一臉蒼白的。發生什麼事了嗎？」

「剛剛刑警來過。」

「刑警？」

「真木教授好像出事了。總之你先來一下。」

奈穗子抓著志賀的手臂，再次走進會客室。

「妳說真木教授出事了，是刑警告訴妳的嗎？」

志賀點燃一根菸，很享受地吞雲吐霧。

「是的。教授果然是去了長野縣，長野的小諸市，教授的西裝在那裡被發現了。」

「西裝？這是怎麼回事？」

「也就是說……」奈穗子按時間先後順序將兩名刑警所說的內容重複一遍。在提到真木的小指被發現的那一段時，還覺得噁心難過。志賀也皺著眉聆聽。

「嗯……」志賀又點了一根菸，房間裡煙霧繚繞。「可是刑警怎麼會知道負責跟真木聯繫的人是妳呢？」

「昨天我打電話給真木教授住處的管理員。當時我一心只想到日高志乃這個人，所以便問對方有沒有聽真木教授說要去長野，還交代如果教授有任何聯絡請通知我。大概是管理員跟刑警說的吧。」

「原來如此。」

「所以警方認為我可能知道真木教授的行蹤。」

「原來奈穗子被當成關係人了，就是所謂的事件背後的女人囉！」

「開什麼玩笑，連總編都亂說。」奈穗子嘟著嘴巴說道。

「對不起，當我沒說……」志賀或許是被煙熏到了，瞇著眼睛說：「被切斷的手指放在西裝裡。雖說是丟在樹叢裡，但並不是不容易被發現的地點。這是怎麼回事呢？通常就犯案的心理來說，有可能成為證據的東西會盡可能不讓人看見，犯案的人所想到的第一件事就是湮滅證據，可是為什麼一件繡有名字的上衣會被丟在那裡呢……」

「刑警離開之前也提到這是最大的疑點。」

「搞不懂的地方還很多。高中生所看到的紙片上的文字：『我就像是那隻盲眼烏鴉』，上面只寫這一句嗎？」

「好像是。刑警還問有沒有聽過真木教授提到烏鴉的話題？」

「這怎麼可能。不過盲眼烏鴉倒是很像真木教授喜歡的字眼。我記得他在他寫的《異端派詩人的家譜》曾提到身體有缺陷的作者其作品會明顯反映出殘障者特有的心理。對了，妳也應該再讀一讀真木教授的作品才對。」

「是。」

「對了，妳剛剛說真木教授是在十五號出門的嗎？」

「沒錯，下午一點過後……」

「所以他是搭三點左右的火車去長野，到小諸大概是兩個半小時的車程，抵達的時候已經天黑了。所以日高志乃是在暮色籠罩的某個街頭等他的囉……」

「總編輯！」奈穗子聲音顫抖地詢問，「教授他還活著嗎？」

志賀表情沉重地搖頭，然後低聲朗誦了一首奈穗子沒聽過的詩句。「秋夜深沉信濃路，奔赴冥途何所思……」

「那是誰的詩？」奈穗子問。

「齋藤茂吉。茂吉有個叫堀內卓造的朋友住在長野縣，這是悼念那個朋友而寫的，收錄在他的詩集《赤光》。」

「我好像讀過那本詩集……」

「我很喜歡齋藤茂吉的詩，我認為《赤光》是他最好的作品集。我在學生時代可以背誦他的詩一百首以上。剛剛聽到真木教授的事，突然想起這首詩來。」志賀說完又再吟詠了一次。

奈穗子豎耳傾聽。奔赴冥途何所思——奈穗子對這首詩的詩情感同身受。

5

真木英介「行蹤不明」的消息，在各報社的晚報上大幅報導開來。

他的著作《瘋狂的美學》是暢銷書，自然也就吸引了媒體的關注，因此各家晚報都以頭條來處理他的新聞。

「評論家真木英介失蹤」、「真木英介於長野縣失去聯絡」這樣的標題似乎顯得比較低調，看不到死亡、遇害等字眼，但是報導的內容卻幾乎斷定真木已經死亡。這也難怪，被切斷的小指和他本人的西裝上衣一起被發現，而且找不到任何能夠證明他還活著的證據。

奈穗子坐在編輯室裡拚命翻閱各家的報紙，但是並沒有新的消息，反而是刑警們說的比較具體詳細。

奇妙的是，發現上衣的高中生名字並沒有出現，從各家報紙並沒有提到高中生所發現的紙片來推測，這顯然是警方封鎖消息的緣故。想必那將是確定兇手的關鍵證據，所以暫時還不能對外公佈吧。

該請誰來寫田中英光全集的解說呢？當晚緊急召開的編輯會議上，奈穗子不發一語，只是目光低垂地保持沉默，那是她的小小抗議。在這個會議上一個評論家的生死被完全遺忘了，真木英介對四季書房而言已經是過去式了。這讓奈穗子感到悲傷。

她的悲傷在會議結束後、在回家的電車上、在回到位於杉並區伯父夫婦所擁有的公寓的那個四坪大的小房間時，依然沉甸甸地壓在她的心頭。

她一丟下皮包便趴在書桌前，止不住的淚水沿著臉頰滑落。她全身無力地伏在桌上哭泣。

為什麼哭得這麼傷心呢？為什麼自己對一個評論家的安危會如此難過、心情如此激動呢？真木英介的死幾乎已經是確定了。不只晚報報導他「行蹤不明」，有幾家電台也在新聞時間如此播報。反而，本人就不用說了，就連他的朋友或相關人士都沒有主動聯絡，似乎大家都認為真木英介已經死了。

然而現在奈穗子內心不斷湧上的悲戚，並非只是對一個評論家的哀思而已。

（教授已經不在人世了。）

她一想到這裡，淚水又不爭氣地滑落。一種孤獨感緊壓著胸口，她感到自己像是完全被掏空了，陣陣寒風吹過空洞的身體。

（真木教授！）

她肩膀顫動地嗚咽著，不斷呼喚真木的名字。以那種女人失去最愛的傷痛和感嘆，不斷呼喚真木的名字。如今奈穗子才真正理解隱藏在自己內心深處對真木的情感。

（原來我一直愛著教授……）

或許應該說那只是一種「愛戀」，但無庸置疑的是，就一名異性來說，真木英介在她的心目中佔有一席之地。

奈穗子在哥哥畢業的K大新聞報上第一次看到真木英介的名字。她在文藝欄裡看到了他的散文隨筆，就是那篇名為〈野狐忌〉的短文。文章裡提到了二十幾年前當他還只是六歲小孩的回憶，奈穗子讀完之後印象深刻。

一頭長髮、皮膚白皙的少女模仿賣春的母親，以少年真木為對象，躺在床上展現出幼年的性的饗宴，就像童話一樣的美，充滿了幻想畫的神秘氛圍。奈穗子心情激越地讀著這篇文章。日後那兩個人又一起置身在田中英光自殺的現場。

〈野狐忌〉這篇文章似乎是藉由這段出乎尋常經驗的描寫來表達他對少女的回憶。事實上，他在描述和少女的情誼時如此寫道：「想像中的少女就是我的情人。」那是一個男人一生藏在內心深處的夢幻少女。奈穗子讀完之後甚至萌生淡淡的妒意。所以當初出版社選定真木英介為田中英光全集寫解說，並派任奈穗子負責居中聯繫時，她第一個想到的就是這件事。

（終於可以認識真木教授了，不知道他是個什麼樣的人？）

基於編輯的立場，她讀了幾本真木的著作。真木因個人的喜好挑選了被埋沒的無名詩人、自殺作家，以其銳利的眼光和溫柔的心來解讀他們曲折的心理狀態和作品。他的評論獲得許多讀者的支持，道理就在這裡。奈穗子也因而成了對真木十分傾心的讀者，但不知何時這份感情轉變成愛慕之意，連奈穗子自己也沒有發覺。

（再也見不到教授了。殺死教授的兇手究竟在哪裡呢？）

奈穗子抬起哭腫的臉，無神地看著半空。目前只有兩個線索，一個是冒稱日高志乃的人。就算真的日高志乃已經死了，但她的家人還住在長野縣的北御木村，所以兇手應該對該處很熟悉。用警方的術語來說，就是有地緣關係。

另外一個線索是從真木上衣裡發現的紙片。根據小諸的刑警的說法，那是從信上撕下來的紙片。發現紙片的高中生已經將紙片遺失了，他說上面寫著：「我就像是那隻盲眼烏鴉。」刑警認為「那隻盲眼烏鴉」的寫法，顯示那封信的寄件人和收信人彼此都知道盲眼烏鴉指的是什麼或曾經一起談論過。

這個推理具有重要的意義。既然紙片是在真木的上衣裡被發現的，這意味著他應該知道紙上所提的盲眼烏鴉。總編輯志賀也曾表示「盲眼烏鴉倒是很像真木教授喜歡的字眼」。所以兇手和真木之間必然與一隻盲眼烏鴉有著什麼關聯……。

奈穗子看著書架上排列的真木作品。說不定這些書中有與盲眼烏鴉有關的敘述。她站起來抽出幾本書放在桌上。

盲眼烏鴉會在哪裡呢？

就算只能為這個案子解決一個小小的關鍵，我也要親手將它找出來！

（教授！我一定會找到的。）

一股激昂的心情襲上奈穗子的心頭。她跪在書桌前，像是祈禱般地拿起第一本書。一種類似被奪走愛人的復仇情緒給了翻閱書本的她新的勇氣。

第六章　陶製烏鴉

1

吉野奈穗子在自己房裡閱讀真木英介的著作時，千草檢察官正好和剛從娘家回來的妻子面對面坐在客廳裡。

展示完從鄉下帶回來的土產、剛換好衣服的妻子臉上的妝還沒卸。大概是因為難得跟家人親友見面聊天，她的神情透出一種華麗明艷的感覺，彷彿年輕了十歲。檢察官不禁猛盯著妻子的臉。

「怎麼了嗎？」檢察官的妻子訝異地看著直盯著自己的丈夫問。

「沒什麼啦。」

檢察官趕緊將視線移開。一個大男人總不能回答說因為妳看起來好美之類的肉麻話吧。檢察官曾有一次為了這種事陷入窘境。那是才結婚幾個月的時候，躺在檢察官懷裡的妻子害羞地輕聲問「你喜歡我嗎」。一時之間檢察官的嘴唇顫動，但沒有說出半句話來。

——你喜歡我嗎？

熱切的喘息在檢察官耳畔搔癢。

——這……這種……

檢察官口吃了。

——那你是討厭我囉？

——這……這種……

——到底是哪一個嘛？

——這種話只有在電影或戲劇中會出現。我又不是演員……

檢察官說了莫名其妙的看法想轉移對方的追問。當時在昏暗的房間裡，檢察官並沒有看見妻子臉上所浮現的表情，但是他突然緊緊抱住了依偎在懷裡嬌嗔「算了，可是人家喜歡你，好喜歡你」的妻子。如今那段往事只存在淡淡的回憶中，青春已然遠去了……

檢察官的回憶被門鈴聲給打斷了。會是誰呢？妻子起身應門。

「是野本先生找你。」妻子大喊。

「好，我就來。」檢察官抓起香菸和打火機站了起來。偵查一課刑警野本利三郎的肥胖身影立在門口。

「真是稀客嘛！」

「其實我剛問訊回來。」

「是為了水戶大助的案子嗎？」

「沒錯。我聽說是檢察官負責的案子，所以想來跟你報告……」

「問出什麼了嗎？」

「沒有，完全沒有。」

「那就沒什麼好報告了啊。」

「是啊，」刑警難為情地邊笑邊說，「跑了一整天都沒有收穫。儘管做我們這一行的就是要四處亂聞，可是這一次卻分辨不出聞到的是什麼味道，我要舉白旗了！其實我今天去了被害人服務的白夜書院，那附近有很多賣吃的店，比起對兇手的味道，我倒是對烤雞、炸蝦的味道比較有反應。」

「還沒吃飯嗎？」

「吃過了，吃了特級的炸蝦飯。正準備回家的時候，發現時間還早，而且你知道秋夜這玩意兒，總是讓人想找個人說話……」

「簡直跟十七、八歲的小姑娘一樣嘛。」

「很奇怪嗎？」

「總之，」檢察官笑著說：「先進來吧！既然吃過飯了，那就一起喝個茶吧。」

檢察官十分了解野本刑警的心情，畢竟是老交情了。遇到辦案不順利的時候，刑警腦海中第一個浮現的總是千草檢察官。有時在抱怨閒聊之際，或許會出現意想不到的線索。從神田的白夜書院跑到檢察官位於世田谷的家來看，檢察官完全能夠理解刑警心中的焦躁。

2

和檢察官面對面坐在客廳茶几前的刑警一臉疲憊。

案發後兩天，目前所知的只有被害人的身分，以及解剖的結果確定死因是氫酸類的毒藥。

「真是個麻煩的案子！」刑警邊點菸邊說道，「只知道是毒死的，可是卻摸不透做案的手法。不管怎麼調查，就是沒有人靠近過被害人的身邊。換句話說，在那家荷馬咖啡廳，只有女服務生跟被害人接觸過。究竟兇手是用什麼方法在咖啡裡下毒的呢……」

「總部認為是在咖啡裡下毒的嗎？」

「不是斷定，而是推測。誰叫現場完全被破壞了。世田谷警署的刑警到達荷馬時，被害人使用過的咖啡杯等已經被洗乾淨了。而且檢察官和事務官居然也在現場呢！」

「野本，」檢察官苦笑說著，「不要瞎說！我和山岸看到從荷馬出來的男人突然倒在地上，當下以為是喝醉或是什麼急症病患，所以立刻幫他叫了救護車，完全沒注意到那會是個毒殺事件，而案發現場就在荷馬。」

「我當然知道。」刑警嘆口氣後說：「遇到這種什麼都查不到的案子，我也只是想抱怨一、兩句罷了。」

「確定被害人喝的只有咖啡嗎？」

「沒錯。他不加牛奶，糖包也好好地擱在旁邊。而且根據調查，他經常說喝咖啡就要喝黑咖啡才行。」

「被害人平常為人如何？」

「風評很好，是個標準的模範青年。不論是出版社還是公寓管理員沒有人說他不好。他不賭博、沒有女性問題，就跟我年輕時一模一樣。這種男人怎麼會被殺害呢！」

「也就是說，不知道做案手法也找不出動機囉？」

「就是什麼都查不到的案子啊。」刑警表情索然地將嘴上的菸在菸灰缸裡捺熄。

「見過被害人的家人了嗎？」

「見了。聽說那天半夜過後，他的父母和哥哥、嫂嫂一起開車過來。我是今天早上在被害人的住處遇到的。」刑警從口袋拿出記事簿，說明當時的情況。

根據野本的調查——

水戶大助出生於群馬縣安中市。老家是江戶時代開業的旅館，家境十分富裕。大助畢業於安中市的高中，考上K大文學院。他之所以選擇文學院是因為父母接受了他將來想從事電影或戲劇工作的願望。旅館的經營就交給長男夫妻倆，讓次子大助做他喜愛的工作，也是全家人一致的意見。

他大學一畢業就進入白夜書院，是因為該出版社發行《演劇文化》的專業評論雜誌。可是這本刊物在他進來之後的第三個月就因為銷路不佳而停刊。就一般來說，這種專業雜誌的讀者本來就不多。於是《演劇文化》的編輯群直接併到《旅情》編輯部。這是一本跟旅行有關的資訊雜誌，有時會設計旅行藝文、地方風俗等專題。由於近來的旅遊風潮，這本雜誌在粉領族和學生之間頗為風行。銷售量也很順利地成長。

水戶大助對於被併到《旅情》編輯部並沒有明顯的不滿，工作態度仍舊很認真。然而他並沒有放棄對電影和舞台的夢想，好像每次的徵劇本比賽都偷偷參加。他的作品終於能見天日是在今年的二月，在名為《開幕》的戲劇雜誌徵文比賽中，他投稿的〈各懷鬼胎的相親〉入選了。那是個獨幕劇的作品，內容長度約有五十張稿紙。

《開幕》是以S劇團負責人為主而創立的雜誌，同人誌的色彩相當濃厚，也因此讀者群比較有限。但畢竟是一本雜誌，只要印成了白紙黑字就有機會被閱讀。他的作品刊登在四月號的《開幕》。水戶的父母買了那本雜誌送給親朋好友。自己的孩子總算踏上劇作家這條路，家人的心情高昂，對他的未來充滿了期待……

「這個夢想，」野本刑警大口喝下冷掉的茶水後說：「就這麼破滅了。管理員說他的父母和哥哥、嫂嫂整晚哭聲沒停過。我進去時，四個人還難過地抱在一起，我實在不忍心看下去，只好早點離開。」

「嗯……」

「總之是個棘手的案子，完全沒有頭緒。總部的大川警部也是成天繃著臉，不停地抽菸。那是他陷入迷宮的前兆。」

「不行啊，那不就糟了嗎？」

「那不然能怎麼辦？如果有明確的指令，要我去調查或追蹤，我什麼都願意幹。」

「……」

「被分派到這個案子的刑警算是抽到下下籤，不管怎麼奔波，也拿不到抓到兇手這個大獎。偏偏世田谷警署還一次抽到兩張下下籤……」

「嗄？什麼意思？」檢察官探出身體詢問。

3

「晚報都登出來了，你還沒看嗎？」刑警話說完時不禁打了個小呵欠，他趕緊用手遮著。

「晚報，我應該在辦公室看過了……」

「報導得很大啊，說是什麼評論家去了長野縣便沒有回家，可能遇害了……」

「你是說那個新聞啊。真木英介，有名的藝文評論家啊！我記得報上說他的上衣和被切斷的小指頭在小諸市被發現了……」

「沒錯，就是這個。我看世田谷的人短時間內是別想休假了。抱著兩個燙手山芋，大家都一副臭臉。」

「可是轄區不是小諸警署嗎？跟世田谷警署應該沒關係才對……」

「沒那種好事。那個叫真木的男人住在世田谷，目前正從他的住處著手調查。」

「小諸警署是以命案來處理的嗎？」

「好像是吧。因為不可能是真木自己切下指頭演出失蹤或蒸發的鬧劇吧。這是第三者犯下的罪行。小諸已經在附近展開搜尋屍體的行動，這當然是跟世田谷警署共同偵辦。所以我說抽到了兩張下下籤。」

「本人的上衣和被切斷的指頭……只有發現這些嗎？」

「說是還發現了一張紙片。」

「好像是信紙，一張撕碎的信紙，不過警方並沒有看到實際的東西。聽說是發現上衣的高中生在送往派出所的途中掉了……」

「哦！」

「為什麼知道那是信紙碎片呢？」

「上面有寫字啊。這一點報紙上沒說，但是根據高中生的記憶，紙片上好像寫著『我就像是那隻盲眼烏鴉』。」

「你說什麼？」檢察官的腦海瞬間閃過白色烏鴉的字眼。「又是烏鴉嗎？嗯……怎麼會這麼奇怪。」

「有什麼奇怪的？就算是烏鴉，也會有瞎掉的和斜眼的啊！」

「我不是說這個。被毒死的水戶大助死前說了一句話。我當下衝上去時聽到的是白色，根據荷馬的老闆和女服務生的說法，才知道他說的應該是白色烏鴉……」

「這一點總部也知道。說是有一名女性打電話給水戶，水戶回答：我知道了，白色烏鴉嗎？是白色烏鴉嗎？他還重複說了兩次。總部認為是那名女性想更換約會地點才打那通電話的……」

「接下來呢？」

「就立刻去調查了啊。咖啡廳、小酒館、酒吧、飯店，負責特種營業的人員也請鄰近警署一起幫忙找，可是沒有找到白色烏鴉。那根本就是鬼扯，可能是女人亂說的，也可能是水戶聽錯了，反正調查就此打住了。」

「嗯……」檢察官抱著手臂、閉上了眼睛。

盲眼烏鴉和白色烏鴉……相繼發生的兩個案子都扯上烏鴉。下落不明的真木英介的公寓在世田谷，水戶大助被毒死的現場也在世田谷。這一切難道只是巧合嗎？

「白色烏鴉」並不是咖啡廳或酒店的名字，關於這一點倒是可以信任總部的調查結果。畢竟根本就沒有白色烏鴉這種東西嘛。可是盲眼烏鴉呢？也不太可能有才對。然而在現實生活中，這兩個名稱卻出現了。

實際上並不存在的東西名稱、從幻想衍生而來的名詞，與其說是幻想，會不會是「創造」出來的呢？比方說是詩人、小說家、畫家、音樂家所創造的呢……檢察官想到這裡時皺起了眉頭。一條若有似無、連結兩個案子的細線在思考的茫茫霧海中延伸著，偏偏就是抓不住它。

刑警瞪著沉默不語的檢察官，最後決定自己拿熱水瓶的熱水沖進茶壺裡，自顧自地喝茶、抽菸。

「野本，」經過一陣沉默之後，檢察官開口說道，「遇害的水戶大助在荷馬看的雜誌……」

「你是說《開幕》嗎？怎麼樣呢？」

「總部有那本雜誌嗎？」

「有啊。我們還說幹嘛拿著一本舊雜誌到處跑呢？大概是自己的作品入選太高興了吧……」

「明天可不可以幫我影印那篇作品拿到辦公室給我？」

「嗄？你要讀那種東西嗎？那可是舞台劇本耶。」

「裡面，」檢察官笑著說，「搞不好有烏鴉在飛！」

「不會有的。大川警部在總部一臉無趣地看過了。題目好像是〈各懷鬼胎的相親〉……對了，說到這個，烏鴉也有尾巴啊。」

「我一定要揪出牠的尾巴！」

「如果順利的話……」野本刑警挺起沉重的腰身，注視著檢察官的眼睛說：「千草先生，最好不要太深究烏鴉比較好。我從以前就最討厭烏鴉了，那是不吉祥的鳥類，會聞著死人的味道群聚而來。」

4

第二天早上，千草檢察官一到辦公室，山岸事務官便將厚厚一疊釘好的資料放在他桌上說：「這是總部送來的。」

那疊資料是水戶大助入選作品的影本。應該是野本刑警昨晚交代下面的人影印的吧。

「這是被害人的作品影本吧。」

「嗯。你讀過了嗎？」

「是啊，剛才讀的。」

「如何呢？」

「很輕鬆的作品，感覺還蠻有趣的。」

「裡頭有烏鴉嗎？」

「烏鴉？裡頭沒有那種東西啊。出場人物有保守黨大臣和他的獨生子、想將女兒嫁給這個青年的企業家夫婦和那個女兒、還有介紹這件婚事的媒人、一個希望將來能夠獲得金錢和地位的陣笠議員。主要角色就這些了。」

「嗯……」

「幕一升起，舞台是在大臣府邸的一個房間裡，馬上就能看出那天是相親之日。這一段對話實在很有意思。大家都在互相誇獎。大臣期待這樁婚姻能夠獲得企業家的金援；企業家則是想藉助大臣的權利運用在公司的經營；陣笠議員希望從兩人手上獲得金錢和地位。大家心中各自打著算盤互相褒獎。問題是相親主角的兒子和女兒卻彼此看不順眼，故意亂說話、做出破壞相親的舉動。陣笠議員氣急敗壞地極力湊合兩人，一心只想把場子弄得圓滿……」

「簡單來說，是齣喜劇囉？」

「沒錯。就在這個時候，進來兩名偵查人員。因為大臣的貪污被發現了，看到逮捕令的大臣當場臉色發白。企業家不禁質問議員為什麼要介紹這樁婚事？母親當場哭了出來，女兒卻笑了。大臣的兒子大罵所有人是笨蛋，直接就在舞台中央睡起覺來……」

「我懂了。」檢察官苦笑地打斷了事務官的說明。「人被逼到那種地步時隱藏的本性就會顯露出來。換句話說，就是露出狐狸尾巴來了！」

「這就是〈各懷鬼胎的相親〉，一個跟烏鴉沒有關係的故事。」

「看來我的想法錯了。」

檢察官很失望地抽出一根菸點燃。水戶的作品只是一部單純的喜劇，裡面並沒有白色烏鴉。可是那一夜他又為什麼帶著六個月前的雜誌到荷馬呢？

檢察官茫然地看著那疊影本。第一頁放上了入選者水戶大助的照片。倒在路上的水戶一臉扭曲，而照片上的他則是浮現明朗的笑容。照片下方是投稿作品的評語。評審有三位：（劇作家）十條信吾、（劇作家）湯川香代、（本雜誌總編輯）松前雄太郎。沒有一個是檢察官熟悉的名字。

這些評語評了所有的投稿作品，而且都很簡短，其中甚至有被評為「品味低俗」的稿件。對於水戶的作品，湯川香代的評語最長也最具善意。

「水戶的寫作技巧很熟練，舞台效果也都掌握到了。人物的動作精確，沒有贅筆。唯一要挑剔的是寫得太精準了。走筆太過，算準的笑點反倒令人反感，但仍不失為此次應徵稿件中的卓越之作。這雖是舞台用的劇本，如果稍加修改，作為電視劇本應該也很有趣。是個值得期待的新人。」

檢查官看完時，電話鈴聲響了。事務官接聽後將話筒交給檢察官說：「偵查總部的野本刑警打來的。」

「野本，是我。」

「啊，早安。」話筒傳來刑警粗厚的聲音。

「我收到影本了，謝謝。」

「影本嗎，小事一樁。總之現在有人要去檢察官那裡，請你先不要外出。」

「什麼人？」

「一個叫做梅原的人——梅原光一郎，他是水戶任職的《旅情》雜誌總編輯。真是意外，總之我嚇了一跳！」

「究竟是怎麼一回事嘛？」

「那位梅原先生帶來了一個不得了的消息。你仔細聽了！十五日傍晚，水戶大助在長野的小諸市跟評論家真木英介見過面。」

「真的嗎？」檢察官當下倒抽了一口氣。

「實在是令人難以相信，但是他有證據。水戶在小諸車站拍下了真木的身影，梅原先生把那張照片帶來了。」

「可是水戶去小諸做什麼呢？還有水戶和真木英介兩人是什麼關係？更重要的是有辦法確定那張照片是水戶本人拍的嗎？」

「你真是急性子，我沒辦法在電話中一次說清楚。倒是現在正要趕過去的梅原先生可以詳細說明。」

「我知道了，請告訴梅原先生我會等他。」

「消失的真木英介、被毒死的水戶大助，這兩個案子是否有什麼關聯，目前還無法斷言，但是偵查總部已經準備開始辦案了。而且這個案子到處都有烏鴉跟著！」

「白色烏鴉和盲眼烏鴉？」

「不是，這一次是飛出另外一隻不同的烏鴉來。」

「你說什麼？」

「這一次出現的是陶製烏鴉。」

「陶製的？」

「就是陶土燒的東西啊，像是花瓶、碗、盤子、碟子之類的陶器。」

「我知道，你是說陶製烏鴉嗎？那東西在哪裡？」

「哪裡也不在，但是看得到。」

「不存在的東西看得到嗎？」

「反正就是這樣，總之你先跟梅原先生見面吧。那就麻煩你了。」

通話到此結束了。檢察官一邊放回話筒一邊皺眉頭唸著「烏鴉嗎」。昨晚野本刑警說的話突然伴隨著奇妙的真實感又出現在腦海裡了——那是不吉祥的鳥類，會聞著死人的味道群聚而來……

5

一個小時之後旅遊雜誌《旅情》的總編輯梅原光一郎出現在檢察官的辦公室。

他一打開門便直接走到檢察官的桌前，彎下高大的身體，神情緊張地遞出名片。「我是白夜書院的梅原。」

「辛苦您了。來，請坐。」

「不好意思。」梅原光一郎和檢察官面對面坐下後，先是很新奇地環視整個辦公室，之後才以十分讚嘆的語氣說：「原來就是在這個房間審問前總理大臣、財界的大老們啊！」

「不，沒這回事。那些人是在別的房間。」

「哦，算是差別待遇囉？」

「也不是這麼說，而是不同的人負責。」檢察官苦笑地回答。

東京地檢署分為公審、公安、刑事各部門，有關財政界、官員等重大疑案的審理則是屬於特搜部的工作。搭乘地檢署正面電梯到五樓，出電梯的左手邊有道長廊，長廊兩側並列的房間就是特搜部的辦公室。只是要進入這些辦公室，得先打開面對走廊的門不可，打開之後裡面又是一道走廊，再打開另一扇面對這道走廊的門之後，才能進到辦公室裡。換言之，是設計成兩道門的審問室。隔著兩道走廊的房間內部經常是悄然無聲的。經過這裡時，連一點聲音也聽不到。這也透露出這些房間的隱密性和神秘性。

剛剛梅原所說的「前總理大臣、財界的大老們」，大概是根據洛克希德事件註[1]的印

註[1]一九七六年爆發的田中角榮前總理大臣涉及日本購買洛克希德公司飛機索取回扣等金權醜聞案。

象而來的吧。的確，當年因為這個事件特搜部的審問室全都派上用場了。地檢署為了展現威信與名譽，動員了正、副檢察官合計三十人、事務官約五十人的陣容來偵辦，可是在千草檢察官的審問桌前，不曾出現過前總理大臣的身影。

「對了，」檢察官點了一根菸問道，「聽說你有重要的訊息給警方……」

「噢，重要與否我並不清楚，只不過是一個意外的小發現，我想應該告訴警方比較好吧……」梅原邊說邊從手上的大型牛皮紙袋裡拿出七、八張照片，並將其中的兩張拿到檢察官面前說道：「其實就是這些照片。」

「這是……」

「這是我們編輯部的水戶，不，應該說是前些日子不幸遇害的水戶大助所拍的照片。我們出版社附近有家叫做山野的攝影器材行，也幫客戶沖洗照片，今天早上那家店的人送來這些照片。聽那名店員說水戶是在遇害的前一天將底片送去沖洗，也就是十七日的傍晚。」

「哦！」檢察官看著排列在桌上的兩張照片。

這兩張照片拍的是同一個人。

「照片上的人就是目前傳說行蹤不明的評論家真木英介。」

「嗯……」

照片中的人，檢察官倒是有些印象。那張有著濃眉、寬廣額頭的臉經常可以在報章雜誌上看到。

這一張拍的是真木英介的正面全身，臉上帶著微笑，由於意識到相機對著自己而顯得有些靦腆。照片正後方是一座公共電話亭。從後面的背景來看，大概是在商店街——有著小窗並列的大樓和豎著看板的建築物毗連。

「那是小諸車站前的街景。」梅原光一郎朝檢察官探出身子說道，「照片左邊的細長型大樓，是位於車站旁的商務旅館。去年我們雜誌推出『北國街道』的專題，北國街道指的是從信濃追分到新潟縣直江津全長約一百四十公里的道路。我們的想法是挑選其中比較主要的城鎮，將現況與老照片、浮世繪等紀錄的風俗、街景做比較，介紹給讀者。為了採訪，我們也去了小諸，當時就住在照片上的那間商務旅館。」

「嗯。」檢察官點頭之餘，拿起了另一張照片。

這張拍下的是真木英介的左側全身，但是兩張照片的背景構圖幾乎一模一樣。就這一點而言，倒不是相機改變方向，而是真木轉身了吧？檢察官如此判斷。真木左手提著類似行李箱的東西，右手朝斜上方舉了起來，臉上依然帶著笑容。

「那張照片拍得不是很好，」梅原說道，「但確定是真木英介沒錯。」

「他舉起手來。」

「大概是跟水戶說再見吧？或是他正準備離開的瞬間，水戶匆忙之下又拍了一張。反正大概就是這樣吧！」

「你們雜誌社的水戶認識真木英介嗎？」

「當然，水戶是K大畢業的，真木就在那裡教書。我記得他應該是文學院的副教授。」

聽說水戶也曾參加他的讀書會，暑假裡他和學員們還曾經一起外宿。」

「嗯……」檢察官將視線從照片上移開，重新點了一根菸。

水戶是真木的學生。儘管知道了兩人的關係，卻不表示就此知道一個人手指被切斷並且下落不明、另一人被毒死的原因何在。

6

「看到這些照片時我也嚇了一跳……」梅原喝了一口事務官沖的茶後接著說道：「因為我在報紙上看到了真木英介失蹤的消息，有些報導還說真木有生命危險。另一方面，我們水戶據說是被毒死的，而且還沒找到兇手，然而這兩個人在小諸車站碰過面，雖然可能只是巧合，我還是有些在意，心想還是先通知警方一聲比較好……」

「謝謝你。這些照片我們會做進一步的討論，納入辦案的資料。對了，水戶是什麼時候去小諸的？」

「十五日。不過我可以很肯定那些照片是在十五日下午五點十七分到六點之間拍的。」

「哦，為什麼你會這麼說……」

「我自有理由。因為水戶在十五日傍晚是要去小諸市一家叫淺間苑的日本餐廳參加婚宴。」

「誰的婚禮？」

「他大學時代的好朋友。剛剛我來報警之前，確認過他的請假單。他是為了參加柳田春夫的喜宴請假的。」

十五日是星期五。白夜書院是周休二日制，所以包含第二天的週末和星期日，他有三天的連休。婚宴是晚上六點開始。

「十五日住在那裡吧？鄉下地方總有些奇怪的酒吧，你要當心點呀。」面對同事這樣的半開玩笑，水戶卻很高興地回答：「放心吧，喜宴之後我會住在他們家。倒是我被要求以友人的身分致詞，我擔心的是這個啊！」

十五日早上，水戶跟平常一樣在辦公室裡出現。

「怎麼，你不出門嗎？」我開口問。

「時間還早嘛，只要傍晚之前到就行了。我打算搭下午兩點四十六分的特急。」水戶說完後打開身邊的旅行袋，拿出照相機對著梅原說：「怎麼樣？總編。」

「哦！新的喲。這不就是那個叫做什麼閃亮的照相機嗎？」

「我剛買的。對新手來說這種機型正好。我還沒開拍，打算今晚啟用。對了，回來之前我會繞去磯部，去拍那張照片。」

如今回想起來這就是我和水戶最後的談話。

當時水戶口中的「那張照片」說的是設在群馬縣安中市磯部的大手拓次[註1]詩碑。

註[1]一八八七～一九三四，群馬縣人，詩人，因肺結核過世。著有：《藍色蟾蜍》、《蛇的新娘》等詩集。

《旅情》雜誌從新年號開始「走訪文學碑」的連載，這是選擇國內一些比較不為人知的文學碑，搭配彩色照片介紹與該文學碑有關的人物。換言之，算是一種被埋沒的文學碑的再現，希望能引起世人對被淡忘的作家詩人重新定位，這就是該企劃的目的……

「在那個編輯會議上，」梅原繼續說明，「極力主張以群馬縣出生的詩人大手拓次文學碑做為首次連載的就是水戶，他也是群馬縣人。」

「嗯。」

「我雖然聽過大手拓次的名字，但沒看過他的文學碑。我覺得這個想法不錯。聽水戶說拓次是北原白秋門下的高材生，卻跟同門的荻原朔太郎、室生犀星不同，沒有一窩蜂地跟著媒體轉，而是一味地關在自己詩的世界裡，追求美的幻想，可說是難得一見的詩人。」

「我對這個不熟……」

「其實我也不是很懂，但是水戶好像是拓次的詩迷，甚至還很流利地背誦他的詩給我們聽。」

「所以水戶從小諸回來的途中去拍了那個文學碑囉？」

「沒錯。其實，雜誌上要用的照片，我們當然會請專業攝影師去拍，不過水戶大概只是想讓我先睹為快吧。這就是那張照片。」梅原將那兩張照片放在檢察官桌上，接著說明：「從送來的照片來看，最前面的是真木英介，之後是婚宴上拍的照片，最後兩張則是拓次的詩碑。換句話說，水戶是特別留下底片，特意拍下這兩張照片好對我交差。為了謹慎起見，我剛剛還查了一下時刻表，水戶搭的是上野下午兩點四十六分發車開往金澤的白山五號，到達小諸的時間是下午五點十七分，離他赴晚上六點開席的婚宴，時間綽綽有餘。水戶走出收票口在那裡看到了真木，於是拿出新買的相機，連忙按下快門——這是我的猜測，但應該八九不離十。我剛剛敢說得那麼肯定，也正是因為這個緣故。」

「是的，我完全了解。」檢察官用力點頭。梅原總編輯的推測應該沒錯。

這麼一來便可以確定真木英介是十五日到達小諸，而且與水戶大助在車站前相遇的下午五點半為止他還好好的。從照片上也看不出他的表情有什麼不安或恐懼。

真木英介之後去了哪裡呢？他是什麼時候、在哪裡脫掉上衣的？他是自己要脫掉的還是被剝下來的呢？是誰切斷他的小指？為什麼要用手帕包著指頭、丟在樹叢裡呢？他現在人在哪裡？是生還是死？真木英介遇到的水戶在三天後遇害了。他為什麼會被殺害呢？是如何下毒的呢？這兩個案子有關聯嗎？還是應該視為個別的案件處理呢？兇手是男是女？是一個人還是有共犯？兩個案子裡出現的「盲眼烏鴉」和「白色烏鴉」又代表什麼意義呢？

檢察官幾乎被一大堆的問號給淹沒了，然而他卻沒有任何答案。

「梅原先生，」檢察官說道，「這些照片能借我嗎？」

「沒問題，底片還在我那裡，要洗多少都可以。不過這就像是水戶的遺物，我打算日後還給他的家人。另外那兩張文學碑的照片，我要直接用在雜誌上，也算是實現他的願望。也不曉得是不是有什麼預感，就這兩張拍得特別好。」

檢察官一邊點頭贊同梅原總編輯的說法，一邊又看著那兩張照片。

那是個造型很奇特的文學碑。左右兩邊各以一塊水泥長方臺做為底座，上面放著門片大小的水泥製石碑，看起來就像是水泥製的「品」字型。石碑上刻著「大手拓次詩碑」，右下角像個小窗似地嵌進了一塊黑色花崗岩。石頭上面刻著細小的鋼筆字體，可能是拓次的親筆跡吧。水泥表面沒有漆上任何塗料，和樸實、充滿力之美的詩碑造型十分協調。

「嗯……很不錯嘛。」檢察官邊說邊瞇著眼睛讀石頭上雕刻的文字，就在這時檢察官小小地驚叫一聲「啊」。原來野本刑警所說的「陶製烏鴉」就在上面。

7

陶製烏鴉

大手拓次

一隻陶製的藍色烏鴉
充滿光輝的母性韻味
飛舞而下的藍色烏鴉
有著與生俱來的溫暖
你搖搖晃晃走來
大嘴巴、大眼睛

看起來有些小奸小壞的藍色烏鴉
你且享用這麗日的溫暖吧

「這首詩的意思，」檢察官從石碑上的細小文字抬起頭來問道，「究竟是什麼呢？我的意思是說，作者想要表達什麼呢？」

「這個嘛……你問我我也……」

「上面說的陶製烏鴉，是真有這樣的東西嗎？比方是民藝品之類的……」檢察官滿腦子「烏鴉」，就像被「盲眼烏鴉」、「白色烏鴉」下了咒一樣。

「應該不會吧。」梅原邊笑邊回答，「就算有那也只存在大手拓次的想像裡。他在描述想像中的陶製藍色烏鴉時，感覺那是有生命、有體溫的生物。在陽光下搖搖晃晃走著的小烏鴉叫聲，在他聽來是那麼溫柔。此時陶製烏鴉絕對是存在詩人心中的……」

「噢……」檢察官不知所以地點點頭。

「水戶也曾經在編輯會議上高談他的大手拓次論，大家幾乎都聽呆了，根據他當時所說的，拓次應該是很醉心於波特萊爾。」

「你是說那位法國……」

「沒錯。所以他的詩有很多是具象徵性而難懂的作品。拓次曾說象徵是神的嘆息、是瞬間的夢幻。詩人必須以自己敏銳的感性抓住那一剎那才行。他捨棄眼所能見以及排斥有形體的，只要經過雕琢的感覺世界，一心追求自己詩的幻想……」

「水戶說拓次從來就沒想過要寫容易懂的詩，因而不受媒體青睞。他在寫給朋友的信上這麼形容自己：在輕蔑和侮辱中孤芳自賞地活著。說得真好！我覺得這句話真應該說給那些被媒體的毒酒灌醉、自以為是的現代作家們聽聽才對，所以記得特別清楚。」

「嗯……」

「……」

「正因為這樣，理解拓次詩作的人不多。這是水戶說的。可是一旦被拓次的魅力所吸引，便一生都無法擺脫。水戶說那是一種美的束縛。自然令人恍然陶醉在他那散發強烈情欲、充滿妖豔官能氣息的字句中！不過像我這種人讀了這首〈陶製烏鴉〉卻什麼也感受不到……」

「關於這一點，」檢察官說，「我也一樣。看來我們都不是好的鑑賞家。」

山岸事務官在一旁聽了不禁笑出來，梅原也因此笑了出來，檢察官也跟著笑了。

「那我告辭了。」梅原光一郎起身說道。

「勞你跑了這一趟。」檢察官也起身致意。「對了，梅原先生，我還有件事想請教。」

「是，你請說。」梅原光一郎站著注視著檢察官。

「水戶前往小諸是在十五日的星期五吧？」

「沒錯。」

「所以那一晚他參加完婚宴住在朋友家裡，他是在第二天回東京的嗎？」

「不是，我聽他家人說，第二天，也就是十六日，他回老家安中市住。回東京則是十七日的下午。」

「所以他十八日星期一有去上班囉？」

「是的。」

「當時他沒有提到婚宴的情況、在小諸車站前遇到真木英介的事嗎？」

「遺憾的是，」梅原總編輯懊悔地表示。「我本人沒有見到水戶。」

「為什麼？」

「那一天我去了鎌倉。推理作家有川先生就住在極樂寺附近，我去跟他拿一份稿子。」

「你沒有進出版社嗎？」

「是這樣的，我直接從家裡去鎌倉。作家招待我在他家午餐，之後聽了他收集的引以為傲的唱片。回來已經是五點過後，我去了出版社，但是大家都下班了，所以沒能見到水戶，也因此水戶帶著新買的相機興高采烈地出發時的模樣令我難忘……」梅原抑制住情感，壓低聲音說：「檢察官，你認為水戶的案子跟真木英介有關嗎？」

「不知道，但即使是現在，偵查行動還是不眠不休地進行。我能回答的只有這些。」

梅原光一郎將四張照片交給檢察官，說聲「那就拜託你們了」才剛走出辦公室的門，事務官就迫不及待地站在檢察官桌前問：「這就是那些照片嗎？」

「嗯，的確是拍到了真木英介，總不可能是跟他長得很像的男人吧。」

「這絕對是本人，這張臉我在電視上看過好幾次。從總編輯剛才的話來判斷，真木英界和水戶應該是搭同一班列車去小諸的吧？報上報導，真木英介住處的管理員說，十五日下午真木正要外出時他恰好看到了。」

「說得也是，兩人竟然搭同一班列車啊！」

「這個可能性很高，但是在車裡兩人沒有碰到面……」

「為什麼？」

「真木大概是買綠色頭等車廂的票吧，而水戶當然是普通車廂。我想兩人應該是到小諸車站之後才碰上的。出了收票口之後，誰先看到了對方，這才出聲打招呼。你看是不是這樣？」

「嗯。」檢察官一邊點頭一邊看著兩張照片。

這是兩張很普通的照片，但是被拍的人消失了，而拍照片的人遇害了。這難道只是單純的巧合？

8

「山岸，」檢察官看著桌上的照片，拿起其中一張問事務官，「你的看法呢？」

「是……」事務官將臉湊近照片。

那是從側面拍攝真木英介舉起右手正要走動的姿勢。這張照片的取景很笨拙，但是嘴巴微微張開、帶著笑容的真木側臉卻拍得很清楚。

「我就是覺得這張照片不太對勁。」

「你說的不太對勁……」

「就是覺得莫名其妙。從真木的姿勢來看，說是他跟水戶大助告別正要離去的那一瞬間也說得過去，剛剛梅原先生就是這麼認為。可是我就是不能同意這個說法。」

「為什麼？」

「照片裡的真木張著嘴巴吧！」

「不就是要跟對方告別的嗎？」

「而且還笑著。」

「也就是說他邊笑邊跟對方告別啊。」

「他舉起了右手吧！」

「告別的時候會輕輕舉起手來，我想也是常有的事……」

「可是真木的臉卻完全看著旁邊。換句話說，他完全無視於相機的存在，而是注意別的方向。」

「那是因為真木正要走動，所以轉了方向……」

「我不這麼認為。你看看第一張照片，真木正對著相機，他很清楚地意識到被拍了照，所以笑看著水戶，於是水戶按下快門。接著真木邊笑邊揮手說再見準備離開時，或許水戶連忙說了聲老師再來一張吧，就算水戶沒說，他手上拿著相機，真木理當看到了才對。」

「應該是吧……」

「兩張照片是連續拍攝的。真木的側臉還掛著笑容的這一張，如果說那是跟水戶告別時的笑容，那就表示水戶不等對方收起笑容便拿起相機按下快門。我也許很囉唆，但這裡是重點。真木英介並不是完全轉身背對著相機走開，而是往斜前方踏出一步，在那一瞬間，真木當然看到了拿起相機的水戶，這個時候通常會稍微停下來或臉對著照相機、邊搖手邊離去，才比較自然吧？可是他的視線卻突然無視於相機而轉往別處，這張照片就是這樣啊！」

「嗯……」

「就在水戶按下快門的瞬間，真木已經把照相機一事拋諸腦後了，他的眼睛完全注意到別的方向或東西。這張照片之所以給我奇妙的感覺，也就是在這裡。拍照的人和被拍的人根本就是各有所思嘛……」

「這麼一說，他舉起手來，感覺也好像不太自然了，不像是分手時稍微舉起來的那種，而是像對著遠方在做什麼手勢的樣子。」

「嗯，手勢嗎？說得沒錯，這的確是一種手勢。水戶在拍另一張照片的瞬間，真木英介看到了向自己走近的某人，同時對方為了顯示自己的所在也對著他高舉著手……」

檢察官和事務官的視線都落在那一張照片上。

「山岸，」檢察官說道，「我想知道真木英介去小諸的目的，幫我聯絡世田谷警署。」

「你要直接跟他們說話嗎？」

「不用了，你幫我問吧。我……」檢察官笑著起身說：「倒是有急事要到洗手間去。」

當慌慌張張衝出辦公室的檢察官以悠閒的步伐走回來時，事務官的電話還沒結束。結束和對方的長時間通話，終於將話筒掛好的事務官將寫著備忘的紙條交給檢察官說：「這應該是預謀犯案。真木英介似乎是被某個人叫到小諸去了。」

「哦！」

「我都寫在上面了。有一家叫四季書房的出版社，打算出版田中英光這個作家的全集，真木答應替作品執筆寫解說。結果……」

事務官將世田谷警署刑警對吉野奈穗子的問訊經過轉述給檢察官。吉野的供述是目前推測真木行蹤的唯一線索。

「嗯。真木英介是因為有人要提供他資料而被叫去小諸的嗎？」

「你說得沒錯。他去見日高志乃，這一點應該錯不了吧。」

「這麼一來，照片的謎團解開了，他在水戶大助舉起相機拍照的那一瞬間看到了日高志乃……」

「可是這樣不是很怪嗎？他和日高志乃應該是素未謀面吧，儘管曾接到來信，之後也可能電話聯絡過，但兩人應該沒見過面才對，怎麼可能一眼就認出日高志乃呢？」

「他們會不會事先說好了呢？總之兩人應該約好了見面的地點和時間，而且時間和地點應該是日高志乃指定的吧？只要先說明自己的特徵或當天穿的服裝，真木英介能夠認出對方也就不足為奇了。」

「世田谷警署為了這個自稱是日高志乃的人是男是女已經意見分歧了……」

「一定是女的啊！事到如今，這一點已經很明顯了。始終相信日高志乃是農家主婦的真木英介，就是因為看到了類似的人這才舉起手吸引對方的注意，或許是日高志乃看到了真木英介而先揮手的也說不定，於是他自然跟著舉手回應……」

「這樣聽起來比較合理，所以她是認得真木英介的囉？」

「嗯。接著就在這個時候……」檢察官說到一半便停住了。

那是因為事務官桌上的電話響了。檢查官一邊用餘光看著事務官回到座位接聽電話一邊繼續在心中想像接下來的情形。

真木英介看到了日高志乃，他也舉起手來回應對方。這情景當然會被站在一旁的水戶大助看到，於是他看了一眼那個自稱是日高志乃的女人，而女人恐怕也注意到水戶了吧？

這是一場出乎意料的相遇，對水戶而言，不過就是在小諸車站前偶然看到她罷了。這樣的偶然毫無意義可言。但是對日高志乃來說，卻是可怕的偶然。只要水戶大助活著，她就必須擔心「危險目擊者」的存在，每天生活在不安裡。這場偶遇引發了女人的殺意……

（這是否就是水戶大助在荷馬被人下毒的動機呢？）

可是這缺乏證據，更何況水戶和日高志乃如果不認識的話，這個推理便不能成立。以目前來看，與其說是推理，倒不如說是空想要來得更貼切吧。然而檢察官卻決意將這個從一張照片所引發的空想放在心上。

「檢察官，」掛上電話的事務官看著陷入沉思的檢察官喊叫，「剛剛偵查總部的大川警部來了電話。」

「噢，什麼事？」

「在小諸市發現的那截被切斷的手指頭，鑑定結果是死亡後切下的。小諸警署已經以殺人案件成立偵查總部，並決定派刑警到東京常駐世田谷警署。換句話說，看來是要共同辦案了。總部也認為這個案子跟水戶大助被毒死的案子似乎有關聯，就是缺乏決定性的關鍵而已。警部的意思是檢察官看了那些照片如果有什麼意見的話，請務必通知他一聲。」

「我知道了。我也正打算去總部一趟。」

檢查官的空想又往現實邁進了一步。日高志乃就站在兩個命案的交會點上，只是還摸不清楚這個女人的真面目！

日高志乃——深藏在五里霧之中的女人。

「要不要幫你泡壺茶呢？」事務官的聲音打斷了檢察官的思緒。

第七章　死亡之詩

1

從昨晚飄起的小雨，直到黎明時分才開始滂沱大作，氣溫也突然降低，涼風帶來了秋的氣息。

野本刑警豎起雨衣的領子，縮著脖子走出櫻丘小學的校門。落在傘面上的雨勢似乎比之前又大了許多。雖然此刻還只是上午，但是雲層厚得讓街頭看起來有如黃昏。刑警一早便已經拜訪了兩個地方，櫻丘小學則是上午的最後一個行程。以上這些地方都是畢業於K大的被害人水戶大助其朋友的上班地點。

「水戶有沒有比較親密的女友？」刑警不管走到哪都這麼提問，這是因為他很在意打到荷馬咖啡廳的那通電話是女人打的，而且水戶接聽電話的模樣顯得很高興。從整個情況來判斷，水戶應該是跟女人約在荷馬見面。其實單身、喜愛舞台的他就算有一、兩個女友也不足為奇，然而問了他上班的出版社和住處的鄰居們，卻嗅不出一絲女人的味道，可見這交往有多保密。

但是刑警依然確信有這麼個女人，他絕不放棄。慶幸的是從水戶大助的遺物找到了K大的畢業紀念冊，桌子的抽屜裡也有三十幾張的賀年片。核對這兩份名單，重複的有十一個人，接著再就賀年片上的文字找出比較親密交往的，則十一個人又篩檢成七個。其中住在東京都內的有五人。如果他們是水戶的好友，或許對他的「女友」會有所聞吧。

野本刑警一早便在雨中穿梭，包括這所剛剛跨出校門的櫻丘小學，他已經拜訪了這五人之中的三人。

「關於水戶大助的女性關係，有沒有什麼聽聞？」

面對刑警的詢問，這三個人的回答都一樣。

「沒有。從來沒聽過那傢伙提起女人！」

「他應該有女朋友吧？」

「好像也沒有。」

「他玩女人嗎？」

「完全沒有。」

這下子沒辦法再繼續往下問了。難道是自己的想法有錯嗎？可是檢察官明明給偵查總部下了指示，要從水戶大助身邊找出自稱是日高志乃的女人。這是昨天傍晚事務官來電通知的。

「找出女人嗎？」刑警邊走邊喃喃自語。

女人到處都是，偏偏叫日高志乃的只有一個。該怎麼將她找出來呢？據說檢察官是從一張照片看出了端倪。那張照片自己也看了，就是看不出個所以然，真是太沒面子了。但那就是千草式的推理啊！我自己也有自己的方式。既然檢察官動腦，那我就只要動腳就行了。這雙腿就是我吃飯的本錢！刑警心想。

雨水打在柏油路上，整個路面就像黑色鏡面般地反光。車子激起飛沫呼嘯而過。每次刮起風來，冰冷的雨水便濕了他一整臉。在狂風大雨中，根本沒辦法點菸。

「真是要命啊……這種天……」刑警又自言自語了起來。

平常跟他搭檔的刑警這時會提議到哪裡休息一下，但是今天卻沒有，因為偵查總部同時要偵辦兩起命案，在人手不足的情況下，所有問訊都是單槍匹馬。

在小諸發現的真木英介的小指，鑑定結果是「死後切斷」，因為傷口沒有生物特有的「生命反應」。總之這是一樁沒有屍體的殺人案，就是因為不知道案發現場與殺人方法，辦起案來也就特別的困難。

日高志乃究竟是將真木英介叫到小諸的女人還是約水戶大助到荷馬見面的女人？

烹煮食物的味道隨著風飄了過來，刑警抽動了一下鼻子。他從早走到現在，連一杯熱茶都還沒喝呢！

「肚子餓了也沒法作戰啊！」刑警第三次自言自語，還邊走進眼前的一家小餐廳。

「來一客咖哩飯！」

店裡的女服務生也用不亞於刑警的聲音隔著櫃檯大喊：「是！咖哩飯一客。」刑警到現在還是搞不清楚咖哩飯的正確說法是curry rice 還是rice curry。他點了一根菸，從口袋掏出記事簿，上面填滿了到目前為止所蒐集的資料、調查結果等，必須在腦袋裡把這些整理整理才行。

【真木英介案】

一、無法就被切斷的小指判斷犯案的日期，唯一能確定的是他在九月十五日傍晚五點半左右還活著。

二、命案現場不明。尚未找到屍體。

三、經調查，在發現手指和西裝上衣的水明樓附近並沒有犯案的跡象，也沒有發現有人進入樹叢的痕跡。

四、搜查真木的公寓並沒有找到日高志乃的來信。

五、目前正在調查其女性關係。由於他經常提到「對女人有特別的偏好」，但問及是什麼偏好時卻又閉口不談，看來他都是單槍匹馬出去玩的，沒有鬧過什麼糾紛。

六、高中生看到的那張寫著「我就像是那隻盲眼烏鴉」的紙片尚未找到。小諸警署似乎已經放棄搜尋了。

【水戶大助案】

一、死因為氫酸類毒藥中毒。目前仍不清楚下毒的手法。

二、毒藥果真是被加在咖啡裡的嗎？死者未使用牛奶和砂糖。

三、已對荷馬的老闆、女服務生和當晚的兩名常客做過多次問訊，均作證表示沒有人靠近過死者的座位。

四、案發當天（九月十八日）中午，水戶在辦公室接到外面打來的電話，當時《旅情》編輯部的人員都外出午餐，辦公室只剩下他和一名女職員。由於是水戶接聽的，所以並不清楚電話內容。據說他掛上電話時，神情顯得很高興。女職員只記得其中三句：「嗄？是真的？」「當然，我很高興。」「好的，我會注意的。」

五、這通電話和荷馬的那通電話是同一個人打的嗎？

六、水戶六點過後回到公寓，之後又立刻出門。管理員看到他邊吹著口哨邊走出去。

七、他帶著舞台劇雜誌《開幕》出門是要給誰的嗎？他房裡還有四本四月號的《開幕》。

八、仍在調查他的女性關係。

刑警瀏覽著自己草筆寫下的文字。

「讓您久等了。」女服務生將盛滿咖哩飯的盤子放在桌上。

「太好了。」刑警的視線一離開記事簿，馬上拿起調羹，埋首於餐盤。因為熱氣和咖哩的香味一下子衝進鼻子裡，他突然打了個大噴嚏。女服務生看了噗嗤一笑，她心裡一定是這麼想：好個急性子的大叔！可是他被年輕女孩取笑而會臉紅，那早已是三十年前的事了，刑警用手背擦擦鼻子之後，依然面不改色地拿起調羹往嘴裡送。

3

吃過午飯的刑警再度走在雨中時，千草檢察官則是在世田谷警署的偵查總部和大川警部面對面而坐。

「總之這是個棘手的案子。犯人長什麼模樣，我們一點頭緒都沒有。連該從哪裡調查、追蹤什麼也沒半點方向，簡直要舉白旗了！但是我們不能就此放棄！」

「說得也是。」檢察官點了點頭。聽完整個說明之後，發現偵查的工作四處碰壁，而讓辦案進度遲遲沒有進展的就是找不出那個自稱日高志乃的人的真實身分。「到底是個什麼樣的女人呢？」

「嗄？」

「我是說日高志乃。」

「噢，那個女人啊，的確是毫無發現。根據四季書房吉野奈穗子的說法，日高志乃並非捏造的名字。她住在小諸市附近的北御牧村，今年八月之前還活著。兇手就是冒用她的名字，而且真木英介所收到的信件連地址也都一字不差地借用了。因為四季書房寄給她的原子筆確實寄到了。」

「那麼應該是對這個地區很熟的人囉？」

「那也很難說。日高志乃是年過百歲的人瑞，經常上電視和接受報章雜誌的採訪報導，不管兇手人在哪裡，都有可能知道日高志乃……」

「是嗎？那麼反過來說，兇手也有可能是故意這麼做，好讓別人誤以為她對當地很熟悉吧？」

「我也這麼認為。兇手冒用了老太婆名字，卻沒有注意到她人已經過世了。就這一點來看，我認為兇手並不是住在長野縣，但她對小諸附近的地理環境有相當程度的了解。」

「嗯。」

「而且就像檢察官所推理的，這個女人也有殺死水戶大助的嫌疑。水戶會前往荷馬咖啡廳，不正是這個女人的指示嗎！荷馬位在沒什麼人經過的小巷子裡，但是兇手卻指定了這家店，可見得對該地區很熟，兇手肯定是住在東京都。這是我的看法……」

「嗯，你說的也許沒錯。」

「只不過東京都內有太多女人了。」警部說完，無聲地笑著。得從整個東京都內的女性之中找出一名日高志乃，這真是件棘手的案子。

檢察官將視線移向窗外。大樓屋頂上的天空一片陰暗，雨水不見歇止地下著。此刻應該有許多刑警正在雨中穿梭忙著辦案。真木英介的屍體也應該躺在某處被這風雨蹂躪吧？

「兇手為什麼藏了屍體卻只丟出西裝上衣和一根手指頭呢？」

「這也是個謎啊。聽小諸的刑警說，發現上衣的地點是位於該市文化資產的古老建築附近，周圍雜草叢生，而且是緊鄰千曲川的懸崖半山腰，不是一般觀光客會去的地方。所以兇手並不是將上衣丟在那裡，而是故意藏在那裡的……」

「藏在那裡？這就怪了。既然如此，為什麼不連屍體一起藏在那裡呢？」

「其實兇手是想將這件上衣和切下的手指頭帶走的，只因發生了什麼事，不得已才先藏在樹叢裡，準備之後再回來拿。沒想到卻被高中生發現了……」

「嗯……我不懂為什麼想將上衣和手指頭帶走？」

「根據刑警的說法，這是一種戰場上的心理。」

「戰場？」

「換句話說，這是戰場上士兵的心理。他們會幫戰死的同袍撿骨，或是帶走頭髮、指甲交給他們的家人。」

「一方面是為了供奉，同時也作為同袍戰死的物證。」

「也就是說兇手為了證明真木英介被殺害了，所以必須帶走他的上衣和手指頭囉？」

「這只是猜測，因為想不出有什麼其他理由。」

「可是實際上並沒有帶走啊！」

「那是因為發生了一件事。」

「哦！發生了什麼事？」

「那天晚上……」警部點了一根菸，一副十分陶醉的神情邊抽菸邊說明。「推測是案發當天的十五日晚上八點左右，小諸市近郊的川邊地區發生火災，一座農家的倉庫被燒毀了，過了三、四十分鐘之後，貫通市內的國道十八號發生兩起車禍。一件是卡車相撞，沒有人受傷；另外一件是腳踏車和汽車相撞，騎腳踏車的老人受了重傷被送進醫院……」

「這跟本案有什麼關係呢？」

「你仔細聽了。十五日晚上八點到九點左右，小諸市附近出動了消防車、救護車和警車，滿街警笛聲不斷。殺死真木的兇手看到這個情景必然嚇了一跳。從屍體身上剝下來的上衣裡放著切斷的小指頭，自然無法安心地拿著四處走，於是決定先藏在不引人注意的樹叢裡。這是小諸偵查總部的看法，我聽起來倒覺得很合理……」

「說得也是。」

檢察官並不滿意這樣的說法。但是兇手內心的恐懼和緊張有時會超越常人的理解，就檢察官的經驗也曾見過不少因而有違常理的例子。

4

「對了，關於日高志乃這個女人……」警部改變話題說道，「在檢察官的想像裡會是個什麼樣的女人呢？」

「我也沒什麼概念。但是應該不會太年輕，大約是三十幾歲的人吧？看起來很有文學方面的素養，具有說服真木英介這種評論家信任的表現和創作能力。」

「我都想娶來當老婆了。」警部一臉失望的神情。

就在這時有人敲門，一名穿著制服的巡警探頭進來。

「什麼事？」大川警部開口問道。

「不好意思，打擾了。」走進來的巡警先向檢察官點頭致意之後，才站在警部面前說：「有一名四季書房的吉野奈穗子女記者說要找木內部長……」

「吉野？啊！就是負責跟真木英介聯繫的編輯？」

「是的。木內部長昨天曾對這名女性問訊。對方說還有一些事想跟木內部長說……」

「木內不是出去了嗎？好吧，把人帶到這裡，剛好檢察官也在，就請他一起聽吧。搞不好會有什麼好消息也說不定。」

5

吉野奈穗子輕柔的體態向來散發著青春的氣息；無論是黑色的雙瞳、波浪般的長髮、兩朵酒窩、雪白的貝齒均自然由內散發出年輕的風姿，給人清新甜美的印象。但此時巡警引領進來的奈穗子卻神情憔悴，像變了個人似地。

「來，請坐。」大川警部拉開她前面的椅子。

「這一位是千草檢察官，我是警視廳的大川。」

「我是吉野。」奈穗子恭謹地點了頭。她一坐上椅子便神情僵硬地對著警部問：「我……看了今早的報紙，上面說真木教授已經遇害了，這是真的嗎？」

「很遺憾。」警部說，「當地警察已經做出這樣的判斷。那是根據科學的判斷，也是歸納各種情況所做出的判定。因此我們已經將本案視為殺人命案來偵辦。」

奈穗子靜靜地點點頭。她咬著嘴唇，目光低垂，擺放在腿上的手緊抓著裙子，似乎是用全身的力量壓抑內心的悲痛。

「對了，」警部說到一半時，年輕巡警正巧將茶水端送到三人面前，警部拿起冒著熱氣的茶杯，對著奈穗子說聲「請用」，自己也啜了一口，這才又接著說：「妳剛剛說要告訴我們關於這件案子的一些事……」

「是的。」奈穗子抬起低垂的目光說，「前天木內刑警和小諸的刑警兩個人來到我們出版社，當時我聽說發現了真木教授的西裝上衣，上衣旁邊還有一張從信紙上撕下來的紙片。」

「嗯。」

「紙片上面寫著：我就像是那隻盲眼烏鴉。當時刑警問我有沒有聽過教授提起盲眼烏鴉，我回答沒有。事後我跟總編提起，總編表示盲眼烏鴉倒像是教授喜歡的字眼，說不定曾用在他的作品中。因此我花了兩天的時間重讀教授的作品。」

在一旁靜靜聆聽的千草檢察官不禁探出身子詢問：「有什麼發現嗎？」

「有。」奈穗子點著頭從帶來的出版社信封袋裡拿出一本書說：「這是教授寫的書，書名是《異端派詩人的家譜》，其中引用的一段詩句裡出現了盲眼烏鴉的字眼，那是大手拓次的詩……」

「什麼？大手拓次！」

這一瞬間檢察官的眼睛透出光芒。他對這個詩人的名字還記憶猶新。水戶大助最後拍攝的照片就是拓次的文學碑。石碑上刻著〈陶製烏鴉〉的一首詩。兩起命案，背後浮動著詩人的身影……

「請讓我看一下。」

「請。」奈穗子翻開夾著書籤的那一頁，呈到檢察官面前。

「裡面的大手拓次論是篇很長的評論，我只就必要的部分做了記號圈起來。」

「妳是說這些用紅色筆括弧起來的部分嗎？」

「是的。還有……」奈穗子從信封取出幾張紙放在大川警部面前說：「這是那些部分的影本，不知道能不能派上用場，我一共準備了三份。」

「真是太謝謝妳了。不愧是個編輯，做事非常有效率。對我們很有幫助，真的很感謝。」

「哪裡，我只是……」奈穗子說到這裡不禁咬著嘴唇。她心想我只是恨透了殺死真木教授的兇手，我只是想要報復從我身邊奪走教授的兇手。儘管盲眼烏鴉這個字眼只是找出兇手的小小線索，我也要親手將它找出來。這兩天我不眠不休地讀教授的著作，可說是和印刷活字的戰鬥，和書本的戰鬥，最後終於讓我找到了盲眼烏鴉。就只是這樣子而已。我能做的就只有這些，為了教授——突然兩行淚水滑過奈穗子的臉頰。然而千草檢察官和大川警部卻都沒有發現奈穗子流淚，兩人正專注地忙著看真木的文章。

6

詩人是患病靈魂的主人。但是大手拓次同樣也是「患病之軀」的主人。

一如我在〈拓次，他的青春〉那一章提到的，他在十七歲那年罹患中耳炎，之後又併發腦部疾病，當時醫生判定他可能罹患結核性腦膜炎。順便一提，他的父親於三十歲、母親於三十三歲病逝，兩人都因結核而英年早逝。

總之在最後幾年困擾他的頭痛和被視為中耳炎後遺症的重聽（左耳幾乎完全失聰），在他青春期之時便已種下了因子。

「患病肉體」帶給他的另一項痛苦是左眼的暫時性失明。拓次在結束四十七歲的人生之前，終身未娶，甚至沒有碰過女人，被視為是純潔孤高的詩人。其實他曾經和女人有過一次接觸，據說對方是在他故鄉群馬縣磯部溫泉旅館工作的女服務生。就現今各方面的資料顯示，他因為這唯一一次的接觸，感染了惡疾——淋病——也招致左眼失明。當時他二十五歲。

當然眼睛的問題可以治療，但對失明的不安卻無法消弭。之後他仍經常上眼科求診。對他而言，眼睛和耳朵的問題是一生的痼疾。

我在這裡一再強調他的疾病、身體的缺陷，並非要詆毀這位異路詩人；我只是想闡明拓次這樣的生理如何影響其心理與作品。文藝心理學或文藝生理學這樣的名詞在學術界尚未有所定位，假如將來能成為學術上的一個研究領域，詩人大手拓次肯定是個很好的研究對象。

他是個「密室詩人」，封鎖對外聯繫的門窗，躲在自己建立的心理暗室裡，追求怪異的幻想。他一方面對現實的女體感到畏懼，一方面卻又不斷寫出「被女體擁抱而顫抖的詩句」。他的詩句中所瀰漫的妖豔情欲，是他對幻想的女體的鑽研，與他的生理並非無關。

他的詩常以香料為題，例如：〈水仙的香料〉、〈鈴蘭的香料〉、〈香料之舞〉、〈香料的墳場〉、〈香料的集合〉等。不難想像對失明的不安、為耳朵痼疾而苦惱的他，悠遊在不需要光和聲音的香料（嗅覺）世界裡是多大的安息之處。在那裡他可以「自認為是盲人」躲在心理的密室中，描繪出奔放的幻想。〈我是盲人〉、〈盲眼的寶石商人〉、〈盲目的烏鴉〉就是這麼誕生的吧。

盲目的烏鴉

淡淡粉紅的瑪瑙香爐裡
飄出充滿妖豔的煙霧，
迷惘的褐色飛蛾
翻露白肚在一旁死去。
秋天就這樣來到我們心中，
一如無聲無息的弔唁來臨一般，
白色冷笑的秋陽逐漸昏暗，
盲眼烏鴉在枝頭此起彼落地啼叫。
眼睛恍若撕裂的烏鴉啊，
眼中映出各種繡球花般的雲朵的烏鴉啊，
你們慘烈如被勒殺的叫聲，
淹沒了秋葉的沙沙作響。
從你們的叫聲中
跳躍出火紅的罌粟花朵。

大口咀嚼
盛在汙穢青瓷盤上的兔肉。
你們的叫聲是生長在夢幻地面的雜草。
展開翅膀、揮舞指爪、尖喙突刺，
在枝頭間跳動的烏鴉，
不斷發出呱呱呱的啼叫聲
彷彿在無限延伸的黑暗宮闕中，
迸發出藍青色光芒的閃電一樣，
盲眼烏鴉呱呱呱的啼叫聲始終響亮著。

拓次說「幻想幾乎就是我的世界」，還說「那種幻想對詩人而言是存在的，所以形、色、香、味、重量具在，敲一敲便能發出聲響，跟現實人生的物體絲毫沒有兩樣」。因此盲目的烏鴉也存在拓次自己的幻想中。

但是這樣的幻想未免也太悲哀、太令人心酸了。這裡也讓我感受到拓次心理上無比沉重的生理壓力。他將自己幻化成盲目的烏鴉。在枝頭間跳躍啼叫的盲眼烏鴉，可說是因為失明而不安的拓次自身落寞的心理寫照。

檢察官讀完文章將視線從書上移開時，警部剛好也大大地呼了一口氣抬起頭來。

「嗯……的確是有盲眼烏鴉的字眼」警部皺著眉頭說道，「可是我完全看不懂這首詩的意思……」

「先不管詩的意思，我很感謝吉野小姐找出這首詩來。掉在真木英介上衣旁邊的紙片上寫著「我就像是那隻盲眼烏鴉」，換句話說，那隻盲眼烏鴉指的就是這首詩中的盲眼烏鴉，這一點已經確定了。」

「說得也是，這麼一來，紙片上寫的「我就像」是誰呢？是真木英介還是兇手呢？那張紙片好像是信紙，所以應該是信的部分內容。是這兩人之中的誰寫的呢……」

「就可能性來說，」檢察官嘴角浮起笑容說，「可能是真木，也可能是兇手，但也不能限定就是他們兩人，我們所不知道的X也可能寫信給兇手。只不過可以確定的是收信人應該不是真木。」

「怎麼說？」

「他去小諸是為了拜訪自稱是日高志乃的農家主婦，目的是要取得作家田中英光的相關資料。我不認為他會故意帶著與工作無關的信件過去，比較有可能的是一開始那封信就在犯人手上。」

「嗯……所以，收信人是兇手，而寄件人則未知囉？也就是說，只要是知道〈盲眼烏鴉〉這首詩的人都有可能寫那封信，所以對象是不特定的多數囉？」

檢察官沉默地點頭時，一直安靜聆聽兩人對話的奈穗子突然有些口吃地輕聲說：「我……還有一些地方希望你們繼續往下看……」

7

奈穗子從椅子上站起來，伸手翻開檢察官面前的《異端派詩人的家譜》前面的彩色頁說：「這上面有大手拓次親筆簽寫的紙卡的照片。」

警部也跟著探過身子一看究竟。

人生
如同墳墓上的燈火
　　　　拓次

看起來像是用鋼筆簽寫的，下面只題了一九三三．七．四的數字。照片旁邊有「月村早苗女士提供」的圖說。

「這張紙卡上所寫的文字跟盲眼烏鴉有關嗎？」檢察官一臉狐疑地看著奈穗子。

「我想應該沒有直接的關係。只是關於這個紙卡的圖說和提供者月村早苗的資料在書末也提到了，應該是在兩百三十四頁吧。這一部分我也影印下來了。」

檢察官翻開她所說的頁次時，警部則看著手上的影本。

刊在彩色頁的拓次親筆簽寫的紙卡是由月村早苗女士提供。月村女士目前在小金井市擔任幼稚園老師，這張紙卡是其母親民子的收藏。昭和七年（一九三二）拓次的結核病情惡化，來到伊豆山溫泉療養。翌年昭和八年三月，住進茅崎南湖院，當時月村女士的母親民子是該醫院的護士。那年拓次四十六歲，民子二十三、四歲。

成為拓次絕筆的〈搖曳的幻影〉於該年八月在中央公論發表。根據他的說法「幾乎是擠壓自己的血肉」跟死亡搏鬥，而他竭力創作詩句的形象肯定深深吸引了年輕民子的心。對民子而言，或許算是遲開的青春之花吧。生病的詩人和年輕護士之間究竟產生了什麼樣的心靈交流呢？

「對我母親而言，大手拓次或許是她的初戀情人。每次回憶起這位詩人，母親的眼睛就像少女般透出美麗的光芒。我從小聽著母親朗讀他的詩句，猶如聽安眠曲般地熟悉。尤其是〈盲目的烏鴉〉詩中出現了烏鴉呱呱呱的叫聲，我在不知不覺間記了下來，至今我還記得當時叫拓次的詩集是呱呱叫的書呢！」

以上是提供該紙卡的月村女士的回憶。昭和九年（一九三四）四月十八日，大手拓次在南湖院的一室結束他四十七歲短暫的人生。民子究竟是懷著什麼樣的情意為這位詩人送終呢？他死後，不僅是他已發行的詩集，就連僅選入部分詩作的文庫本，聽說民子全買齊了。如今月村女士手邊只留下這張紙卡。「所有詩集已經與幾年前過世的母親一起陪葬了」。在此十分感謝提供如此珍貴資料的早苗女士。

第八章　自焚的女人

1

直到黎明時分，敲打者屋簷的雨聲才歇止。野本刑警趴在床上，點了一根菸。他預定今天早上十點前往小金井市。野本翻開放在枕邊的記事簿，確認拜訪地點的地址和人名：小金井市中町三丁目某某號。柴田守彥。

昨天刑警在雨中奔走了一整天，可是完全沒有查到水戶大助身邊有任何女人的傳聞。該不會是千草檢察官的推理一開始就是錯的吧？

水戶在小諸車站前遇到真木英介，這點應該不會錯吧！何況有照片為證。這時那個自稱是日高志乃的女人出現了，水戶看到那個女人，因而害他喪命了。可是沒有任何證據顯示日高志乃這個女人的存在。真木英介收到的是一封冒名信，那會不會是要誤導警方朝女人偵辦的陷阱呢？如果是的話，水戶看到的是女人的推理便不成立了。

打到荷馬咖啡廳的那通電話也是一樣的道理；女服務生聽到的是女人的聲音，但是並非親眼目睹，當水戶來接聽電話時，說不定電話那端已經換成男人來說話了。

刑警走在雨中心裡盡是想著這些事。或許是不知下一步該怎麼走，回偵查總部的步伐顯得沉重不堪。泥水滲進鞋子裡，一走動便發出奇怪的聲音，這種時候的落寞感，外人是無法理解的。刑警對著迎面而來的計程車招手，他並不是疲倦了，而是突然想到地檢署一趟。他覺得有必要報告今天的調查結果，並且再次確認檢察官的辦案方向。其實這只是表面上的理由，他真正想的是見檢察官一面，好跟他吐吐苦水、抱怨一番。我還真是沒用啊！刑警坐在馳騁的計程車上苦笑。

檢察官和事務官正好都還在辦公室。

「你來得正好！」野本一推開門，檢察官便笑著對他如此說道。「我也剛從總部回來，總算有了一點眉目。」

「哦，是什麼呢？」

「盲眼烏鴉啊。」

「嗄？烏鴉嗎？」刑警沒好氣地說，「有誰會養那種東西呢？」

「不是養的，而是……」

檢察官拿出吉野奈穗子留下的影印資料說明內容。

盲眼烏鴉一如檢察官的猜測是詩人筆下所創造出來的，並非實際存在的烏鴉。所以掉落在真木英介上衣旁邊的紙片裡的文字顯然是熟知拓次詩句的人所寫的。

偵查當局自然會對真木書中所介紹的月村早苗女士感到強烈的興趣。

她從小便聽著母親朗誦拓次的詩長大，而且還將母親的遺物——拓次親筆簽寫的紙卡——提供給真木。當時她回憶其少女時代曾將拓次的詩集叫做「呱呱叫的書」，可見〈盲目的烏鴉〉從未被她所淡忘，當然從她口中提起那首寫著盲眼烏鴉的詩也是很自然的事……

「原來如此。」刑警點頭說，「應該跟那個叫做月村早苗的人見一面才是。」

「嗯，總部也這麼認為，所以大川立刻跟小金井警署聯絡了，拜託他們緊急調查該名女性所服務的幼稚園。但是在小金井市內的幼稚園沒有叫月村早苗的老師。」

「會不會是職員呢？」

「不，她是專任老師，但並非現任。只知道她在去年十一月為止服務於私立若草幼稚園，辭職之後就沒有消息了。」

「問過那家幼稚園了嗎？」

「當然問了，但是沒有問出什麼訊息來，因為總部打電話到幼稚園已經是五點過後了，園裡只剩一位年輕的職員，今年四月才剛上班，對當時的情況完全不清楚，最後只好直接問園長。」

打電話到園長家，是園長的太太接的電話，說她先生到神戶的朋友家，會很晚才回來。於是總部跟對方約好明天見面談，園長太太說明天上午十點之前會在家裡等候。這是當時的通話內容。

「所以呢，」檢察官說道，「明天早上要麻煩你跑一趟。我想知道月村早苗的地址，並調查她離職的原因。她在去年的十一月，也就是第二學期期中便離職了，我對她為什麼會選擇那個時間點離職覺得很納悶。」

刑警一邊點頭一邊問起其他事情。「真木英介的《異端派詩人的家譜》是什麼時候出版的？」

檢察官早就留意到這一點了。

「嗯，這一點我已確認過了。書後面的出版時間是去年的十月二日，但是吉野奈穗子說真木之前曾透過四季書房的週刊徵求讀者幫忙提供資料，那是去年的三月四日號。月村早苗應該是看了那篇文章才將拓次的親筆紙卡提供給真木英介。」

「嗯……。從三月到十一月嗎？如果要發展出什麼男女之情，這時間也足夠了。」

「嗅到什麼了嗎？」

「嗅到一種生腥的味道。看來找到這道屏障的入口了，路標正指向了月村早苗！」

「希望有那麼順利就好了。」

站在一旁的事務官笑著遞出寫上園長姓名和地址的紙張。

趴在棉被裡的野本抽完第二根菸時，廚房傳來了味噌湯的香味。

「好吧！」刑警一鼓作氣離開了被窩，打開窗戶，走到狹小的庭院。雨水濡濕的八角金盤樹沐浴在朝陽中。刑警深呼吸一口氣，對著廚房大喊：「喂！早飯還沒好嗎？」

2

若草幼稚園園長柴田守彥的家位於安靜的住宅區裡，從東小金井車站走路約二十分鐘，來到這附近時，果然是綠意盎然。雨後清爽的涼風吹來濕潤的泥土氣味，這是都市裡無法享受的奢侈。柴田守彥的宅邸在這一帶是很顯眼的白色洋房，廣闊庭院的草坪上洋溢著明亮的陽光。

野本刑警按下門鈴，一名看似傭人的嬌小中年婦女探出頭來說「請進」，並領著他來到玄關旁的客廳。野本刑警一坐上豪華的布沙發厚重的身體便陷了進去。他的頭自然向後靠著，那盞垂掛在他頭上、充滿華麗氛圍的美術燈綻放著耀眼的金色光芒。整間屋子給人一種生活富裕的感受。

（看來開私立幼稚園肯定是很賺錢的工作。）

就在刑警用羨慕的眼光環視室內風光時，邊門開了。

「讓您久等了。」

一位年約五十，穿著褐色西裝的男子站在刑警面前，他就是這戶人家的主人柴田守彥。

刑警趕緊起身遞上名片說：「我是警視廳的野本。一早就來打擾您。」

「哪裡，請坐。」

柴田守彥顯得相當緊張。他雖然故做平靜，但是紅潤臉頰上的笑容卻顯得僵硬。其實刑警倒也已習慣了這種情形。不管走到哪裡，一旦遞出了名片，對方總是態度恭敬地哈腰，之後便用疑懼的眼神窺探著刑警的臉；有時候也會有人故意擺出輕蔑或毫不掩飾的敵意。刑警向來就是不受歡迎的訪客。

「請問找我有什麼事嗎？」柴田守彥探出身體詢問。對方一如秘密談話般地壓低聲音，反而讓刑警覺得好笑。

「其實沒什麼事啦，我只是想打聽一下之前在你們幼稚園任教的月村早苗小姐。」

「噢……可是為什麼到現在了還要打聽月村老師呢……」

「那是因為我們正在偵辦某件案子，有些事想請教月村小姐……」

「你說什麼？」柴田守彥驚訝地大聲問道，打斷了刑警的話。「有事要問月村老師？刑警先生，您不是跟我開玩笑吧？」

「怎麼會呢！我們是在辦案，既不是開玩笑也沒有喝醉酒，而是有必要跟月村早苗見一面，當面問她一些事情。」

「不可能的，你不可能跟她見面問話的。」

「為什麼？為什麼不可能問她事情呢？」

「嗯……我真是驚訝。看來刑警先生您什麼都不知道啊！」

「嗄？」

「月村老師早就過世了。」

「什麼！她已經死了？」刑警當下懷疑自己是否聽錯了。「月村早苗已經過世了嗎？」

「沒錯，而且不是因為意外事故或病死，她是自殺身亡的。」

「什麼時候的事？」

「我記得是去年的十二月三日吧。」

「為什麼自殺？」

「不太清楚。報上說因為工作上的煩惱和生病而決意自殺。至於詳情我並不清楚。那是刊在都內版一個角落的十五、六行的小小報導，這還是我內人看到了才告訴我的。近來年輕女孩自殺也不是新鮮事了，那篇報導的內容也很簡單，大概是因為自殺方式不太尋常才稍加報導的吧……」

「你說不太尋常是什麼意思……」

「月村老師是自焚身亡的，全身淋上了燈油……」

園長話說到一半，女傭走了進來，在兩人面前放下蓋杯和裝在木碟上的日式小點心。直到女傭踩著厚厚的地毯消失在門後時，刑警才開口問：「月村早苗是一個人住嗎？」

「是的。車站附近有個叫南陽莊的公寓，她就在那裡租房子住。那間公寓現在已經改成停車場。」

「也就是說月村早苗引火自焚連公寓也給燒掉了嗎？」

「不是的。公寓是房東自己賣掉的，好像賣了七千萬還是八千萬。」

「那麼她是在哪裡……」

「地點倒是很令人意外。月村老師燒焦的屍體是在群馬縣被發現的。」

「嗯……」當下刑警腦中閃過一個念頭，那是從群馬縣這個地名聯想而來的。「該不會是磯部溫泉吧？」

「哎呀，原來您知道啊。沒錯，就是磯部。我記得報上好像也刊出了月村老師投宿的旅館名稱。」

刑警的猜測果然沒錯。看來月村早苗跟〈盲目的烏鴉〉並非無關。她在大手拓次的故鄉，也就是他的文學碑所在的磯部溫泉，自己了斷生命。然而她的自殺跟這兩起命案又有什麼關係呢？

早在來訪之前，他心中已經有個模糊的想法。他認為早苗和真木之間有戀情，這段戀情的破滅為真木引來殺機。而為兩人的關係居中牽線的就是大手拓次的親筆紙卡。另一方面，醉心於拓次詩作的水戶大助也因為某種機緣而與早苗相識。這樣的猜測並非無稽之談，有人甚至在旅遊時幫對方拍照而結為夫妻，而早苗和水戶大助的認識則是因為彼此都是拓次詩作的讀者吧。水戶在小諸車站前看到早苗的身影，這場偶遇讓他走上了死亡之路。

依據刑警的推理，這兩起命案要有所關聯的話，那麼兇手就必須是月村早苗才行。但是她已經在去年十二月自殺，死人是不可能行兇的。

3

「對了，」柴田守彥盯著沉默不語的刑警，窺探性地詢問道，「月村老師跟什麼案子扯上關係了嗎？」

「不，她不是案件的關係人。我們只是想知道月村早苗有沒有男朋友？」

「你是指談戀愛囉？」

「也可以這麼說吧。有沒有聽她提起水戶大助的名字？」

「沒有吧。」

「她的異性關係有沒有什麼值得注意的地方呢？」

「也沒有。如果有的話，總會從其他老師那裡傳到我耳裡吧。總之我從來沒聽說她有什麼不好的傳聞。她對小朋友很親切，學童的母親對她的評價也很好，可是她卻突然辭職，而且在幾天後引火自焚，我真的不知道她怎麼了？為什麼會發生這種事？」

「月村早苗是什麼時候到貴幼稚園任教呢？」

「前年的四月份。她是我朋友介紹的。」

柴田守彥拿起已經溫涼的茶杯，說起當時錄用早苗的情景。

住在神奈川縣大磯町的神谷司郎打來一通電話。他目前是大磯町教育委員會的教育長，和柴田是大學時代的好朋友。

前年的二月。

神谷在電話中提到，在他那裡的町立幼稚園有位月村早苗的專任老師──單身二十五歲，畢業於縣內的Y短大。早苗的母親是護士，之後在小學擔任保健老師，與他交情不錯，但是在今年正月過世了，早苗在縣內沒有親人，想就此搬到東京居住。關於她的個性和為人，一點都不用擔心，他願意擔保。希望我所經營的幼稚園能夠聘用她擔任老師。

剛好若草幼稚園從新學期開始很可能會增收學童，正準備招聘新的女老師。柴田守彥便回答那就先跟本人見面再說，接著又補充說既然是你推薦的，我大概會聘用吧。

隔週月村早苗便拿著神谷的介紹信來到柴田家。

「經過二、三十分鐘的面試後，」柴田守彥接著說明，「我便決定聘用她了。她是個老實、個性開朗的女孩。對於幼教也有自己的想法。我認為是挖到寶了，而且她又長得很漂亮，一頭及肩長髮，皮膚白皙晶瑩。甚至有些學童的家長還稱讚月村老師是若草幼稚園的明星。」

「嗯。」刑警點頭說道，「這麼說來，對月村早苗而言，這裡應該是很好的工作地點囉。你又很喜歡她，小朋友和家長也很信任她，那麼她的突然辭職不就令人覺得莫名奇妙嗎？你沒有問她原因嗎？」

「沒有，應該說我沒有機會問。」

「怎麼說呢？」

「說起來真是令人感到意外。」柴田守彥神情不悅地說到一半，點了一根菸。刑警也跟著從口袋掏出菸盒。

「那是去年十一月底的事了。月村老師來電說有些發燒想請假。我以為是感冒，也就沒什麼在意，結果隔天還是沒看到她，到了第三天還是沒來上班。於是我決定當天下午去探病，結果收到了月村老師寄來的限時信，拆開一看，我嚇了一跳，裡面居然附了一張辭職信。」

「嗯……」

「信上只寫因為個人因素、請求辭職諸如此類的老套的話。」

「就只有這樣嗎？」

「不，還有一張簡短的信。但也只有一張信紙而已，上面寫著因為突然對工作和健康失去信心，無法繼續工作，感謝過去這段時間的照顧與厚愛之類的官樣文句。我當下就覺得她在說謊……」

「說謊？」

「沒錯。她比任何人都熱心於教育，又懂得如何跟幼童相處，她是大家都很喜歡的老師。說什麼沒有自信，根本就是藉口。」

「她一向體弱多病嗎？」

「怎麼可能，她很健康。我們這裡會定期幫學童做健康檢查，同時也讓老師接受診察。但是月村老師每次都笑著躲開了，說自己跟生病無緣，沒有診察的必要。我想她是不好意思在別人面前裸身吧。員工旅行時，就算是住在溫泉旅館，聽說也只有月村老師不肯跟大家一起洗澡。她是很害羞的人。而健康檢查並不是強制性的，所以我也就沒有多說什麼。」

「所以她因為健康問題而辭職的理由也……」

「藉口啊，肯定是騙人的。」柴田守彥語氣堅定地說道。

「她為什麼要撒那種謊呢？」

「我也搞不清楚。其實我很生氣。她完全不考慮我的情況，單方面地寄出辭職信，實在是太沒常識又很失禮的做法。我無論如何都要問問她真正的想法，所以立刻趕到她住的地方。」

「見到人了嗎？」

「沒有，她已經不見蹤影了。管理員說她留下一句『出門旅行』便走了。如今回想起來她竟是踏上死亡之旅……」

柴田守彥的口吻有如在唱詠嘆調。

4

刑警走到陽光明媚的馬路上，用力伸展著雙手、左右扭動脖子。或許肩膀沉重、腰部痠痛是因為上了年紀的關係。能夠誇口刑警這工作無關年齡，頂多也只能說到三十好幾；而今即將退休，體力也到了極限，這畢竟是騙不了人的。

不過問訊有所展獲時，回程的步伐也就輕鬆了起來。然而今天卻不同於以往，因為在刑警來到柴田守彥家門口前，他心中所鉤勒的兇手早已經不在人世了。正因為如此才讓他的步伐沉重了起來。

月村早苗為什麼要捏造不實理由提出辭呈呢？她自殺是想了斷什麼、想逃避什麼呢？一個連裸身面對女同事都會害羞的女子，為什麼會選擇引火自焚這麼殘忍的自殺方式呢？

月村早苗是兇手的說法已經無法成立了——不論是在現實還是推理中都已經不成立了。但是她令人不解的死亡之謎並沒有因此消失。

即使她不是這起命案的兇手，也無法將她從這個案件中完全抹去。真木英介、水戶大助、月村早苗，飛繞在這三個人之間的盲眼烏鴉……

行進間的刑警腦子裡有許多想像，但是這些想像都不具體。刑警一邊咂舌一邊趕路。眼前走來一對依偎的年輕情侶。女孩靠在高大的男孩肩上，她的手緊緊地攬著男孩的腰。兩人高聲談話、肆無忌憚地笑著。刑警用厭惡的眼神看著兩人依偎走去的背影。

女孩腿上裹著緊身牛仔褲，幾乎要迸出的臀部呈現猥瑣的形狀搖晃著。男孩修長的手指在那團鼓脹的肉塊上愛戀地上下游移。這幅景象刑警自然都看在眼裡。

（畜生！真是亂來的傢伙。）

刑警的神經高亢並不是因為眼前的景象。月村早苗的自殺該如何跟這次的命案連上關係呢？整個偵查行動是又回到了原點還是向前邁進了一步呢？由於沒有確切的答案，刑警感到焦躁不安。

「可是怎麼會有這種事？未免太蠢了吧。」沒有行人和車輛行經的住宅區巷道裡，女孩高亢的聲音顯得特別刺耳。男孩也用大得嚇人的聲音跟女孩說：「真是受不了！居然只剩下一個紙箱，裡面塞的都是些內衣、漫畫，其他行李早就搬走了……」

「一定是事先計劃好的……」

「前一天晚上還像夫妻一樣抱在一起，結果到了早上卻給跑了……」

「好可怕喲，現在的年輕人。你可要小心點才行。」

兩人邊說邊向左轉，交纏的身體轉進了小巷，但是野本刑警對此已經視而不見了。因為突然閃過他腦海的疑惑讓他忘了兩人的存在。

——其他行李早就搬走了……。一定是事先計劃好的……

剛才那對男女所說的話讓刑警突然心生疑惑。

（月村早苗應該不可能是計劃性的自殺。沒聽說她事前先將行李給處理了。公寓管理員說她留下一句「出去旅行」便出門了。那麼她留在房間裡的行李，也就是她的遺物現在在哪裡呢？）

這是刑警當下的聯想。

早苗的屍體是在群馬縣磯部溫泉被發現的。警方認定她是自殺，沒有他殺的嫌疑。所以對本人的住處和遺物也沒有調查的必要。屍體經由行政手續處理了，整個自殺事件便告結束。這在當時是很正常的做法，但對刑警而言卻覺得極為可惜。

（如果能調查早苗的遺物或許能發現什麼線索吧？）

根據剛才柴田守彥的說法，早苗沒有親人，換句話說，不會有人繼承她的遺物。野本記不得囉唆的法律是怎麼規定的，大概會由家庭法院提出尋找繼承人的公告吧，如果沒有相關人士出面申請，她的財產將全數歸國庫所有。何況她住的公寓也被拆除了，目前已改建成停車場，要調查遺物，幾乎是不可能了。

（應該是沒辦法了吧？）

一切都消失了。月村早苗留在這世上的東西，只剩她提供給真木英介的那張紙卡。她的屍體恐怕也成了無人祭祀的孤魂被埋葬在某個寺廟的角落吧？被火化了收在一個小骨灰鐔裡——想到這裡，野本刑警心中一驚。這突如其來的想法令他心情波動不已。

月村早苗的遺體不需要火化，她是自己淋燈油燒死的，被發現時已是一具焦黑的屍體。當時是如何斷定那就是月村早苗呢？是因為留下遺書嗎？還是根據她身上的東西來判斷的呢？

刑警過去也有不少自殺現場的經驗。如果有遺書，就必須確認是否為本人的筆跡，而遺物也必須請親人確認。即使月村早苗留下遺書或遺物，如今也只能透過不認識她的人們來辨認是否為她所有，而不是親人的作證。

早苗不曾接受幼稚園舉辦的員工健康檢查，也避開其他的女老師一起洗澡，所以大概沒有人看過她裸身。假設當時解剖這具燒焦的屍體，並發現身上的特徵，應該也缺乏可供比對的資料吧。一個燒得焦黑如炭的肉塊，是根據什麼認定死者是月村早苗呢？

——一定是事先計劃好的……

剛才那女孩說的話突然在刑警耳畔響起，同時一股莫名所以的疑惑也浮上他的心頭。

（那具屍體真的是月村早苗嗎？）

——好可怕喲，現在的年輕人……

刑警不禁加快了腳步。我盡想些可怕的事，刑警邊走邊這麼想。但是關於她的自殺如果沒有令人信服的說法，刑警心中的這個疑惑是無法消除的。

（月村早苗會不會還活著？）

這不是基於理論推理而來的結果，更不是有什麼證據，而是很有小說味道的空想。然而一旦有了這樣的心思，便無法輕易地揮去。刑警邊走時，發現自己呼吸有些困難，為了讓自己呼吸順暢一點，他必須說出心中的疑惑。

眼前是東小金井的車站，當看到附近的派出所時便做了決定。他決定跟總部聯絡，請求派人到磯部警署調查。如果現在就出發，即使調查會很花時間，今晚也能夠趕回來吧。

野本刑警跑起步來，邊跑邊看手錶，時間是十一點十三分，派出所就在眼前。

5

對於屍體的檢驗刑事訴訟法第二二九條規定如下：

橫死或有橫死嫌疑的屍體，其所在地轄區的地方檢察廳或區檢察廳的檢察官有驗屍之必要。

檢察官可命令檢察事務官、司法警察進行前項的處置。

根據該條文，警官實際處理橫死屍體的具體「驗屍規則」由國家公安委員會制定。其中第六條詳細條列了驗屍要領。

驗屍時應該就下列規定事項進行綿密的調查。

一、橫死者的姓名、年齡、地址和性別。
二、橫死的屍體的位置、姿勢及身上的傷或其他異狀與特徵。
三、穿著衣物、攜帶物品及遺物。
四、周圍地形及事物的狀況。
五、推估死亡的年月日時和場所。
六、死因（尤其是是否有他殺的因素）。
七、兇器及足供他殺行為的嫌疑物件。
八、有自殺嫌疑的屍體之自殺原因、方法、教唆者、共犯等之有無、判定遺書之真偽。
九、如有中毒嫌疑時，調查其症狀、毒物的種類及中毒死亡前的經過。

都市的夜晚在九點過後依然明亮。閃爍的霓虹燈為街頭增添了華麗的色彩。然而坐在開往偵查總部車子裡的千草檢察官腦中浮現的則是這些與周遭光景毫不搭調的法律條文、規則。

今天中午過後，野本刑警帶著月村早苗自焚身亡的報告來到辦公室，這份報告既讓檢察官十分驚訝，同時也令他失望。

「在山裡迷路的旅人好不容易看見前方有人，」檢察官當時說道，「連忙衝上去問路時，對方卻在這瞬間從眼前消失了。」

「你的意思是說我就是那個旅人嗎？」刑警不服氣地反問。

「不是，我只是打個比方。總之我希望月村早苗還活著。」

「總部已經派人去磯部警署。月村早苗這個女人身上實在有太多的謎了。對於她的自殺我們有必要重新徹底調查，當然我並不是說當地的警方有什麼疏失，而是現在和當時對她的著力點有所不同。我們想從不同的角度調查她的自殺，總之就是這樣。」

「應該可以吧，我對你們的調查也很有興趣。派去磯部的人預定什麼時候回來？」

「大概要九點過後吧。回來之後馬上通知你嗎？」

「拜託你了。我在辦公室等著。」

「心裡有什麼疙瘩，」刑警一邊起身一邊說道，「呼吸就不順暢，感覺就像憋尿一樣。」

這種說法倒是很有野本刑警的味道，檢察官坐在急駛的車裡不禁莞爾一笑。

從磯部回來的相原刑事部長在總部會議室裡看著在座的相關偵查人員，口氣顯得有些緊張地說：「我開始報告了。」

此時已是晚上十點過後了。

6

磯部溫泉位於群馬縣安中市磯部，附近是群山環繞的田園，過去被稱為是碓冰郡磯部村。磯部溫泉是一般人對它的暱稱，屬於強鹼性的礦泉。想出「飲用也有效的磯部溫泉」標語來推廣其具腸胃病療效的是這個溫泉的開拓者，也就是詩人大手拓次的祖父萬平。

附近有一座景觀奇特的妙義山，是登山者的絕佳休息點。許多到此靜養或洗溫泉的遊客也會前去登高，最近來自都市的觀光客也不少，因而使得這個地處偏僻的溫泉之鄉的形象越來越淡了。

去年十二月三日。在這個溫泉鄉中最為古老的建築神泉莊旅館玄關走進來一名年輕女客。她長髮及肩，從一身輕柔的灰色大衣下露出一雙修長優美的腿。

「歡迎光臨。」領班從櫃檯探出頭來。

「請問有房間嗎？」女客低聲問。

單獨旅行的女客是不太受旅館歡迎的，這是因為容易引發不必要的問題。但是現在已經過了紅葉季節，每一家旅館都是門可羅雀。今日的神泉莊也只有三組客人預約訂房。

領班呼喚客房的女服務生帶客人到「月房」。那是間四坪大的客房，有陽台、洗手間和兩坪大的空間，算是這家旅館中級的房間。

女客提著皮製的旅行袋。帶路的女服務生伸出手說：「我來提吧。」

「不用。」女客說完便逕自往前走去。

女客在住宿登記卡上寫著月村早苗，二十七歲。看著她揮動原子筆的側臉，女服務生心想：這個人生病了吧？

女客臉上沒有半點生氣，蒼白的肌膚下似乎積累了千斤重的疲勞。

「等一下！」聽著相原刑警的報告，野本刑警突然舉起手問，「那張住宿登記卡還在嗎？」

「在，還保管著。」由於對方是總廳的刑警，相原語氣顯得恭敬。

「你看過那張住宿卡嗎？」

「看過，我還順便請磯部警署的人幫我影印了一份。待會兒可以讓你過目。」

「嗯……不愧是幹這行的。」刑警的這句話逗得全場大笑。

「繼續報告吧。」大川警部說。

半個小時之後月村早苗走出玄關。

「要出去嗎？」領班從櫃檯開口問道。

「是的，出去走一下。」早苗並沒有換上旅館的棉襖。領班走出櫃檯幫她把鞋子擺好時，她問：「文學公園就在這附近嗎？」

「是的，就在前面不遠，走路大約五、六分鐘吧。」

其實文學公園並不是正確的說法，當地的說法是磯部小公園文學碑散步道。那是面臨碓冰川的部分台地。在樹叢圍繞的狹小公園裡，排列了一些當地出身的藝術家紀念詩文碑。站在文學公園可以眺望整個溫泉街，紅屋頂、白牆相連的街景一如水彩畫般地迷人。到了夏天，碓冰川的河岸有釣客垂釣，也有遊客從河岸爬上陡坡到公園乘涼。但現在是十二月，是寒風吹得樹枝作響的季節。除非是好事之徒，否則不會有人來到這種地方。

「外面很冷，而且說是文學公園，其實也只有五、六個詩碑吧……」領班說到這裡，女客早已走到外面了。

「路上請慢走！」領班看著她的背影招呼道，接著又很不屑地批評：「真是沒禮貌的女人！」

月村早苗在傍晚五點左右回到旅館。因為是冬天，外面早已是暮色一片。站在玄關的燈光下，她的臉看似凍僵了，頭髮也吹得亂亂的，大概是走在寒風中的關係吧。

「回來啦。」領班開口打過招呼後說：「先去泡澡會比較好。晚餐一會兒就送過去。」

她只是輕輕點頭，然後低著頭爬上樓梯。

「我有疑問！」又是野本刑警。

「請說。」

「知不知道月村早苗來到旅館的時間呢？就是飯店常用的那個字眼……叫什麼來著……」

「check in的時間嗎？不是很確定，旅館說是當天下午一點半到兩點左右。」

「她去文學公園是在那之後的半個小時吧，也就是兩點到兩點半左右，回來的時間是五點左右，總之她在外面待了將近三個小時。文學公園有需要花那麼長的時間逛嗎？」

「大致瀏覽一遍只要二、三十分鐘便夠了。問題在於她不像是去公園。」

「嗯……那麼她外出的目的是什麼呢？」

「目的很清楚。她是為了尋找自殺的地點，而在磯部四周走動。她似乎是一開始便打算要引火自焚，也做好了準備。但是她不希望身上的火延燒到其他建築物，才來到不熟悉的地方尋找最安全的地點。有許多人在案發之後出面作證在現場附近看過她。」

刑警似乎頗能接受相原部長的說明。

客房的女服務生並沒有注意到月村早苗是何時洗澡的，但是送晚飯進去時，她已經換上旅館的棉襖。

「我想去松井田，會很遠嗎？」她一邊用餐一邊問。

「距離這裡約有五、六公里。車程只要十分鐘或十五分鐘吧……妳要去嗎？」

「是的。我朋友的老家在松井田，我得把人家拜託的東西送過去才行。」

她說完後交代女服務生自己大約十點左右回來，請先幫她鋪好棉被。女服務生問她要不要叫車，她回說要先買完東西才去，自己會找車子。

八點左右月村早苗抱著一大包的包裹走出玄關。當時是女服務生送她出門的。

「那就麻煩妳了。」她笑著對跪在門口的女服務生說完後便轉身離去。

「路上慢走，請小心。」女服務生對著她的背影招呼道。一頭長髮在肩頭上飄逸，這是月村早苗活著時的最後身影。

事情就發生在三個小時後。

7

磯部的西側是個叫做塔澤的地方，也是離緊鄰的松井田町交界處最近的地點。這裡有灌溉用的水塘，當地人稱為五郎太池，以前屬於私人所有，水塘名稱或許就是直接沿用人名而來的吧。河堤的一角矗立著刻有龍王大明神的巨大天然石碑，這可能是農民用來祈禱池水源源不絕而擺置的吧，如今已沒有人知道它的由來。

月村早苗自殺的地點就在該石碑矗立的河堤上，她的上半身倒在池水乾涸、地面龜裂翻白的水池中。發現者是住在附近的高中生。

高中生那天晚上到磯部的同學家玩，因為聊得盡興，耽誤了回家的時間。他婉拒朋友用腳踏車送他回家的提議，就在徒步回家的路上撞見了這件事。這一帶是多彎路的坡道，入夜後幾乎沒有什麼行人。稀稀落落的路燈一路延伸到塔澤。

高中生來到五郎太池附近，眼前突然一亮，就在此時看見一團火焰在夜空燃燒。由於附近十分漆黑，反而把染紅黑夜的火柱襯托得特別美麗，但也十分恐怖。這不是火災，因為附近沒有建築物，高中生當下如此判斷。

（這種深夜，是在燒什麼東西吧？）

他下定決心爬上長滿枯草的堤防斜坡。前面就是五郎太池。火焰燒得龍王大明神的石碑通體明亮，紅光映得水面閃爍搖曳，奇怪的是四周卻看不見任何人影。

高中生又往前走近了些，他聞到一股混合石油味道的怪怪臭味。火焰中似乎有什麼東西在扭動，當他發現是人時，他尖叫地快步跑開了。回到家中的高中生立刻報警，磯部警署的人趕到現場時，屍體已經焦黑發出惡臭。

「以上是發現月村早苗自焚的經過。」相原刑事部長繼續說明，「現場找到了一個打火機、三個空啤酒瓶和兩個空威士忌酒瓶。」

「你說什麼？」大川警部吃驚地反問，「早苗死之前有喝酒嗎？」

「不是的，那些空瓶子是用來裝燈油的。她大概是怕燈油的味道會飄散出來，所以燈油裝在瓶子後，又用布巾包著才帶出旅館。雖然屍體是趴著的，但臉部和背部嚴重燒毀。」

野本刑警用力點頭說：「換句話說，很難辨識她的長相囉？那麼是根據什麼認定是月村早苗？」

「距離屍體不遠處找到她的皮包。」

「裡面有她的名片或是可以證明身分的東西嗎？」

「沒有，倒是皮包裡面有一張旅館的便條紙。上面寫著：驚動各位，很對不起，請發現的人通知神泉莊。月村。」

「可是光這樣也無法判定燒死的就是月村早苗吧！任何人都可以把皮包和便條紙擺在那裡啊。」

「話是沒錯，但是之後出現了關鍵性的證人。」

「證人？誰？」

「關於這一點，我現在跟各位說明。」

相原刑警邊說邊走到房間一角的小黑板前，拿起粉筆寫下森田加代子，又寫下東京（七四九）三二二八類似電話號碼的數字。他環視了一下忙著將黑板上的人名和數字抄寫在記事簿上的偵辦人員後，又回到自己的位子。

「月村早苗在旅館留下遺書。警方才有了聯絡的對象，身分確認跟遺體轉交也才能順利無誤地進行。」

遺書是在她的旅行袋中找到的。殘留著些許燈油味道的袋子底層放有兩封遺書，除此之外再沒有任何東西了，甚至連盥洗用具也沒有，可見她已決定在當晚自殺。遺書裝在白色信封裡，外面寫著「旅館人員收」，另一封則寫著「森田加代子 小姐收」。

在磯部警署員警的見證下，立刻拆開了給旅館的那封信。裡面的內容很簡單，除了表達對旅館老闆和女服務生的感謝之意，也為造成他們的困擾而致歉，另外還附上五萬圓現金作為住宿費和對旅館的一點心意。這封信裡面還夾了一張旅館的便條紙，上面寫著：

「請盡速聯絡我姊姊森田加代子。她住在東京都世田谷區。有關遺體的處理請與她商量。」後面還寫上電話號碼。

警方隨即借了旅館的電話跟森田加代子聯絡。儘管是在深夜，很快就有一個女人來接電話。警方大致說明情形，詢問對方能否前來協助認屍。對方沒有立即回答，是因為嗚咽得厲害的關係嗎？警方幾乎可以想見女人哭倒在電話前的情景。但是激動的情緒平復之後，女人以令人意外的平靜口吻表示那是她妹妹，她馬上開車過來，並問屍體需要解剖嗎。警方回答只要確定是自殺的話就沒那個必要，同時在電話中告知對方記得帶印鑑過來。

等到森田加代子趕來時已經是隔天的凌晨了。燒毀的屍體根本無法從外觀和衣物辨別身分。加代子證實遺書和便條紙上的字是早苗的筆跡。

當時她是這麼說的：「早苗五歲時被月村家收養。月村是我們母親的姊姊，也就是我們的阿姨。聽說阿姨年輕時當過護士，和同一家醫院的藥劑師結婚，一年之後姨丈便過世了，之後阿姨一直維持單身。我想她也是因為擔心老後的事，才會收養早苗。我母親心想女兒反正都是要嫁人的，給姊姊不也一樣，便答應了。

阿姨為了不讓早苗想家，禁止我和早苗通信。所以我們雖是姊妹，但少女時代並沒有親密的往來。早苗也當阿姨是親生母親一樣地依賴。

前年她趁著來到東京之便，我們姊妹和母親難得一起吃飯。儘管是親姊妹、親母女，說起話來卻跟外人一樣地生疏，不禁令人感慨長年分開兩地養育的隔閡。前幾天，早苗突然打電話給我，聲音顯得沉重，感覺好像很疲倦的樣子。我問她怎麼了？身體不舒服嗎？她說對健康和工作已經沒有信心，很想休息了，很想到已過世的母親身邊。我罵她胡說些什麼？年紀輕輕的，說什麼想死的話。身體不舒服就去看病，工作不愉快就辭掉，先來姊姊這裡再說。早苗敷衍我說好吧，我會的，便掛上了電話。

昨晚接到警方的電話，我腦海中立刻浮現那天的對話。原來那是她在向我道別。為什麼當時我沒有趕過去呢？對於無法適應都市生活而感到疲累的妹妹，我實在不捨。妹妹會做這種傻事都是我的責任，請你們原諒。」

自焚的死者是月村早苗，而且確定是自殺。磯部警署的處置可說是正確無誤。

以上是相原刑事部長的報告。

8

「真是奇怪！叫人難以相信。」野本刑警低喃。

「有什麼疑問嗎？」相原部長的口吻有些不滿地說，「磯部警署的調查很完整，甚至可說處理得很慎重。月村早苗的自殺是不爭的事實。」

「不，我不是說警方有什麼失誤。我覺得奇怪的是月村早苗這個女人。」

「怎麼說？」

「她是前年春天到小金井的若草幼稚園上班，根據園長柴田告訴我的，早苗應該沒有任何親人。我們完全不知道她竟然有個姊姊。她為什麼要隱瞞呢？」
「應該不是特意要隱瞞吧，而是沒有說的必要。因為不覺得對方是自己的親姊姊啊，而且戶籍也不同。她們跟一般的姊妹不一樣，早苗從五歲起就跟姊姊分開了。」
「兩人年紀相差很多嗎？」
「這個嘛……」相原刑事部長看著手邊的資料說：「森田加代子當年三十三歲，這是根據寫在遺體領取書上的年齡。她和早苗相差六歲，換句話說，在姊姊十一歲、妹妹五歲時，兩人便分開了。之後她們各自在不同的家庭成長，既沒有書信聯絡，也沒有親密往來，彼此的感情自然淡薄。我想她在平常也不太會想起姊姊吧。」
「但是發現屍體時的聯絡對象，早苗卻指定她姊姊，而且還留下遺書……」
「那是當然的。如果沒有人領取遺體，她就成了孤魂野鬼……」
「總之，就是很自私的女人。而且我總覺得這個女人充滿了秘密，感覺很不對勁……」
然而野本卻又說不清楚那裡不對勁，從他的抱怨聲中不難想像他的焦躁。
「以上報告完畢……」
就在相原部長正準備坐下時，千草檢察官開口說：「我只有一個問題……」
「是，請說。」
「早苗留下遺書給她姊姊吧？」
「是的。」
「知不知道遺書的內容呢？雖然那是留給私人的遺書，警方是不能拆開來看的……」

「不，我們知道遺書的內容。我本來也要跟各位報告的，卻一時忘了……不過沒有全部記下來，而只是……」

「那就夠了。」

「遺書的內容很簡單。森田加代子和磯部警署的人一起回到旅館後才找到遺書。她當著大家拆開，看完遺書後一語不發地交給了警方，所以在場的人都看了早苗的遺書。」

「哦！」

「遺書一開頭寫著：姊姊，很對不起，讓妳看到我這個樣子。最近我的身體不好，對工作也失去了信心。對人生感到厭倦的我，如今正行遊在休息的世界裡。媽媽、姊姊，祝妳們永遠幸福……。內容大概就是這樣。」

「換句話說，跟早苗在電話中所說的幾乎是一樣囉？」

「是的。因為只有一張信紙，寫的也就很簡單了。」

「嗯……只有一張信紙的遺書嗎？一個年輕女孩寫給姊姊的最後留言，難道不該多寫些什麼嗎……」

「後面還寫不需要舉行葬禮，請將她跟母親一起葬在茅崎的墳墓，並附上一首詩歌。」

「詩歌？」

「是的，就是所謂的辭世之歌吧。鑑識課裡有人喜歡讀詩，還將詩句抄了下來，內容是……」相原刑事部長翻開記事簿說：「找到了，就是這首詩歌。心意已決焚肌死，且泡溫泉止心傷。」

「很有石川啄木註1的味道嘛。」年輕刑警說道。

「真是勇敢的女人。決心引火自焚前，還能心平氣和地洗溫泉，真是勇氣十足啊！」在座的也有人這麼說道。

「這是自殺者的虛榮。」大川警部不屑地表示。「我看過不少自殺者的遺書。一般都認為人之將死其言也真，其實根本就不能相信。大部分的人都會寫下並非真心的好話來美化自己，讓人以為自己很棒。總之人到了最後關頭還是虛榮的動物。剛剛那首詩歌，我就覺得不是她的心境。」

「焚肌死……焚肌死……」檢察官反覆低喃，對相原刑事部長說：「你再唸一遍剛剛那首詩。」

「是。」相原再次唸了那首詩，這一次語調比較有朗誦古詩的味道。

「謝謝。」檢察官說，「可是焚肌死的用法很奇怪。如果是焚身死，就還能夠理解……」

「可能是覺得焚身的音仄不對，所以才用焚肌吧……」

「既然這樣就可以用焚我身、焚我命，或是焚身盡都好啊！」

「這個我也不是很懂……只是她寫下來的詩句就是這樣……」

「我知道了。」檢察官苦笑地結束了這個問話。

「那麼，」大川警部伸展久坐的身體說道，「相原的報告到此結束。很明顯的，月村早苗的自殺跟我們目前偵辦的這兩件命案似乎找不出彼此有什麼關聯。她和真木英介的關係，只是單純的提供紙卡的讀者，並沒有存在什麼可能的犯案動機，當然在水戶大助的這件案子上，也沒有看到與她有關的地方。今後偵查的重點應該擺在哪裡？我們必須回到原點重新審視整個案件才行。接下來想聽聽各位的意見。」警部說到這裡，笑看著檢察官說：「怎麼樣？我們先休息一下吧？」

「好吧。」檢察官點頭說道。

「好，那就先泡個茶吧。聽說相原買了磯部煎餅，大夥兒一起吃吧！」

註[1]一八八六～一九一二，詩人、小說家，岩手縣人。他的詩充滿悲傷，其一生更是令人傷感地悽慘。著有詩集《一握砂子》、《悲傷的玩具》等。

第九章　女童的家譜

1

移植到花盆的杜鵑和玫瑰隨性地伸展著枝芽，胡亂栽種的滿天星與枯謝的繡球花的葉片則交錯重疊一起。恣意伸展的五葉松枝幹，在鐵絲線的纏繞下扭轉成奇妙的形狀，彷彿用它無從發洩的憤怒壓迫著旁邊的鳶尾花。

好個狹小的庭院。

說是庭院，其實根本沒有稱得上是庭院的景觀，只是雜亂種下的樹木花草依照四時努力地成長綻放罷了。千草檢察官一向主張這就是自然美，但他太太可就不這麼認為，她說：「簡直就是個雜草園！」

檢察官自己倒是蠻中意雜草園這個名稱。

檢察官坐在走廊的藤椅點了一根菸。輕煙隨著風緩緩飄散。從隔鄰傳來鋼琴聲，檢察官的妻子在浴室裡隨著琴聲哼唱。洗衣機的馬達發出遲鈍的運轉聲。他閉著眼睛，灑在臉上的陽光有些刺眼。

這是個風和日麗的星期天。

昨晚的偵查會議並沒有得出像樣的結論。

有人認為這兩起殺人案件可能是不同的人所犯下的，換句話說，兩個案子並沒有關聯，應該以獨立的案件個別偵辦。

總之，最讓偵查人員困擾的是根本搞不清楚犯案的動機。是為了女人？金錢？怨氣？

憎恨？還是報仇呢？

搞不清楚的不止是動機，連兇手是何方神聖也完全沒有頭緒。唯一知道的只有日高志乃，但還無法確認這個人是否是女性。

「也就是必須放棄月村早苗這條線索囉！」昨晚野本刑警回去之前這麼說道，「我還是對那個女人念念不忘。繼續追查早苗的話，應該能找到什麼吧。還有那張紙片上寫的什麼盲眼烏鴉的奇怪詩句，應該也是那個女人會喜歡的吧。聽到她自殺了，我當下傻了，腦筋一片空白，可是既然聽到這麼清楚的說明，看來還是得放棄了。」

當時檢察官雖然點了一下頭，但心裡反而加深了對早苗的懷疑。不過與其說是懷疑，倒不如說是疑惑要來得貼切。檢察官的這個疑惑全因她的遺書而起。

她的遺書只有寫在一張信紙上的幾行字而已，內容跟她辭去幼稚園教職時寫給園長的信沒什麼兩樣。也就是說她直接將辭職理由當成自殺的動機寫了出來。

然而她並沒有生病，根據幼稚園園長的說法，她的身體很健康，對工作也比其他人熱心，很擅於和小朋友相處，不只受到大家的喜愛，園長也很信賴她。若草幼稚園對她來說肯定是個愉快的工作地點，然而她卻突然提出沒有信心而想要辭職，園長直覺她是在說謊，當然會認為那只是藉口。和辭職信同樣內容的遺書又有多少的真實成分呢？

捏造不實的辭職理由——捏造不實的遺書——檢察官從藤椅上起身，低喃著：「實在摸不透啊……」

早苗的遺書是寫給姊姊加代子，對她而言，那是她唯一同血緣的姊姊——是不管有什麼煩惱、痛苦，都能毫無隱瞞地傾訴的對象。但是早苗卻留給她幾行不實的文字，而對她的母親也只在最後加上很形式的一句祝你幸福，完全看不出那種年輕女孩在尋死之前的心生動搖和哀傷訣別的情思。這會是寫給至親的遺書嗎？

想到這裡時，檢察官心頭一驚，一個念頭突然跳進他的思緒裡。

（早苗會不會另外寄給她姊姊一封遺書呢？）

早苗事先準備好兩份遺書，一份是給旅館神泉莊，因為她可以預見警方和媒體必然會看到，所以那是封對外公開的遺書。而另一份說明自殺真相的遺書則是偷偷寄給了姊姊吧？

儘管這只是單純的猜測，卻也有些根據。

她是在什麼時候決定自殺，目前還不是很清楚。但是從她向服務的幼稚園遞出辭呈、將用來自焚的燈油裝在啤酒瓶之後再出門等各點來看，可見她是早有計劃的。

早苗是否害怕被知道她自殺的原因呢？或許她覺得很丟臉也說不定。總之，背後必然隱藏著讓她決心尋死的內情，而那個內情絕對是她不想讓人知道的秘密。然而她唯一想傾訴的是姊姊，她希望說出內心的秘密後才踏上黃泉路……

因此才有兩份遺書，留給旅館神泉莊的遺書隱瞞了自殺的真相。如果沒有遺書，警方就會調查死者的周邊關係以查明其動機，而喜歡穿鑿附會的人也會任意猜測、謠傳，這麼一來也就無法確保自己的秘密最後不被揭穿。為了給這些人能夠認同的自殺動機，以斷絕所有的好奇心和追究，早苗有必要留下那份遺書。果然，磯部警署和新聞媒體對她的遺書毫無所疑。

然而真正的遺書早已經寄給姊姊加代子了。這麼想的話，自然就能理解早苗為何會留下不具真實感的遺書的心理了。

2

沐浴在溫暖的秋陽下，檢察官繼續他的想像。

早苗給姊姊的遺書應該是在她死前的前幾天寄的吧？遺書裡應該毫無隱瞞地說明了讓她決定自殺的原因和心境。對姊姊而言，這是她頭一次獲知妹妹的秘密，她一定十分震驚。可是她不知道妹妹人在哪裡，也不知道從何找起。又不能靠警方或其他人的力量去搜尋，因為這麼一來就會讓妹妹的秘密公諸於世。或者遺書中也寫了不要來找我之類的話吧。妹妹的赴死就迫在眼前，不知在何時何地妹妹的屍體將被發現？她只能忐忑不安地等待消息。

她是經由磯部警署的通知才知道早苗自殺的消息。而那通電話是在當天深夜打來的，但是加代子卻馬上來接聽，就這一點也能看出她已預知妹妹的死亡。她接到通知後放聲痛哭，應該是連日來壓抑的悲傷全然釋出的緣故吧？激動情緒過後的她顯得意外地冷靜，她語調平穩地回答那是妹妹沒錯，既不悲傷也沒有驚訝。她毫不懷疑地接受了這個通知。

在旅館神泉莊，加代子讀了妹妹的遺書，然而這封遺書的內容跟之前寄給她的全然不同，上面完全沒有提到自殺的真相，她立刻理解了妹妹不希望讓別人知道自殺真相的心情，她之所以在看完遺書後直接交給警方，正是因為那是一封給誰看了都不覺得羞恥的遺書。她幫助妹妹完成心願，配合妹妹的期待演了一場戲。

（那麼早苗自殺的真正原因是什麼呢？）

檢察官繼續思索著。

早苗是在群馬縣磯部溫泉了斷自己的生命。那裡既非她的故鄉，也不是知名的自殺地點，儘管如此，她還是選擇那裡做為人生的終點。該怎麼看待這件事呢？

唯一能夠想到的是她曾詢問旅館領班到文學公園的路怎麼走。凡是出去旅行的人，自然會被當地的文學碑所吸引而去觀賞，讓自己沉醉在旅情之中。但是早苗的情況不同，那座公園裡的文學碑、刻在石碑上的詩人對她的人生不是有著很深的關聯嗎——那個詩人就是大手拓次。

在磯部出生的他的詩碑位於公園中是很自然的事——被毒死的水戶大助前去拍照的就是這座石碑。

根據昨晚相原部長的報告，看不出早苗曾去了公園的跡象。但這點是不正確的，早苗確實去了公園，只是因為時間較晚，所以沒有人看見吧。警方並沒有仔細調查她當天的行蹤，這是因為既然已經確定是自殺，當然也就沒有必要多此一舉。

（早苗站到了大手拓次的詩碑前。她就是為了這一刻，而將自殺地點選在磯部！）

然而並不是大手拓次或刻在詩碑上的夢幻般的詩句引誘她尋死。從遺書的內容可以知道她的自殺絕非是文學少女的強說愁。不用感傷濫情的字眼，明顯地傳達了她的動機。她將養母珍藏的拓次親筆簽題的紙卡提供給真木英介。野本刑警認為這兩人之間似乎有曖昧的男女之情，因為愛情的破滅，造成了真木的遇害。但是隨著早苗自殺一事的確定，她已經不在嫌疑之列。然而站在拓次詩碑前面的她，很難說心中不會這麼回憶——如果沒有那張紙卡，兩人也許就不會相遇了。拓次的詩碑也是促成真木和早苗結合的紀念碑。

這會是她選擇在磯部自殺的理由嗎？案發當晚，她八點左右離開旅館。她告訴女服務生要將受託的東西送到朋友家，其實真正的用意是為了不讓人知道包裹裡是裝有燈油的酒瓶。

相原刑事部長說公園位於面向碓冰川的台地上，離旅館約五、六分鐘的路程。

十二月三日，夜晚的公園不見人影。她嘴裡呼著白色水氣，站在拓次的詩碑前面。寒風呼嘯而過，吹亂的髮絲拍打著臉頰散落在肩上。可是她卻毫無一絲寒意。她文風不動地佇立在那裡，專注地看著大手拓次詩碑上的文字。

檢察官的思緒隨著想像中的光景，不斷延伸。這時早苗心中浮現的是什麼？愛抑或恨呢？還是養母最愛朗誦的那一段詩句呢？她稱之為「呱呱叫的書」，從小就聽慣的拓次詩集。盲眼烏鴉……

不管是什麼，早苗自殺的背後就站著真木英介。這是一連串的想像之後，檢察官所做出的結論。

（這個真相只有她姊姊知道。）

檢察官終於從漂浮在思緒中的片段找到了應該正視的對象。

早苗的姊姊森田加代子！

「老公，茶泡好了！」檢察官妻子的聲音從客廳傳來。

「嗯。」檢察官用力張開雙手、伸直了背，接著發出一聲「嘿咻」站了起來。彷彿案子出現了一線曙光，振奮了檢察官的心情。

3

就在此時，野本刑警肥胖的身體擠坐在四季書房吉野奈穗子給他的碎花坐墊上。

根據昨晚相原刑事部長的報告，月村早苗確為自殺，但無助於辦案的進展。早苗涉案的說法原是他自己提出來的，因而有了這項調查，但是結果卻毫無幫助。假裝自殺，其實人活得好好的，還計謀犯案，這根本是三流電視劇常有的劇情。他很後悔自己極力主張早苗涉案。為什麼當時會那麼想呢？

野本刑警度過了失眠的一夜。早晨洗臉時，他突然決定要拜訪吉野奈穗子。

她從真木英介的書中找到了有關「盲眼烏鴉」的文章，告訴警方那是出自詩人大手拓次的作品的也是她。如果沒有奈穗子的話，這個字眼將成為無解之謎。而且讓月村早苗這個人浮出檯面的，也是奈穗子的功勞。

這樣的話，刑警心想，在荷馬遇害的水戶大助最後說的一句話是「白色烏鴉」，這是趕上前去的千草檢察官親耳聽見的。白色烏鴉和盲眼烏鴉似乎有什麼共通點。這是否也是詩人大手自創的詞呢？或許也曾出現在真木英介的著作裡。如果能確定這一點，說不定就可以找到新的線索。就在此刻，他的腦海中閃過吉野奈穗子的名字……

「請問有什麼事嗎？」奈穗子將刑警遞上來的名片放在身旁的鏡檯上，神情納悶地看著刑警。

「是這樣的，有件事想請教妳……」

「是關於真木教授的事嗎？」

「沒錯。日前妳拿真木英介作品的影本到世田谷警署，對我們幫助很大。因為妳，我們解開了盲眼烏鴉的謎。因此我想再請妳幫個忙，實在是很不好意思……」

「哪裡，關於教授的案子，只要是我能幫忙的，任何事情都沒問題……」奈穗子邊說邊起身。她看見刑警的手忙著掏口袋便立刻從廚房拿菸灰缸過來，放在刑警面前說：「請用。」

「嗯，妳將來一定會是個好太太。」

「哎呀！」奈穗子嫣然一笑，綻開的嘴唇裡露出了整齊的貝齒。

「目前，」刑警一邊吞雲吐霧一邊說明。「我們正在偵辦兩個案子，兩件都是殺人命案。我們認為真木應該是在十五日晚上遇害，三天後的十八日晚上，在世田谷區櫻二丁目的路上又發生一起殺人案。妳知道白夜書院嗎？」

「是的，我知道。」

「被殺害的是在那裡上班的編輯，叫做水戶大助。他畢業於K大，是真木英介的學生。」

「啊！」

「死因是毒殺。他走出一家叫做荷馬的咖啡廳之後突然倒在路邊，應該是在那家店喝咖啡時被下毒了。但是也一樣找不出兇手，連個嫌疑犯的影子都沒有。」

刑警不甘心地咬著嘴唇，邊說邊為自己的無力感而生氣。

「我們認為兩件案子有關聯性。不單只是被害人水戶是真木的學生而已，這其中還有另一個理由──這是同一個兇手犯下的案子，換句話說，只要查出其中一件另一件也就跟著破案。」

為了得到奈穗子的協助，刑警必須強調這一點才行。刑警窺探著奈穗子的表情繼續往下說。

水戶大助於十五日傍晚來到小諸市，他在車站前遇見真木，還拍下真木的照片。他也拍下大手拓次的詩碑。

根據荷馬咖啡廳的女服務生的說法，十八日晚上，水戶似乎是在咖啡廳裡等人。不久有人打電話給水戶，水戶為了確認對方所說的話，反問「是白色烏鴉嗎」。之後水戶便走出荷馬倒在路上。這時檢察官也聽到他嘴裡說著「白色烏鴉」的字眼……

「也就是說，」刑警將整個情況說明一遍之後，重新併攏膝蓋，看著奈穗子說道，

「就真木的案子，盲眼烏鴉是個疑問，結果被妳在他的著作中找到了。這一次則是白色烏鴉。」

「可是白色烏鴉……」

「妳應該沒見過吧？烏鴉不都是黑色的嗎，所以我們猜想可能是酒店、酒吧、飯店或是旅館名字。但是這些都查過了，就是找不到白色烏鴉。既然盲眼烏鴉在真木的書裡，而妳又讀過他所有的作品，請回想一下，有沒有讀到白色烏鴉的字眼？有沒有任何印象呢……」

「這個嘛……」霎時奈穗子看著自己的腿思索了起來，然後立即抬起頭說：「教授的書裡應該沒有這個字眼才對。」

「嗯……真的沒有嗎？」刑警難掩失望之情地說。

她的語氣很堅定。

「我真的很仔細、很認真地看過教授的書，而且是睜大眼睛，特別注意烏鴉這個詞。因為我從事的是校對的工作，自認為對活字的敏感度比一般人都高。可是我真的沒看到白色烏鴉的字眼，只不過……」奈穗子說到一半，眼神像是在搜尋記憶一般。

「有什麼類似的字眼出現嗎？」

「是的。我想應該是《異端派詩人的家譜》那本書吧，裡面引用了好幾首大手拓次的詩句，我記得其中有藍色烏鴉這樣的字眼……」

「藍色烏鴉嗎？嗯……藍色不行，不是白的就傷腦筋了。」

「這我也沒辦法……」
「所以我才希望妳能幫忙找出白色烏鴉。」
「那麼……白狼行不行？這在拓次的詩裡倒是有……」
「不，這不是行不行的問題，問題是水戶大助口中說的就是白色烏鴉……烏鴉跟狼差太遠了，更何況狼又沒有翅膀。」
刑警說著說著不禁笑了出來，奈穗子也跟著放聲大笑。藍色不行，一定要白色才行！想到兩人居然如此認真地說著愚蠢的對話，兩人不禁覺得好笑。
「看來還是得放棄白色烏鴉了。」停止笑聲的刑警神情失望地表示。
「你們見到月村早苗小姐了嗎？」奈穗子問道。從她送影本到世田谷警署以來，很自然會關心早苗的消息。
「噢，關於這件事，我應該先跟妳報告一聲才是。吉野小姐，月村早苗已經過世了。」
「什麼，已經過世了？」
「去年十二月三日過世的，而且是自殺。全身淋上燈油點火自殺，就是所謂的自焚。」
「為什麼？她為什麼要自殺……」
「那是因為……」
刑警調整好坐姿，從口袋取出記事簿。這個案子並沒有偵查機密之虞，因此他盡可能地詳細說明早苗從幼稚園辭職到發現屍體的經過，也說明她姊姊來認屍的情形和留給姊姊的遺書內容。

奈穗子屏氣凝神地看著刑警。

4

「關於月村早苗，我們知道的就是這些。」刑警闔上記事簿，笑著對奈穗子說：「不過這項調查並沒有找到任何線索。結果刑警從磯部回來只帶了一盒土產煎餅，沒有其他收穫。早苗不是本案的關係人。這就是我們針對妳提供影印資料的報告。」

「真是不好意思，可是……」奈穗子吞吞吐吐地表示。「早苗小姐真的跟這次的案子沒有關係嗎？」

「我想是吧。總之她在去年年底就過世了，不可能再出來犯下本案。」

「但是她或許是本案背後的關係人。」

「怎麼說呢，妳的意思是……」

「……」奈穗子咬著嘴唇，嫉妒這個字眼頓時在她的腦中閃過。

（我居然在告發早苗小姐……一個我連見都沒見過的人，為什麼？究竟是為什麼？自從在真木教授的書中看到早苗這個名字，這個人便盤據在我的心裡。只要一想到教授，這個人也跟著浮上心頭。我是在嫉妒一個素未謀面的人嗎？可是我又覺得她的自殺和真木教授遇害有所關聯。這個疑惑應該不是因為嫉妒而生的妄想。就算我說出來，也不至於會傷害到她吧，恐怕受傷的會是我自己也說不定……）

「吉野小姐，」刑警看著沉默不語的奈穗子，神情納悶地問道，「可不可以告訴我呢？妳覺得月村早苗跟這個案子有什麼關係呢……」

「……」

「妳知道有關早苗的一些事，沒錯吧？」

「不，我完全不認識她。只是對早苗這個名字……」

「這個名字怎麼樣呢？」

「在我說明之前，」奈穗子站起來說道：「有樣東西想請你先過目。」

她從倚牆並列的書架中抽出了一本書，拿出夾在裡面的紙張，放在刑警面前。

「就是這個……」

「噢，是張剪報，是從週刊雜誌剪下來的嗎？」

「是報紙，K大的校園報。上面是真木教授的文章。」

「嗯。」

刑警眯起眼睛唸出文章的標題：「野狐忌。真木英介寫的嗎？嗯……這一次不是烏鴉，倒出現了狐狸……」

「總之你先讀。我去泡茶。」

野本刑警讀完那個短篇隨筆時，奈穗子正好端來一個小茶壺和裝有茶道用具的托盤。

「吉野小姐，」刑警將視線從剪報上抬起來說道，「我想妳應該是誤會了。」

「沒錯。這篇文章裡出現的早苗是真木英介的童年玩伴。說得噁心點，就是他的初戀情人。當時真木才六歲，早苗的年紀應該也差不多，或者從她有些早熟這點看來，說不定還多個一、兩歲吧。她還跟真木玩賣春的遊戲，如果她還活著的話，現在應該也三十、七八歲了吧。但是自殺的月村早苗是二十七歲。雖然名字一樣，卻是完全不同的兩個人。我想妳是弄錯人了。」

「我誤會了？」

「這一點我當然也很清楚。」奈穗子笑著說。「我並沒有認為她們是同一名女性，只不過真木教授對叫早苗的女性會有多心動、多嚮往絕對是超乎我們的想像。」

「……」

「這篇隨筆除了敘述他親眼目擊作家田中英光自殺的事，其實也能讓人感受到主旨是對早苗的回憶。他是以隨筆的形式，呼喚回憶中的少女。一開始我讀這篇文章時，就覺得這是教授的情書！我曾經直接對教授說出我的感想。教授苦笑反問說是封沒有收件人的情書嗎？但是他並沒有否認，而且他還很難為情地表示，至今只要聽到早苗的名字都會覺得心跳加快。」

「可是也不能只是因為同名，就將月村早苗視為本案的關係人啊。」

「不止是這樣。教授他寫著早苗是個長髮少女，她的肌膚如白瓷般光滑，燦爛炫目，讓幼小的我無法喘息。對教授而言，那是他第一次看見女人的肉體。清新乾爽的長髮觸碰著教授的臉頰，少女的氣息在他的耳畔低喃：媽媽和叔叔常常這樣子睡覺……」

「問題是，」刑警像是故意打斷奈穗子繼續說下去，大口喝下冷掉的茶水後說：「這些跟這次的案子有又什麼關係呢？」

「月村早苗小姐也是一頭及肩的長髮，而且肌膚白皙、光滑透明，人又長得很漂亮……沒錯吧？刑警先生。」

「嗯，我自己是沒見過，而是幼稚園園長說的。」

「我聽你剛剛的說明，突然想到一個相關的名詞——童年經驗。曾經有位心理學家在女性雜誌上提過……」

「心理學嗎……」刑警摸著下巴問，「應該是很高深的學問吧？」

「可是那也是很自然的事啊。我們小時候如果有過不尋常的經驗，那個記憶是永遠無法磨滅的。隱藏在心裡小小角落的那個記憶，會對我們的人格或個性產生極大的影響。」

「嗯……」

「也就是說，幼年時期的經驗會形成我們的個性。當我們針對性格扭曲、行為異常或無端感到恐懼的人做更深入的調查，幾乎都會發現其原因與兒時經驗有關。」

雜誌中的報導與其說是學說，倒不如說是介紹許多實例要來得恰當。

「這是一個十八歲女孩的例子。」奈穗子一邊回想一邊說明。

這個女孩從五、六歲起便很討厭狗，不敢靠近狗，尤其是黑狗，光是遠遠看見就會害怕得哭出來。長大之後，對黑狗的恐懼依然困擾著她。為什麼怕黑狗呢？她自己也不知道原因。她只要一看見黑狗就覺得兩腳發軟，整個人動彈不得。她甚至開始覺得自己是被黑狗作祟了。像我這樣的人根本別想工作或結婚吧？

國中畢業後，她變得沉默寡言，開始避不見人，整天關在窗簾緊閉的陰暗房間裡。她總覺得狗叫聲吵得她無法入眠，其實那是她的幻聽。憂心的父母只好帶她看精神科醫生。通常精神科病患心中的不合理恐懼多半與過去所發生的事有關。那麼這名患者過去發生了什麼事呢？

5

經由專家診斷，做了各種心理測試之後，奈穗子繼續說明：「發現了一段隱藏在她過去的事。那就是她的童年經驗。」

那是發生在她五歲那年的事。她在自己家的後院看到父親瞬間撲殺一隻小黑狗。根據她父親的回憶，那是在他家附近出沒的野狗，由於野狗經常弄壞他珍貴的盆栽或踩傷高價的仙人掌，害他損失慘重，於是有一天他順手拿起園藝用的剪刀往小狗的頭上刺去。這個瞬間，對一個五歲的少女而言，算是第一次目擊了殘忍的畫面。小狗發出悲鳴、到處亂竄，父親拿起身邊的鏟子死命一擊。小狗嘴中噴出的鮮血流了一地，整個臉倒臥在血泊中、身體不斷地抽搐……

「這就是那個女孩的童年經驗。隨著成長，她已經忘了具體的事，可是烙印在記憶中的印象卻難以磨滅。所以她一看見小黑狗，那種難以言喻的恐懼就會再次出現，最後引發了異常的強迫性症狀。」

「會有這種事嗎？」刑警說道，「真木英介小時候看見了少女早苗的裸體，算是一種童年經驗嗎？那也沒什麼呀。我小時候就跟附近的女孩子玩過那種醫生看病的遊戲……算了，這沒什麼好說的，反正就是常有的事嘛！真木英介真的將那個記憶保存了三十年之久嗎？因為那樣的經驗，他就真的會對月村早苗產生特別的情感嗎……」

「刑警先生！」奈穗子的語氣變得強硬起來。「聽說真木教授已經過世的太太也叫做早苗！」

「妳說什麼！」

「也許只是巧合，但是他太太叫做早苗卻是事實。我們編輯部有人見過他太太，根據他的描述，真木太太最引人注目的就是她那一頭長及背部的頭髮和白皙的皮膚，而且長得很漂亮。」

「嗯……」

「對教授而言，早苗是理想的女性形象，所有女人都必須長得像『早苗』才行。早苗是教授心目中永遠的女性！」

「可是，並不是到處都有早苗的啊！」

「沒錯。他太太應該是教授好不容易才找到的對象，遺憾的是車禍過世了，就在這個時候月村早苗出現了。」

「於是真木又對她有了傾慕之心。換句話說，兩人之間有曖昧的男女關係，是嗎？」

奈穗子輕輕點頭。刑警口中的「關係」兩字，聽起來有種不潔的感覺。但是真木英介的性愛經常與「早苗」的記憶糾纏在一起，光是回想就足以讓真木的性欲高漲、欲火焚身了吧。這一點在〈野狐忌〉中便能窺見。

——之後我進了中學、也考上高中後，便經常想著那一天的早苗身影沉溺於自慰的快感中。當時那個想像中的少女就是我的情人……

「吉野小姐，」野本刑警窺探著奈穗子的眼睛說道，「警方也曾調查真木英介的女性關係，但是沒有發現任何特定的對象。他一向有個口頭禪，說自己對女人有特殊的偏好。從妳的說法，我們可以得知他的特殊偏好是什麼。關於他跟月村早苗的關係，大概也不難想像，可是這些如何跟這次的案子產生關聯呢，我實在是毫無頭緒。」

「……」

「妳剛才不是說月村早苗或許會是本案背後的關係人嗎？」

「是的。」

「換個不同的說法，就是因為兩人之間有關係，所以真木才會遇害。可是我不明白這道理何在？假設兩人是相愛的，真木當時單身，早苗也是，不管他們如何相愛，也不會遭人怨恨呀。他們又沒有傷害到其他人。」

「可是早苗小姐自殺了。」

「那不是真木的錯。遺書裡連一個字也沒有提到他。」

「因為不能寫，不，應該是不想寫吧！」

「為什麼？」

「因為個人尊嚴的問題。」

「尊嚴？」

「那是女人的傲氣。已經死去的人，是不會想讓別人知道自己悲慘的過去的。女人都會有這種心情。」

「所以我們要問是誰讓早苗有悲慘的過去囉？」

「我認為是真木教授。」

「那就怪了。對真木而言，月村早苗不就等於是他心目中的早苗嗎？這麼重要的女人，他怎麼會狠心傷害她呢？」

「然而就是發生了什麼事讓教授逐漸對早苗小姐冷淡。最後教授離開了早苗小姐，兩人之間的嫌隙也就無法彌補、跨越。這種絕望讓早苗小姐選擇一死了之。」

奈穗子說完時眼睛注視著桌子，彷彿就像在注視自己的絕望一樣，神色凝重。

「總之，」刑警說道，「妳的意思是早苗被真木拋棄了。對她而言，拋棄她的男人十分可恨，就算想殺他也無可厚非。到這裡為止我還能理解。可是她卻在去年年底自殺了，連遺書上也沒有提到真木英介半個字。這不是很奇怪嗎！到底是誰非置真木於死地不可呢……」

「想想早苗小姐自殺的真正理由，」奈穗子聲音沙啞地說，「如果有人知道的話……」

「嗯……問題是誰呢？」

「那個人應該是在早苗小姐身邊、很愛她、比誰都了解她的人。而她也能毫無隱瞞地跟那個人傾訴自己的煩惱、痛苦……」

「啊！」這時刑警發出一聲驚叫並且站了起來。

「吉野小姐，」刑警說道，「她就是日高志乃！」

「你說的是？」

「就是妳剛剛告訴我的那個人啊！」

刑警借走那張剪報塞進口袋裡，同時以很感慨的語氣對著一臉納悶地看著自己的奈穗子說：「吉野小姐，妳不單會是個好太太，也會是個好刑警！」

6

野本刑警回到偵查總部報告與奈穗子見面交談的內容之後，提出自己的意見：「我們應該將早苗的姊姊森田加代子列為偵查的對象吧？」

其實千草檢察官早已經來電指示：「可以推測出森田加代子也有犯案的動機。請盡快派人從她的周邊調查起！」

聽到大川警部告訴他這個消息時，刑警的語氣顯得有些不甘心：「什麼嘛！又被千草先生搶先一步，而且他只是坐在辦公桌前就推出這個結論，真是太厲害了。」

不過野本的臉上卻浮現難掩的笑容。

吃完誤時的午飯後，刑警打電話到檢察官家裡，詳細報告了他詢問奈穗子的事和當時的情況。

「嗯，童年經驗的這個想法倒是很有意思。能夠引導出這個話題，這要算你的功勞。難得的是……」檢察官在電話那頭笑說，「這次你的推理和我的想像竟然一致！」

「你是說森田加代子嗎？這並不是我的推理，而是那個女孩告訴我的。」

「對了，我也想看看那篇隨筆。如果你有空的話可不可以拿到我家？」

「我知道了。」刑警掛上電話。

總部的空氣顯得很緊張。偵查人員已經開始對森田加代子展開行動。這種振奮人心的緊張和興奮似乎也流進了上了年紀的刑警野本利三郎的血管裡。

「野本，」大川警部開口說道，「我要出去一下。不好意思，辦公室你來留守，應該會有很多電話進來。」

「要我留守嗎？我……」刑警話才說到一半，大川警部肥胖的身軀已經消失在門外。

天色昏暗之後，野本刑警才踏進檢察官家的門。

「哎呀，辛苦你了！幫我帶來了嗎？」

難得看見檢察官穿和服。這時刑警才想到原來今天是星期天。

野本一走進客廳，檢察官的妻子便已端出幾瓶酒盅和簡單的小菜，放在他的面前說：

「沒準備什麼東西，我想這些應該更適合野本先生吧……」

「應該沒關係吧。野本這個人只要含著手指就能喝下一升的酒。」
「手指？」
「沒錯，手指不是帶點鹹味嗎！」
「真是的！」檢察官妻子邊笑邊離開。
「你自己隨意吧，我利用這段時間讀真木英介的隨筆。」

7

當野本刑警眼前的第一瓶酒盅逐漸變輕時，檢察官也從細小的印刷字體中抬起頭來，輕輕舒了一口氣。
「怎麼樣？有什麼感想？」刑警一邊舉杯一邊問。
「嗯……」
「吉野奈穗子從那篇文章推論出真木和早苗的關係，還用了我聽都沒聽過的童年經驗的說法。我一開始根本不能認同，但是聽她說明之後，也漸漸覺得有道理。她真是頭腦靈光的女孩。」
「嗯。」
「這女孩讓她在出版社工作太可惜了。如果總廳可以任用女刑警，我第一個推薦那個女孩！」

「嗯。」檢察官點頭之後，又看著剪報，然後低喃一句：「愛上了嗎……」他聲音低得就像在自問一般。

「怎麼可能！」刑警一臉正經地打斷檢察官的話說：「我才沒那個意思。她的確是個不錯的女孩，臉蛋也長得不賴，而且又聰明、親切，任誰都會喜歡她的。可是要說愛的話……真是傷腦筋，開什麼玩笑嘛！我都這把年紀了……」

「這麼無聊的事居然也能讓你臉紅。」檢察官苦笑著說。

「那是喝酒的關係。」

「我說的是吉野奈穗子是否愛上了真木。」

「什麼？原來你說的是這個。」

「她老是將真木英介和月村早苗擺在心裡。她的心裡總是對月村早苗這個人揮之不去。能夠從這篇〈野狐忌〉的短篇隨筆想像出兩人之間的關係，或許就是源於戀愛中的女人的直覺吧？這是我的看法。」

「嗯……。這麼一來跟所謂的童年經驗就毫無關係囉？」

「不，那倒不是。真木英介和少女早苗發生了第一次的性關係。對他而言，那是個未知的世界。當然我不認為他們之間的性關係是完整的。雖然隨筆上沒有提到，但我想這種遊戲應該有過兩、三次吧。這個童年的經驗，成了真木的女性觀點的基礎。我認為吉野奈穗子的看法是正確的。」

「太深的東西我可沒辦法。」刑警為自己斟酒，邊喝邊說，「我最想知道的是真木英介和月村早苗之間發生了什麼事？目前完全看不出來。真木真的拋棄了那個女人嗎？女人是因為恨真木才自殺的嗎……」

「嗯，這的確是個問題。目前我們只能猜測。」

「我就說嘛，而且還是有利於我們的猜測。如果我們的猜測錯了，森田加代子的嫌疑也就不成立了。」

刑警說得沒錯。對早苗遺書的疑惑，並沒有具體的證據可以佐證。

「要不要去大磯看看？」刑警低聲詢問。

「大磯？神奈川縣的大磯嗎？」

「沒錯。早苗五歲的時候被月村家收養。她的童年是在大磯度過的，那裡應該有她的兒時玩伴和好友。說不定能找到知道她跟真木英介關係的人。」

「也好吧。有關她的資料，當然是越多越好。」

「要我去嗎？」

「不用，跟大川說，要他找別人去。我要你去辦另外的案子。」

「水戶大助嗎？」

「沒錯。這兩個案子有關聯，這一點我很堅持。他是因為看到那個自稱是日高志乃的女人和真木見面而被殺的。如果那個女人就是森田加代子的話，水戶應該是認識她的。這兩個人在何時何地認識的？彼此有什麼關係？如果能弄清楚這點，就能從這兩件命案裡揪出森田加代子。」

前天奔走在雨中的記憶掠過了刑警的腦海——水戶大助的身邊存在著那個自稱是日高志乃的女人，得找出那個女人……

一整天在風雨中奔波不斷地訪查，但都只是白費力氣。因為根本不知道日高志乃的底細，也就無法鎖定提問的重點。

「水戶有女人嗎？」如果這種問法的話，回答的人自然會想到女人指的是愛人或情人。如果換成問「他的女性關係呢？」答案也一樣。當所有的答案都是否定時，就代表問話的方式不對、問題顯得過於曖昧。

然而這次將會不同，因為可以直接針對森田加代子這個實際存在的人物提問。問訊的目的在於確認她和水戶是否認識，只要集中這一點提問就行了。

對於這項任務，刑警很有信心。他那因喝酒而通紅的臉頰浮現了笑容，他用力點頭說：「知道了，我會去問問看的！」

第十章　白色烏鴉在何處

1

野本刑警點頭表示願意試試看時，檢察官點了一根菸，他注視著眼前飄動的白煙低喃：「會是個什麼樣的女人呢？」

「嗄？」

「我是說森田加代子。我已經交代總部調查她……」

「目前只進來一些簡單的報告。」刑警從口袋掏出記事簿。

「哦，你已經有消息了嗎？」

「剛剛來這裡之前，接獲電話的報告。」刑警翻開記事本說：「這只是第一通報告，還不是很詳細。森田加代子，三十四歲，地址是世田谷區千歲台三丁目，住在一棟叫做 **Heights** 千歲的四〇五號室。所謂的 **Heights** 應該是公寓之類的吧？」

「嗯，原來的意思是指較高的地段。」

「你是說價格嗎？」

「不是，是地勢啦。應該說是高地或高台吧。」

「那就說是高地住宅嘛，何必裝腔作勢取什麼 **Heights** 千歲的名字。」

「野本，」檢察官苦笑著說，「你把話岔開了，我很困擾耶。」

「不好意思，嗯……籍貫是栃木縣，目前單身，沒有結過婚。」

「嗯……那她是一個人住囉？」

「不是，聽說是和她母親兩個人一起住，母親叫森田稻，六十五歲。她母親病了，說是腦溢血的後遺症，右手和右腳都痲痺了……」

「嗯……所以得照顧病人囉。這麼一來，加代子靠什麼過活？她有工作嗎？」

「以前曾經在新世紀社上班。」

「新世紀社就是那個少女歌劇……」

「沒錯，新世紀歌劇團。他們也曾經出過唱片，旗下有新世紀座的劇團，是家大型娛樂公司。加代子是在裡頭的文藝部上班。」

刑警看著記事簿繼續報告。新世紀社為了紀念創立二十周年，舉辦舞台劇劇本創作比賽，那是三年前的事。當時在文藝部任職的加代子也報名參加比賽，獲得第一名。據說獎金是一百萬。

新世紀社立刻決定由旗下的劇團演出該劇。那是一齣以養老院為背景，描寫養老院裡的男女老人的自私人性與風燭殘年的愛欲，是一部令觀眾又哭又笑的作品。這部作品寫作技巧純熟，不像是出自新人之手，馬上便受到劇評人矚目，在報章上大為讚賞。這次公演，賣座長達兩個月之久。

新世紀社將她納為文藝部的正式職員，並催促她創作第二部作品。推出後又是大獲好評，不僅在舞台上受歡迎，也受到電視台的青睞。

「有句話說運氣來了城牆都擋不住，」刑警接著說道，「加代子就是這種情形。舞台劇一成功了，連電視台也有了她的一席之地。她瞬間成了文壇寵兒，算是女性作家中最暢銷的一位。」

「嗯……」

「工作增加了，收入自然也跟著增加。原本住在目黑區老舊公寓的她能搬到Heights什麼的高級住宅就是因為經濟改善了的關係。」

「我想也是。」

「人只要受到歡迎那真是不得了！不過才三、四年的時間轉變如此之大。我們就算幹了二十年，別說是受歡迎了，連名字都沒人知道！森田加代子——你聽過這名字嗎？」

「這個嘛……我太太應該知道吧。」

「森田加代子是她的本名，發表劇本時她應該會用別的名字吧，所以如果嫂夫人知道的話，應該也是那個名字吧。」

「也就是說她的筆名囉。」

「沒錯，我想應該是根據本名加代子（kayoko）取的吧，只是用了不一樣的漢字，改成香水的香，叫做湯川香代（yukawa kayo），這就是她的筆名。」

「什麼？湯川香代！」雲時檢察官的眼睛為之一亮。「野本，這麼重要的事為什麼不早說呢！」

「那可不行，說話總要有個先後順序吧。因為你問的是目前對森田加代子有什麼了解，所以我得按順序報告……」

「真是囉唆！」檢察官連忙大聲斥責讓刑警住了嘴。「你接到電話時，難道一點都沒有察覺到嗎？」

「嗄？」

檢察官銳利的眼神像是要穿透刑警的臉似地瞪著，看來十分嚇人。

「總部怎麼說呢？」

「因為是電話聯絡，我將重點記下來交給了值班的人。我今天下午只是幫忙接電話而已。」

檢察官輕輕地咂了一下舌頭，然後點了一根菸，壓抑著激動的情緒，輕聲對刑警說：

「野本，也許不該指責你。我想大概連總部也沒有察覺到吧？你回想看看，水戶大助拿著《開幕》戲劇雜誌到荷馬，人就在那裡被殺了。那本雜誌刊登了他的得獎作品〈各懷鬼胎的相親〉，當時由三位評審決選，其中一位是劇作家湯川香代，她的本名就是森田加代子。」

「你說什麼？」刑警興奮地高聲問道，「千草先生你怎麼會知道？」

「水戶大助得獎作品的影本不就是你拿給我的嗎？那上面也刊登了三位評審的評語。」

「原來如此，我倒是不知道。」

「那也沒辦法。因為當時根本還不知道有月村早苗和森田加代子這兩個人。我也是剛好讀了那篇文章。三位評審當中，湯川香代的評語最具善意，所以我印象特別深刻。」

「我明白了。」刑警起身說道，「我現在就回總部。」

「明天再去就行了。」

「不，這種事還是越早處理越好。既然已經找到水戶大助和湯川香代之間的關聯，就必須趕緊決定偵辦順序。他們兩人相熟到什麼程度？這點大概明天中午之前就能提出詳細的報告。」

送刑警走出大門後，回到客廳的檢察官打了通電話到事務官家裡。一方面是為了通知剛剛發現的事，同時多少也有些自負的心理使得檢察官想炫耀自己是第一個發現水戶大助和森田加代子（湯川香代）之間的關聯。

「其實明天再去也無所謂……」結束電話後，檢察官有些難為情地笑著對身旁的妻子說：「對了，再幫我熱一盅酒吧！」

2

第二天。

千草檢察官出席下午一點開始的公審。由於負責該案的檢察官早上突然生病，於是找千草檢察官代理。今日要審理的案件是一家小工廠的經營者找到了和他妻子私奔的員工，將對方帶回家裡打成重傷。被告一開始便坦承罪行，因此律師只是形式性地呈請酌量減刑便結審了。算是一件沒有爭議、平凡的案子。

檢察官回到辦公室，桌上已經擺放了幾張紙，那是事務官根據偵查總部而做的重點整理報告。

【關於月村早苗的調查】

一、為了調查該名女性的交友及其過去的情況，總部派遣兩名偵辦人員前往其出生地神奈川縣大磯町（上午八點）。

二、以下是根據偵辦人員的第一次電話聯絡報告（下午兩點）。

A、與介紹月村早苗到若草幼稚園任教的該町教育長神谷司郎見面。他也知道早苗自殺的事，但是他表示完全不知道她為什麼要自殺。

B、並沒有在當地舉行早苗的葬禮。她的遺骨由姊姊悄悄送進月村家供養的菩提寺，並給了一些誦經費用請求廟方代為埋葬。

C、早苗畢業於縣內的短期大學。在當地的町立幼稚園服務時，工作績效良好，和同事之間也相處融洽。但是一年舉辦兩次的員工旅遊，她卻從不參加。不參加的理由是「我喜歡一個人旅行」。然而同事表示從來沒聽她提起過妙義山、磯部溫泉等。

D、早苗長得很漂亮，有許多人想幫她介紹對象，但她都拒絕了。

E、她的養母民子（去年一月十二日過世）似乎也已經放棄女兒的婚事，但是問她理由時她並沒有明說。（根據保健室人員的問訊）

F、早苗從未提起姊姊，甚至令人懷疑她是刻意隱瞞。沒有人知道她的姊姊就是目前當紅的劇作家湯川香代。

G、浦邊留乃（六十九歲）是和早苗、養母民子交情最深的人，目前住在大宮市。（根據神谷教育長的問訊）

浦邊留乃是民子在當地擔任小學保健老師時的該校工友，曾經在民子當護士的茅崎南湖院當過廚娘。由於兩人都是僱員，加上浦邊後來也死了丈夫，或許是同病相憐的關係，兩人情同親人，所以早苗也常說自己有兩個母親。她對月村家很熟，應該是打聽早苗相關訊息的最佳人選。她目前與長子夫婦住一起，地址是大宮市北里社區八號樓浦邊健一方。

H、目前尚未查到月村早苗與真木英介彼此有關的事證或傳言。這點仍在繼續調查。

（註：總部基於以上的報告，已派遣野本刑警前往大宮市出差，時間下午三點。）

3

「這下糟了……」檢察官從密密麻麻的細小文字中抬起頭來問事務官：「你認為如何？」

「嗄？」

「這份報告啊。也許我的想法是錯的。」

「怎麼說呢？」

「這上面寫的，月村早苗連對同事也沒有提起姊姊。自己姊姊的作品搬上舞台又在電視劇演出，好不容易有了名氣，換做是一般人，做妹妹的肯定覺得很驕傲，但是早苗卻沒有跟任何人提起。」

「的確很不合理。」

「這份報告說她可能是刻意隱瞞自己有姊姊，我覺得隱瞞這兩個字說得不夠貼切，早苗根本就是漠視姊姊的存在。只不過，她是下意識使然，還是兩人從小就分開生活，所以沒有親姊妹的感情呢？」

「真是搞不懂耶！」

「我對早苗留在磯部溫泉的遺書存疑，我認為那封遺書沒有說出自殺的真相。換句話說，另外一封真正的遺書應該寄到了姊姊手上，而這封遺書很可能就是解開真木英介遇害之謎的鎖匙。我是這麼推理的。」

「但是對早苗來說，姊姊就像陌生人一樣。如果兩人真的缺乏至親的感覺，彼此關係幾乎是疏遠的話……」

「沒錯，這麼一來我的推理就瓦解了。留在磯部聊備一格的遺書，反而就顯得很真實了。早苗壓根就沒把姊姊放在心上，所以不可能告訴姊姊自殺的真相。換句話說，我認為還有另一封遺書的推理，看來是錯的。」

檢察官的嘴角靜靜地浮現笑容。他點燃香菸，迷濛的視線看著窗外。暮色漸至的街頭，一長串的華燈初上，景色很美。

事務官看著沉默不語的檢察官側臉，開口說道：「真木的隨筆很有意思。」

「啊！野狐忌嗎？」

檢察官早上來上班時將那份剪報交給了事務官說：「你讀一下吧！」

「裡面寫的會是真的嗎？因為是隨筆，我倒不認為都是虛構的……」

檢察官點頭贊成事務官的說法。「我覺得是真的。尤其是提到少女早苗的部分，我認為他很誠實地寫出了自己的經驗。」

「也就是說那是真木英介的《性生活史》囉？」

「性生活史？啊，你是指森鷗外的小說啊。」

檢察官在學生時代曾經讀過那本小說。

那是描寫一位哲學家「今井」的性愛經歷，以回想的方式執筆。男主角今井應該是鷗外年輕時的投影吧。雖然書中的男主角說是「我的性生活史」、「自己的性欲是如何萌芽與發展的」，但實際上只是敘述一些微不足道的事實與經驗，讀完之後沒有太大的感想。他搞不清楚這本書在文學上的價值如何，但以一個知名作家在明治時代居然敢發表以個人性欲為主題的作品，應該是獲得了特別的評價吧？

然而鷗外所敘述的性經驗，其實是大部分男孩都經歷過的。檢察官出生在東北的山村，平常總會聽到喝醉的大人、附近的三姑六婆談起猥褻的話題。他還記得國中時，同學帶著浮世繪春宮圖到學校排列在桌上，大家屏氣凝神地看著那些交合的男女姿態，拚命點頭聽著同學說明這裡是腳、那裡是女人的手。那也算是鷗外所謂的「性欲的萌芽」吧？《性生活史》中男主角的經驗不過是一般男孩普遍都會經歷的性經驗罷了，實在稱不上是《我的性生活史》啊！

但是真木在〈野狐忌〉所描寫的經驗卻是相當具有衝擊性的。

某一天，六歲的少年突然接受了一名叫做早苗的少女性的洗禮。這種不尋常的經驗在真木心裡留下了陰影。那不是「性欲的萌芽」，而是無法逃脫的性欲詛咒。真木的性生活史的對象，不過是少女早苗的替身而已。

對真木而言，月村早苗的出現等於是昔日少女的重現。他想透過得到早苗來滿足自己的「早苗願望」……

「性生活史嗎……」檢察官低喃。他覺得鷗外作品所描述的兒時經驗和真木的〈野狐忌〉，在內容有種本質上的不同，但是他也說不清楚。

「總之，」事務官說，「月村早苗的自殺跟真木英介有關。知道真相的姊姊對真木起了殺意……到這裡我還理解。但是也不能就此斷定加代子，也就是湯川香代涉有重嫌吧。」

「當然。目前完全沒有證據可以支持我的推理是正確的，就連我一開始的推測——月村早苗只對姊姊說明自殺動機——都已經要站不住腳了……」

「真木的屍體還沒找到，如果找到的話，我想應該會有什麼線索吧。」

「應該吧。小諸警署已經請求縣警支援，在附近的森林、山野搜尋。」

「信州多山，小諸也是淺間山下開墾出來的小鎮吧？四周都是山，很難鎖定搜尋目標吧？我們只知道真木去了小諸，卻不清楚犯案現場在哪裡，而他的屍體也很有可能被移到別的地方了。」

「嗯，近年來要開車去信州也變得容易多了。」

「這麼一來，真木的屍體不就有可能被搬運到日本全國各地了嗎！」

「所以才必須鎖定有嫌疑的對象。屍體就藏在嫌犯的行動範圍內。」檢察官才說完，桌上的電話就響了。他一接起電話，話筒裡就傳來偵查總部大川警部粗厚的聲音：「總算到手了，找到你要的東西了……」

「我要的東西？什麼東西？」

「劇作家湯川香代和水戶大助的合照。」

「噢！所以他們兩人是見過面的囉？」

「你說對了。水戶大助的作品入選《開幕》雜誌的劇本徵文比賽，當時還舉辦頒獎典禮和慶祝晚會。」

「嗯。」

「晚會是在新宿的歐利安飯店舉行的。出席者是雜誌相關人士和評審委員。水戶大助的胸口別了一朵人造胸花，一臉不自然地坐在湯川香代旁邊。這張照片是好不容易才拿到手的。」

「嗯……這麼一來，水戶大助應該有機會跟湯川香代說話囉？」

「當然。問過當天出席的人員，聽說她對水戶表達了祝賀之意。檢察官的推理一猜就中，真是厲害啊！水戶在小諸車站前看到她和真木英介見面的情形，同時她也發現了水戶。這應該是偶然，但這偶然卻要了水戶大助的命。一切都跟檢察官所想的一樣。」

辦案的進展讓警部的心情豁然開朗。

「這下算是解決了一個問題，接下來就等野本從大宮回來的報告囉。對方是個老太婆，野本應該能應付得來，問出一些訊息才對。」

「是跟早苗母親交情很好的那名女性嗎？」

「沒錯。浦邊留乃，六十九歲。聽說她就像親生女兒一樣地疼愛早苗，早苗也很信任她。關於真木英介的事，早苗也許會跟她說也不一定。我們是這麼期待的。」

只要弄清楚這一點，就能夠明白這兩起命案的關聯。很有可能湯川香代也是從這位老婦人口中得知妹妹自殺真相的。總之，在真木英介和水戶大助這兩名死者的交會點上，湯川香代終於浮出檯面了。

4

檢察官語帶微笑地說：「只剩最後的臨門一腳了！」

「是啊，」電話裡卻意外地傳來低落的回應，「就是這臨門一腳有問題啊！總部的大夥兒正為這件事傷透腦筋呢！」

「哦，為什麼？」

「水戶大助被毒死的手法，到現在還摸不著頭緒。他被下了氰酸性的毒藥，但他在那家咖啡廳就只喝咖啡，而且咖啡裡並沒有加糖或牛奶，所以應該是咖啡被下毒了。可是沒有任何人曾經靠近他的座位，當然女服務生除外。」

「……」

「在這種狀況下，有誰能夠用什麼方法讓他喝下毒藥呢……」

「有沒有可能在事前，也就是他進入荷馬咖啡廳之前，被人用什麼方法下毒了呢？」

「比方說……」

「假如他經常飲用提神劑、維他命之類的東西，那麼就可以事先在裡面下毒，或是將事先準備好的有毒維他命，找個適當的理由交給他也行。」檢察官話才說完，電話裡傳來大笑聲。

「千草先生，看來你很喜歡讀推理小說嘛！這是常見的技倆。下了毒的飲料，說得好！可是水戶大助死後便進行解剖，當天中午他吃了蕎麥麵，跟他同事的說法吻合。這之後到七點出現在荷馬咖啡廳之前，他沒有再吃任何東西，這點從他胃裡的殘留物也能證明。當然我們也搜查過他的房間，並沒有發現提神劑或維他命之類的藥物。」

「嗯……」

「而且，假設湯川香代是兇手，那麼她在案發當晚就必須出現在荷馬，可是那天晚上店裡並沒有類似的女客。」

「根據野本的報告不是有一名女客嗎？」

「啊，你說她呀！三十二、三歲，濃妝豔抹，像是從事特種行業的女人嗎？剛剛一拿到湯川香代的照片，我就派刑警拿到荷馬去確認，但是老闆和女服務生都說不是。」

「可是濃妝豔抹的倒是挺讓人起疑啊。」

假如那個女客就是湯川香代，她絕不可能就素著一張臉出現。根據報告，她應該是一頭及肩長髮，荷馬店裡採用間接照明，光線十分昏暗。在昏暗的燈光下，長髮半遮面、濃妝打扮的女人難道不會被看成是別人嗎？

檢察官說出心中的疑惑時，警部回答：「你的意思是說是她喬裝的嗎？」

「嗯。」

「這點我們也想到了。可是千草先生，這個女人打從一開始就不可能是兇手。」

「為什麼？」

「她在水戶大助進來店裡大約四、五分鐘之後便離開了。千草先生應該也很清楚店裡的樣子，那家店一進門，正面就是櫃檯，面對櫃檯是一連串的包廂。左手邊是個轉角的格局，後面還有一些包廂，盡頭是一道牆，牆上掛著一幅很大的畫。」

「沒錯，是岸田劉生的畫。」

「總之，那幅畫下面的包廂是那家店最裡面的位置，水戶大助就坐在那裡。另一方面，那個女人的座位則是在進門後右邊的第一個包廂，離門口最近，他們兩人的位置隔得很遠，而且女人在走出店門之前也沒離開過自己的座位。」

「……」

「這麼看來，女人顯然沒有下手的機會。另外還有一個關鍵點，就是女服務生的證詞。那個女人在水戶出現之後的四、五分鐘便離開了，當時她瞄了一下自己的手錶輕聲說我的錶停了，現在幾點？女服務生告訴她正確的時間，她點頭致意後便走出店門。接下來是很重要的一點。」警部說到這裡停頓了一下，似乎想得到對方的認同，並改用緩慢的語調繼續說道：「女服務生幫女客人推開門，一邊看著她離去的背影，一邊將咖啡送往水戶大助的座位。這是她的證詞。換句話說，她將咖啡放在水戶面前時，那個女人已經走到店外了，根本沒有下手的機會。她不可能是兇手的……」

「水戶坐的位置附近沒有門或窗戶嗎？」

「沒有耶，真是遺憾！」

「有什麼好遺憾的！」檢察官苦笑著說，「還有另一個人跟水戶擦肩而過走出店門，不是嗎……」

「啊，你是說那個男客人啊。水戶走進咖啡店時，那個男人正好拿了找的零錢要離開。兩人在門口擦肩而過，彼此好像都沒有看對方。當然如果那個男人將有毒的維他命丟進水戶的嘴巴的話，那就另當別論了。」

檢察官笑著說：「忍者投毒的技術嗎？」

「這一點都不好笑！」警部也笑了出來。「我們非得解開這個大魔術不行，而且不能悲觀。辦案就跟下象棋一樣，只要步步為營，總會贏的。」

「真希望趕緊『將軍』啊。」

這通講了很久的電話就在兩人的笑聲中結束了。

檢察官放回話筒，嘆了一口氣，叼起了香菸。

「查到什麼了嗎？」山岸事務官出聲詢問。檢察官簡單地說明通話的內容，事務官聽了之後說：「這究竟是怎麼一回事？」

他流露出納悶的眼神，思緒卻飄到了別處。他家裡那四坪大的房間正在擴建。關於裝潢，事務官主張貼上木板，設計成小木屋的風格；她太太則提議貼上五彩繽紛的壁紙，並鋪上地毯。他反對道：「我不要那種看起來像賓館的房間。」她太太立刻反擊：「原來那種地方你很熟嘛！是不是經常出入賓館？」「鬼扯，大家都是那麼說的！」「是嗎？原來你在地檢署上班都是在採證那種消息啊？我想你是真的知道吧，你說，你都是去那一家賓館？」「妳鬧夠了沒？不要再胡說八道了。」「哎喲，賓館裡就沒有人跟你胡說八道了嗎？」「閉嘴！」「我偏不！」……

這種情況一直延續到今天早上；來上班時他仍是悶不吭聲地拿走太太遞出來的公事包便出門了。

（得想辦法打破冷戰的僵局才行。該怎麼辦才好呢？）

檢察官突然一個人自言自語了起來：「為什麼問時間……時鐘嗎……門口……看著背影……雜誌……嗯，看不見的手法……可以，應該可以的才對……」

「嗄？」

看著事務官驚訝的表情，檢察官笑著起身說：「沒什麼啦！對了，山岸，要不要去喝杯咖啡？」

「嗄？」

「不想嗎？」

「好啊，我可以奉陪。」

「那就搭計程車去吧。」
「喝個咖啡還要搭車？」
「沒錯，因為有點遠。」
「要去哪裡呢？」
「荷馬，我忘不了那裡的咖啡滋味。」
「那裡的又不好喝，這附近好喝的咖啡廳到處都是。」
「不，還是去荷馬吧。」檢察官的語氣很堅定。

5

計程車直接開往世田谷。

車子來到小巷口兩人便下了車，並肩走在一起。那天晚上的記憶歷歷在目。然而距離案發時間已經一個星期了。

「應該就是這附近吧？」來到荷馬前面時，事務官指著路上一處問道，檢察官只是點頭說聲「嗯」，之後便像催促停下腳步的事務官似地推開店門走了進去。

從天花板垂吊下來的美術燈，在櫃檯前方灑下明亮的光線。但包廂的座位就只有牆壁裡的間接照明透出淡雅的亮光，安靜的店裡音樂聲流瀉。

右手邊的包廂裡坐著一對年輕男女，那是案發當晚看似特種行業的女人所坐的位置。

左手邊稍遠處的座位上有兩名中年男子面對面坐著談話。從那裡可以看見坐在轉角最裡面包廂的兩名年輕女性。後面牆上一如那天晚上還掛著岸田劉生的〈麗子畫像〉，當時水戶大助就坐在那個位置。

檢察官環視店內，在面對正面櫃檯的吧檯椅子上坐定後，便跟老闆打招呼：「嗨，晚安。」接著又用窺探的眼神對著站在櫃檯旁邊的女服務生微笑，但是女服務生只是輕輕地點頭。

「前一陣子真是辛苦你們了。」檢察官轉而面對著老闆。

「是啊，來了好多人……」老闆臉上完全沒有笑容，因為他知道對方是地檢署的檢察官和事務官。兩人連袂而來肯定不是來喝咖啡的。「請問……今天又有……什麼事呢？」

「不，我們不是為公事來的。剛好經過就順便進來坐坐了。對了，請給我們咖啡。」

「好的。」老闆露出安心的表情。然後對著檢察官探出身子說：「其實刑警剛剛才來過而已，他拿出照片要我們看看是不是當天晚上來店裡的女客。」

「不是嗎？」

「應該不是吧。其實我也沒有看得很仔細，所以刑警又問了麗子。」他轉頭去問女服務生：「不是那位客人吧？麗子。」

女服務生走到檢察官和事務官之間說：「沒錯，不是。那個客人的妝化得跟塗了白粉的妖怪一樣，感覺就像是三流酒吧的公關小姐。照片上的人看起來很知性，不可能化上那麼妖艷的眼影，根本就是不同的兩個人嘛。」

「不過話又說回來，」老闆壓低聲音說，「你們認為兇手是女人嗎？」

「這個嘛，還不知道呢。」

「真希望能早點破案。」老闆的聲音壓得更低了，幾乎是耳語般的口吻。「最進來店裡的客人都不一樣了。知道那個案子的人幾乎都不上門了，甚至還有人到處亂說我們店裡的咖啡有毒。」

「不會吧！」

「是真的。」女服務生也插嘴說道，「就連警方也是這麼想的吧？還來調查店裡用的咖啡豆呢。我也覺得很困擾，甚至問我認不認識被害人水戶大助？有沒有跟他交往……開什麼玩笑嘛！他是第一次來店裡的客人耶，跟我一點關係都沒有。」

女服務生嘟著嘴吐露心中的不滿，只是也一樣壓低了聲音，因為不想讓坐在後面包廂的客人聽見。

「肯定造成妳的困擾了，」檢察官安慰對方說道，「但是辦案得掌握各方面的情報，請妳多多配合。」

「這一點我也了解，可是我真的什麼都不知道啊。的確是我將咖啡送去給水戶先生，之後有人打電話給他，是個女人的聲音。他講完電話回到座位，便站著直接拿起咖啡喝，之後將錢放在桌上就走出了店門。我知道的就只有這些……」

「妳可能會嫌我囉唆，」檢察官說道，「但是打給水戶的那通電話的女人聲音，跟之前那位很像公關小姐的女人的聲音像嗎？」

「嗯……這種事我想不起來啦。何況跟那個女人又有什麼關係呢？她又沒有跟水戶先生說過話，而且兩人的位置又隔得很遠。」

「她是坐在門口的位置吧？」檢察官稍微回頭看了一下。

「沒錯。」

「水戶進來之後，不久那個女人便離開了，當時水戶點的咖啡已經煮好了嗎？」

「我不太記得了……只是我將咖啡端去給水戶先生時，好像瞄到了那個女人的背影。大概是因為老闆大聲說謝謝光臨，我也就很自然地朝門口看吧。當時那個女人正好推開門走到了外面。」

「嗯。換句話說，妳一邊用餘光看著女人的背影一邊將咖啡送過去囉？」

「嗯，我想是吧。」

「謝謝妳，我了解了。對了，現在幾點？」

女服務生的眼睛看向掛在櫃檯正面牆上的大型電子鐘，同時老闆也轉過頭抬起眼睛說：「八點十五分。」

霎時檢察官的臉上浮現了笑容。直到兩人走出荷馬，在街頭漫步時，山岸事務官才會意過來。

6

「果然來對了。」來到街燈明亮的大馬路時，檢察官才對一路沉默跟在身邊的事務官開口說道。

「就為了喝那麼難喝的咖啡嗎？」

「嗯，咖啡的味道不重要，我的心情倒是很好。總之命案的謎……」檢察官話說到一半，突然停下腳步，指著前方的建築物說：「山岸，你看那個！」

事務官順著檢察官手指的方向看去。

「在那七、八間店的前面不是有個中國料理的大招牌嗎？就在它隔壁的那家店。」

「啊，那個白色的建築嗎……」

「沒錯，你看它的店名，『酒館白色酒杯』，而且對面就有一座公共電話亭，不是嗎？太巧了！這麼一來一切都很清楚了。看來我的猜測並沒有錯。」

「你究竟是知道了什麼？」

「謎題解開了。毒死水戶大助的犯人的心理和行動，這下都搞清楚了！」

「是嗎？」

「看來你不怎麼興奮嘛。算了，總之先找家店再說吧。」

「又要去咖啡廳嗎？」

「不是，既然你陪我喝了難喝的咖啡，那麼就讓你喝杯酒換換口味，順便吃完晚飯再回家。我們找家便宜的小店，坐在包廂裡喝一杯吧！你看這附近怎麼樣……」

檢察官已經邁出步伐，跟在後面的事務官趕忙搜尋霓虹燈上的店名。

說是包廂，其實只是個兩坪大的細長房間，兩個男人面對面而坐，桌上送來了幾盤菜。好不容易等到那名年約五十、整張臉塗得白白的女人象徵性地幫兩人斟了第一杯酒、說聲「請慢用」離去之後，事務官立刻迫不及待地詢問：「我們剛剛講到哪了……」

「嗯。」

「檢察官剛剛說到謎題解開了、自己的猜想應該沒有錯，我卻一點都沒聽懂。是誰、用了什麼手法毒死水戶大助呢？還有為什麼從『酒館白色酒杯』和公共電話亭就能理解犯人的心理和行動呢？我完全摸不著頭緒，真是丟臉。請檢察官一定要把你的推理解釋清楚……」

「其實也不像你想的那麼誇張啦。我之所以注意到，說穿了只是巧合。」

「嗄？」

「你注意到掛在荷馬牆上的電子鐘嗎？」

「啊，那個圓形的大鐘嗎？鐘面和指針在燈光下閃閃發亮，它就掛在正面牆上，想要不注意到都很難吧。那個時鐘怎麼了？」

「嗯，那個時鐘在這個案子上有著很重要的意義。我會對那個人的舉止感到懷疑，就是因為那個時鐘。剛才我在辦公室和大川警部通電話時，腦海中便掠過這個疑惑。我找你去荷馬就是為了確認店裡的陳設……」

檢察官像是在整理自己的思緒一般，慢條斯理地說明自己的想法。

——水戶大助的死因是氰酸性毒藥中毒。無庸置疑地毒藥是摻在他所喝下的咖啡裡。問題是咖啡豆沒有問題，而他也沒有加砂糖和牛奶。毒藥是經由誰的手直接放進咖啡杯裡的呢？這個誰應該就在荷馬的店裡，否則根本不可能犯案。

那天晚上，水戶大助來到荷馬點了一杯咖啡時，店裡除了老闆和女服務生之外，只有常來的兩名學生和一眼看去就像是特種行業的女人。

先談老闆和女服務生，要如何判斷他們跟水戶大助的案子是否有牽連呢？事實上，他們不可能對毫不認識的客人萌生殺意吧。常來的兩名學生也是一樣的道理，而且根據女服務生的作證，坐在離水戶大助包廂有些距離的這兩個人完全沒有離開過座位，所以他們根本沒有機會將毒藥摻入咖啡杯裡。

那麼另外一個女客人呢？偵查總部認為她也沒有犯案的機會。大川警部的說法是「這個女人打從一開始就不可能是兇手」。她坐在一進門的右邊位置，甚至看不到坐在轉角最裡面包廂的水戶大助。這兩人的位置完全是隔開的。

她在水戶出現後幾分鐘便離開了。女服務生一邊瞄著她推開門走出店外的背影，一邊將咖啡送到水戶的位置。換句話說，當咖啡放在水戶面前時，女人已經走到門外了。所以剛剛在電話裡，大川警部才會說她沒有犯案的機會……

7

「這麼一來，」認真聽著檢察官說明的事務官低喃地說，「兇手不就不在荷馬的店裡了嗎？」

「不對，兇手就在荷馬，而且就是水戶大助出現不久之後便離去、感覺像是從事特種行業的那個女人。只有她才有機會將毒藥放進水戶的咖啡裡。根據大川所說的，這個女人在離開前瞄了一眼自己的手錶說怎麼停了，並問女服務生現在幾點。」

檢察官就是在這一瞬間腦中閃過了疑惑。

——女人所坐的包廂就在一進門的右手邊，面對正面櫃檯，照理說不可能沒看到掛在牆上的大時鐘。更何況一個準備離去而起身的女人，這時候才發覺自己的手錶停了，這不是很奇怪嗎？一個在意時間的女人，之前居然都不看看自己的手錶。檢察官想到這裡，不禁心驚。女人並不是為了知道時間才跟女服務生說話，她是為了靠近女服務生的身邊，同時也想讓女服務生和老闆的眼睛去注意時鐘才那麼做的吧？剛才檢察官問現在幾點時，女服務生的視線轉向了時鐘，老闆不也轉過頭回答說「八點十五分」嗎？那種反射動作，肯定是他們的習慣。

不管怎麼說，女人裝做若無其事地詢問時間，是因為有轉移對方注意的必要，而目的就是要讓接下來的動作不被發現。

是什麼樣的動作呢？在那一瞬間正是女人可以下手的機會。大概女人的右手藏有一個吸滿毒液的脫脂棉或裝有毒藥的滴管吧，而左手則是拿著週刊雜誌，或許是用來當作魔術師掩人耳目的手帕之用吧。就在女服務生望向時鐘的瞬間，女人的右手迅速地將毒液注入咖啡杯裡。當然這個動作是不用擔心會被坐在女人背後的兩名學生看見的。水戶大助就是被這看不見的手法所毒死的……

「可是我不禁要質疑你的看法，」事務官探出身體說道，「那個女人靠近女服務生時，水戶點的那杯咖啡在哪呢？那杯咖啡一定是經由女服務生端送到他的位置，那個女人根本沒有下毒的機會啊。除非兇手就站在端著咖啡的女服務生面前，否則是不可能犯案的。」

「我也這麼認為，不過關於這一點，剛剛已經從女服務生的口中得到證實了。那個女人，也就是兇手靠近女服務生身邊時，正好就是在她捧著放了咖啡杯的托盤要往水戶座位走去之前。」

「她剛剛有這麼說嗎？我明明聽到她是說她記不太清楚了吧？」

「的確，她的記憶很曖昧不清。但是這個曖昧不清的部分我用實驗去補足了。」

「你做了什麼實驗？」

「我測量了從荷馬櫃檯到門口的距離，大約七步，雖然步幅因人而異，但走這一段距離所需的時間大約五秒吧，快的話只要四秒。不過這短短的幾秒，這會兒卻具有重大的意義。」

檢察官喝著冷掉的酒，繼續說明。

——根據女服務生的證詞，她將咖啡送去給水戶時，好像瞄到了女人離去的背影。她因為聽到老闆大聲喊「謝謝光臨」，這才看了門口一眼，當時女人正好推門出去。女服務生是一邊用餘光看著她的背影一邊往水戶的位置走去。

女人向女服務生問過時間之後走到門口只需四、五秒鐘的時間。假如當時水戶的咖啡還沒煮好，那麼她也就不可能邊送咖啡還邊看著女人離去的背影了。

女人假裝要問時間而站在櫃檯前面時，女服務生已將咖啡放在托盤上準備送到水戶的座位。兩人一結束短暫的對話便同時離開櫃檯，女人往門口走，女服務生則往水戶的座位走去，因此端著咖啡的女服務生才有可能看見推門離去的女人背影。

恐怕那個女人就是在等水戶點的咖啡煮好、女服務生將咖啡杯放到托盤正要送過去時才起身的。在女服務生看著牆上的時鐘時，那一杯毫無遮蓋、散發芳香的咖啡就在女人面前……

「嗯，」山岸事務官用力點頭說道，「這樣的確是有被下毒的機會。問題是那個女人的真實身分，你認為是早苗的姊姊嗎？」

「嗯，我對湯川香代的懷疑是越來越重了。她以前曾在娛樂公司上班，現在又是名劇作家，對戲劇和演員這方面可說是相當地熟悉。她變聲、易容扮成另一個人出現在荷馬，我想這樣的喬裝對她來說也不是什麼難事。女服生看到她一臉素淨的照片，難怪會說絕對不是她。另外也還有其他地方讓我認為她有涉案的嫌疑。」

——湯川香代之所以選在荷馬犯案，肯定是在案發前一天到附近的幾家咖啡廳勘查過。當然她當時也應該是喬裝了才對。不要太大的店、進出客人比較少、最好只有一個服務生——荷馬完全符合。說不定她以前就曾經來荷馬喝咖啡，所以知道店內的陳設，而這讓她想到了下毒的詭計吧？

總之犯案的地點選定了。接下來該如何將水戶大助約出來呢？絕不能讓對方起疑，如果對方提出更改時間、地點的要求就糟了。一切必須按照自己的計劃行動才行。

關於這一點，她很容易便想到該怎麼做。她只要利用水戶大助得獎的作品就行了。湯川香代當然很清楚「你的作品可以上演」這句話對有志成為劇作家的青年會產生多大的心理效應。因為她自己就是個過來人。

水戶大助之所以出現在荷馬，就是為了配合對方希望作者同意授權的商談而來的。對他而言，這是他的夢想，他當然會毫不猶豫聽從對方的指示。

案發當天，那通打到他工作地點白夜書院的電話就是為了告知這個消息，並約定晚上的見面。當時湯川香代應該沒有告知對方自己的名字吧？而是冒充劇場相關人員或製作人之類。既是劇作家又對舞台十分熟悉的她自然能夠輕易地取信於水戶大助。對於將談話地點選在咖啡廳，肯定也是因為他們平常的聚會都在該店的緣故。水戶大助不疑有他，他興奮得身體都熱了起來。他一心夢想著美好的未來，耳中迴響著的香代的話語一如麻藥般令他陶醉——時間約在七點，地點是荷馬，坐在太靠近門口的位置，恐怕人來人往不夠安靜，所以請儘可能選在裡面的位置。這個案子是內定的，最好不要跟外人透露。我們也許會晚點才能到，你先點杯咖啡邊喝邊等我。電話內容大概就是這樣吧。

支持這個推理的就是出現在荷馬的水戶手中拿著刊登自己得獎作品的《開幕》雜誌。毫無疑問地這篇作品就是誘使他出來的餌……

「還有一點，」檢察官舉起酒杯一飲而盡後接著說：「透露出湯川香代犯案的事實。」

——她將毒藥摻進女服務生手上的咖啡後便直接走出荷馬。因為那是劇毒，馬上就會毒發身亡。水戶喝下之後，一、兩分鐘之內就會痛苦難當，店裡當然會一團亂，忙著叫救護車，警笛聲大作的車子會開進那條小巷。她一定要親眼確認這些情形。她肯定會有這種想法——她要確認自己的計劃有無失誤，她必須看到結果才能安心。

她走出店門來到寬闊的大馬路時就站在那座公共電話亭旁邊，等待著那一刻……

8

「可是，」檢察官接著說，「她等了好幾分鐘，就是沒有看到救護車經過。這也難怪，因為水戶大助根本就沒有碰送上來的咖啡。他很專心地埋首在雜誌上閱讀自己的作品。」

——對香代而言，那樣的等待簡直是一種煎熬。五分鐘……六分鐘……救護車仍然沒有出現。那個男人在做什麼？七分鐘……八分鐘……就算豎起耳朵也依然沒有聽見警笛聲。她猜不出發生了什麼事。是計劃失敗了嗎？還是哪裡出錯了？她的內心一會兒不安一會兒焦躁。咖啡廳裡的情況究竟是怎麼了？該不會是那個男人沒有喝送上來的咖啡，只心在等待我的出現吧？總之得先確認一下才行。決定這麼做的她面前就有一座公共電話亭……

「於是就有了那通打給水戶的電話囉？」事務官探出身體說。

「我是這麼認為。水戶被女服務生叫來接電話，電話裡立刻傳來水戶的聲音，這對香代來說是大出意料之外，可是她同時也知道水戶還沒有喝那杯咖啡。這可不行，一定要想辦法讓他喝下咖啡才行！她心中一定是這麼想的。」

——不知道那通電話說了些什麼。荷馬的女服務生只記得水戶口中說出的幾個字。不過，身為劇作家的香代肯定很有技巧地當下說出符合現況的話來。

香代首先對遲到一事表示致歉，然後表示因為對方想更改地點，可不可以請水戶到他們集合的這家咖啡廳來一趟呢？這是根據女服務生對水戶當時所說的話而做的猜測。只要讓水戶從荷馬離開、前往其他地點，已經送來的咖啡總不會放著不喝就走了吧？她要賭的就是這個機會。

水戶當然會回答：我立刻就去，請問是什麼店？水戶很自然會這麼問，香代卻不知如何回答，因為她還沒有想到哪家店。一時不知如何是好的她看見了對面酒館的招牌「白色酒杯（shiroi gulasu）」，她將店名說成了「白色烏鴉（shiroi galasu）」……

「嗯，白色酒杯才是那家店的店名。她因為覺得不妥，所以改成白色烏鴉嗎？」

對於事務官的說法，檢察官搖頭說：「不。一時之間，她沒有工夫做那種判斷。她本來也想說白色酒杯的，可是說出嘴時卻變成了白色烏鴉。因為店名太過奇怪，所以水戶大助才會反問了好幾次是白色烏鴉嗎？她為什麼會說錯呢？當我還是司法系的學生時，有一位認真教我們這種說錯話心理的老師。當我一看見那個白色酒杯的酒館時，突然覺得耳畔又響起了老師的聲音……」檢察官像陷入往事般地看著遠方。

人為什麼會說錯話呢？一般認為是因為說太快或不小心說錯了。其實原因並不止是這樣而已。有時無意識說錯的話，多半反應了當事人潛意識的願望或需求。這種例子很多。例如：一名擔任會議主席的男子在開會之前接獲家裡發生急事的通知。一心只想趕緊結束會議的男子，立刻集合大家準備開會，他的開場白卻是：「讓各位久等了，現在就讓我們結束會議。」

失去愛妻而悲痛逾恆的男子寫信祝賀新婚的朋友，他是這麼寫的：「衷心為你們的婚姻感到哀傷。」

一個男子想趁朋友全家出去賞花的時候闖空門，不料卻被巡警逮個正著。巡警問他想幹什麼？男人脫口而出：「因為天氣不錯，我是來找朋友闖空門的。」[註1]

被壓抑的想法、被制止的願望、潛藏在意識底層的秘密突然蹦出意識表層，真心話從失去平靜的心情夾縫中冒了出來，不待詢問便自行透露。這就是心理的陷阱。香代的情況是否就是如此呢？

在她的意識底層，經常存在著一隻烏鴉。她會將酒杯說成烏鴉並非無意義地說錯，也不是舌頭打結了，而是因為烏鴉這個字眼、這個名詞早就烙印在她的心中吧？

真木英介案那張寫著「我就像是那隻盲眼烏鴉」的文字是關鍵所在。香代的下意識裡是否也存在著這隻盲眼烏鴉呢？

「雖然只是一件小事，」檢察官說道，「我卻認為可能是透露出香代犯案的心理證據。」

「嗯，應該沒錯吧。」事務官重新坐好，一邊為檢察官斟酒一邊說：「這下可以結案了。」

「還早呢。到目前為止都只是猜測和推理罷了，而且也還沒有找到真木英介的屍體。以象棋來說，只是剛好找到進攻的方向而已。就預謀犯案的這點來看，對方也絕對不是輕易露出馬腳的人。山岸，倒是這時候我們是不是該吃晚飯了呢？」

這時野本刑警正坐在從大宮回東京的電車上。他剛結束對浦邊留乃的訪談。她是與月村早苗的養母民子情同親人的老婦人。

「茅崎有家叫做南湖院的醫院。那是結核病人療養的地方，是當時很有名的醫院。民子是那裡的護士，我則是在那裡幫忙煮飯、洗衣服。我們的交情應該是昭和初年，大概是昭和七、八年開始的吧。之後也一直有往來，她到大磯的小學當保健老師時，還特別拜託校長讓我們夫妻倆在學校裡當校工。我們很高興可以不必分開，決定到死都要互相作伴，

註[1]日文的賞花（hanami）和闖空門（nusumi）發音接近。

不料比我年紀還小的民子卻先過世了，於是我就像你現在所看到的情況，讓兒子兩夫妻照顧。我的事就說到這裡吧。你要問的早苗我是很熟，但她不是那種會遭到警方調查的女孩。究竟發生了什麼事？」

嬌小的浦邊留乃看起來就像是個好好老太婆。她表示自己的眼睛、耳朵都還很靈光。一旦勾起了回憶，她便滔滔不絕地說了起來。刑警只是在一旁點頭聽著。

在搖晃的電車裡，刑警看著窗外奔流而過的光帶。接下來他得完成書面報告才行。浦邊留乃所說的往事只有一件引起刑警的興趣。只是現在他還無法判斷這件事究竟是有助於辦案還是會推翻千草檢察官的推理？刑警心想一切都等回到總部再說吧。

第十一章　肌膚上的悲劇

1

【浦邊留乃的訪談】

早苗自殺了嗎？真的嗎？什麼時候？為什麼會發生這種事……

沒有，我從來沒聽說過早苗想死的事。雖然跟在大磯的時候不同了；彼此沒有住在一起之後，沒有機會碰面說話，多少有點生疏了，但是早苗搬到小金井市時還常常打電話來，只是從去年夏天起就突然完全沒有消息……

她究竟是為了什麼想不開呢？有什麼煩惱痛苦讓她決定尋死呢？我這個老太婆雖然不懂年輕女孩的心——但是該不會是因為那件事吧？糟糕，我說溜嘴了。那是很久以前的事了，不可能到現在還會讓早苗想自殺吧。

你問那件事是什麼事嗎？如果早苗還活著，我是絕對不會說的。如今知道這件事的只有早苗的親生母親和她姊姊，再來就只有我了。過世的民子跟我說時還拜託我絕對不能跟別人提起。

既然你一定要我說，又說可能有助於抓到兇手……好吧，我還是明理點，不要一味地拒絕不說吧。關於這件事，大家一致封口，其實是為了不讓早苗再度受到傷害。

簡單整理留乃幾經猶豫之後所說的內容如下：

早苗的皮膚有一大片燙傷的疤痕。留乃本人沒有親眼看過這傷疤，但根據已過世的民子的描述，早苗從腰部到臀部有好幾處疤痕。其中有一處是腫起的鮮紅色皮膚呈橢圓形，中央有個黑色圓點，看起來就像是爛掉的人眼一樣，感覺有些恐怖。

她不是被火或熱水燙傷，而是皮膚直接碰觸到藥性強烈的鹽酸，而且也不是她自己不小心碰到的，是她姊姊惡作劇造成的。

當時，鄉下人家常用鹽酸清潔廁所。要清除馬桶上的污垢，用鹽酸是最有效的。儘管藥性強烈，大部分的人家還是會用……印象中，只要一打開鹽酸的瓶蓋，就會冒出白色霧氣，衝上一股刺鼻的味道。就是那種鹽酸給早苗帶來了不幸。我聽說是在二十幾年前，一個盛夏的下午，當時早苗四歲、她姊姊十歲……

當時姊姊加代子在樹蔭下舖上草蓆，忙著做暑假作業的黏土勞作。她本來手就很巧，又很喜歡美勞，算是她拿手的科目。她正在做希臘神話裡的飛馬雕像，藍本是父親房裡的佩加索斯天馬雕像。飛馬展開翅膀、翱翔天空的姿態充滿了優美與力度，簡直無法想像是出自於小孩之手。花了三天製作的作品已到了最後完成的階段。

母親將小便斗拿到庭院清洗。附著在牽牛花形狀小便斗上面的污垢十分不易洗淨，所以她總是將裝有鹽酸的瓶子放在腳邊一邊清洗。

「你看，變乾淨了吧！」母親笑著對一直蹲在旁邊看她清洗的早苗這麼說。

「那個藥很燙嗎？」早苗指著母親手上的鹽酸瓶問。原來一跟空氣接觸就從瓶口冒出的白煙，她看成是熱氣了。

「沒錯，這是有毒的藥，很燙的。所以妳不可以碰喲！」

這也不能怪她母親沒有用科學的說明跟小孩解釋劇烈的藥性。對四歲的女兒來說，這樣說就夠了。早苗用力點頭，這時玄關傳來說話聲，母親當下起身，離去前還特別交代：

「那是很燙的藥，千萬不能碰！」

然而就在幾分鐘後悲劇發生了。從後院走到玄關跟鄰居主婦聊得正開心的母親聽見了早苗的尖叫和不尋常的哭聲。

趕過去的母親，一時之間嚇得停下腳步。早苗小小的身體在地上翻滾，剪成西瓜頭的頭髮和臉上沾滿了泥土，她全裸的上半身冒著白煙。一股強酸的味道嗆著母親的鼻子，而站在一旁咬著嘴唇、臉色蒼白的加代子只是茫然地盯著哭喊的妹妹。母親看到她手上握著鹽酸的空瓶子，馬上就知道發生什麼事情了。

事情的起因是，早苗坐在姊姊旁邊吵著要玩黏土。姊姊正忙著做勞作，便對妹妹說：不要煩我，到旁邊去。平常都會跟自己玩的姊姊，居然今天都不理我。大概是心裡很不是滋味的早苗便一把扯下幾乎已經完成的飛馬頭部……

對姊姊而言，那可是花了三天才完成的重要作品。她揮手打了早苗一巴掌說：妳幹什麼？然後追著被嚇得拔腿就跑的早苗，又從後面推了她一把，早苗小小的身體趴倒在地上，她就這麼壓住早苗，隨手拿起了地上的鹽酸瓶。大概是母親的告誡——那是很燙的藥，千萬不能碰——給了她提示吧，對可惡的妹妹就應該用很燙的藥來教訓她一下才對。那只是小孩子一時興起的想法而已。

倒楣的是，那一天是星期天。村裡唯一的一家診所的醫生帶著家人和護士出外郊遊，而孩子們的父親也出門到鎮上看少年棒球大賽了……

圍聚而來的鄰居根本沒聽過藥物造成的燙傷，大家只能在一旁慌張而已。有人說燙傷最好是塗味噌，也有老太婆制止說應該塗墨水，然後用蘿蔔泥冷敷才有效。結果早苗身上的鹽酸也沒先用水沖洗乾淨，聽說到了傍晚才好不容易將她送到鎮上的醫院。由於延誤治療，皮膚嚴重發炎，造成早苗的身上留下難看的傷痕。

到大磯小學工作的民子是在隔年春天才跟我商量：「住在栃木的妹妹說要把早苗給我。我也覺得自己一個寡婦過日子有些憂心，心想乾脆領養回來算了。妳覺得呢？」

這件事就是當時她告訴我的。

在小小的鄉下地方，早苗身上的傷疤成了孩子們口中的「背後長了眼睛的早苗」、「兩張臉、一個屁股、三顆眼睛的小鬼早苗」。身為父母，聽到別人取笑自己的女兒，簡直就像刀刮身上的肉一樣痛苦，而且這也會影響到她將來的婚事。也難怪想到這一點的雙親會決定放棄撫養她。

是的。早苗來到大磯是在她五歲的那一年。就連民子也是到早苗上了小學才看到她背上難看的傷痕。儘管早苗與民子如同親母女，可是她就是不願意讓任何人看見自己身上的疤。學校的健康檢查，民子還特別拜託導師請校醫直接來家裡幫早苗檢查。早苗成年之後，她身上的傷痕更是個禁忌。

什麼？你說早苗的姊姊嗎？我從來沒見過她，也沒說過話。嗄？劇作家？這麼說來，她的工作跟演戲有關囉？沒有，我從來沒有聽早苗提起她姊姊。她大概是不想碰觸到小時候的回憶吧？這個嘛……說不恨她，那是騙人的。不過讀高中之後，她們彼此好像會寄賀年卡……

嗄？真木英介嗎？這名字我沒聽早苗說過。情人？你說那個人可能是早苗的情人嗎？畢竟是個年輕女孩，總會有人喜歡她吧。可是我記得早苗跟我說過，她決定單身一輩子。

背後長眼睛的早苗——肌膚上的紅色烙印，讓一個年輕女孩封鎖了自己的心。說到這個，我聽說她姊姊也是單身，大概是破壞了妹妹的幸福，所以這麼懲罰自己的吧？可是我還是不能相信早苗自殺了。我總覺得旁邊那個電話隨時都會響起，聽到她的聲音跟我說：阿姨，妳還好嗎……。她真的是一個乖巧、溫柔的女孩。

嗄？已經是這個時候了呀。老人家囉哩囉唆的說了一大串，不知道對你們辦案有沒有幫助？可是我知道的都告訴你了……

2

從大宮回來的野本刑警出現在千草檢察官的辦公室則是在隔天的中午。

「辛苦你了。」檢察官從堆積如山的文件中抬起頭來跟刑警打招呼。

「哪裡，不過是去大宮而已。」

「很好，你的調查讓案子的背後關係更加清楚了。」

有關浦邊留乃的訪談內容，大川警部已經來電報告過了。

「可是，」刑警邊坐下邊說，「總部有人有不同的意見，不過只是少數人的看法。」

「嗄？」

「其實月村早苗很恨她的姊姊香代。她無法原諒姊姊害她身上留下了一生都無法消除的疤痕。就因為對方是跟自己有血緣關係的親姊姊，所以那種怨恨也就更加強烈了。」

「嗯。」

「早苗從沒有跟任何人提起姊姊的事，即使小金井市的幼稚園園長也不知道她有姊姊。與其說早苗心裡完全沒有姊姊這個人，倒不如說她對姊姊懷著敵意要來得恰當吧？這種心情，她的姊姊香代應該也能感受到。兩人根本沒有情感可言。所以她不可能將自殺的真相寫信告訴那樣的姊姊，換句話說，檢察官認為真正的遺書已經寄給了香代的推理應該有修正的必要，不是嗎？」

「那你們就錯了，」檢察官嘴角浮現笑意說道，「我倒覺得剛好相反！浦邊留乃的一番話，反而讓事情更加明確了。她那一番話讓我之前的揣測得到具體的證實。」

「是哪個揣測，又是如何被證實了呢？」

「只要動腦筋想就會知道了。」

「就是因為想不出來才要問你的嘛！」

刑警點燃香菸，擺出一副洗耳恭聽的樣子看著檢察官。

3

月村早苗將母親珍藏的大手拓次親筆簽名的紙卡提供給真木英介。兩人的見面就是所有悲劇的開端——檢察官一邊整理自己的思緒，一邊緩緩地道出個人的想法。

真木英介一看到早苗便動心——少女早苗就站在自己眼前！那個雪白裸身躺在床上，湊上櫻桃小嘴的少女如今又回來了。那個引領六歲少年進入絢爛奪目的性的世界、活在他幻想中的少女早苗正對著自己笑、在跟自己說話！

透過月村早苗，他看見了〈野狐忌〉裡的少女。他對早苗一見傾心。兩人會發生肉體關係，恐怕也是出於真木的強求吧。

對早苗而言，真木是她的第一個男人。因為烙在自己身上的難看傷疤，讓她對結婚死了心。一個二十七歲的女人是不可能完全沒有思慕異性的心情的，然而越是愛慕對方就越不希望讓對方知道自己的秘密。屁股長眼睛的小鬼早苗——這麼可怕的烙印怎麼能讓心愛的人看見呢。因此她斬斷了對異性的所有情思。她決定親手折斷即將綻放的青春之花，一個人獨自活著。

這樣的早苗卻在真木面前袒露身體。是他的熱情溶化了早苗的心？還是一時的激情讓早苗忘卻了自身肌膚的秘密？這之間的情形如何，沒有人知道。但是早苗一旦以身相許，便開始對真木有所索求。她耽溺於真木，肉體的歡娛是沒有止境的，在沸騰的情欲裡，早苗終於在真木面前曝露不欲人知的肌膚秘密。相信她一開始也不願意讓人看到自己身上的傷疤，甚至還花了一番苦心遮掩。但是再怎麼努力也不可能長此以往。

烙在女人肌膚上的難看傷疤，當真木英介親眼目睹的那一瞬間，他整個人都嚇呆了。

不對！這不是我的早苗。那個少女身上沒有任何的瑕疵，摸起來是那麼地光滑柔軟，就像撫摸細緻的絲絹一樣，那種觸感還留在我的手指上。我所追求的是肌膚雪白亮眼的女人！

當月村早苗不再是少女早苗的那一瞬間，她就只是一般的女人罷了。而這樣的女人居然在我身邊呼氣喘息、看起來像是爛掉的眼睛在她的臀部上蠢動著。這個女人居然只是一個短暫的美夢。真木英介的心瞬間冷卻了……

4

「可惡的爛傢伙！」刑警不屑地罵道，「於是真木英介就棄早苗而去了嗎？」

「我想是吧。肯定是真木提出斷絕往來的。」

「可是，聽說早苗長得相當漂亮，皮膚也非常白皙剔透。這樣二十七歲的黃花大閨女，就算身上有什麼傷疤，閉上眼睛就都看不見了。為什麼這麼一點點缺陷就不能忍受呢？」

「就算閉上眼睛，傷疤也不會消失。甚至在真木的想像中，傷疤會逐漸擴大，最後變成早苗身上佈滿更醜陋的傷疤。應該是他對雪白柔美肌膚的偏執讓他拒絕了早苗吧？」

「我實在沒辦法想像……」

「那是因為你是身心健康的人。真木就像四季書房的吉野奈穗子所說的，受到了兒時經驗的影響。或許他和少女早苗之間的性經驗、他對少女早苗肌膚的記憶，讓他對月村早苗的身體產生了不尋常的抗拒。」

「有學問的人說起話來越說越難懂，」刑警苦笑地說，「總之就是真木英介拋棄了早苗，對吧？原因是她身上的疤。真是太自私了。踐踏年輕女孩的身心，這種男人最可惡。早苗想要解脫心中的這種怨恨也是人之常情，可是她在遺書裡卻完全沒有提到真木半個字，我實在不懂她的心理！」

「所以我才認為有另外一封真正的遺書寄到了她姊姊那裡。為什麼她留在現場的遺書沒有寫下真相？這其中的原因我現在好像明白了。」

檢察官從新開的 Mild Seven 抽出一根菸，直接拿在手指間把玩著，一邊繼續說明。

真木英介是知名的文藝評論家，也是當前暢銷書《瘋狂的美學》的作者，因而受到世人的矚目。如果他有一個引火自焚的愛人，媒體怎麼會放過這個話題呢？對貪婪的媒體而言，醜聞是飼養他們最好的食物了。

到時候週刊雜誌肯定爭相報導，電視、廣播也會恣意談論。他們一個個都張大鼻孔、擦亮眼睛，守在早苗身邊狂聞猛嗅，要挖出她的姊姊湯川香代，根本也花不了多久的時間。

湯川香代是當紅的女劇作家。一旦新的獵物出現，只會更加煽動媒體的興趣與亢奮，於是湯川香代也將不容分說地被捲入報導的漩渦之中。

這正是早苗擔心的事。不能造成姊姊的困擾。對她而言，破壞媽媽和姊姊平靜的生活，是她無論如何都想避免的事。

一個平凡女人的死亡、一個疲於工作而自殺的幼稚園女老師，如果只是這樣的話，就不會引起社會的注意了。她心中這麼思索著，於是決定在磯部旅館留下象徵性的遺書，聯絡家屬只寫上姊姊的本名（森田加代子）和電話號碼。這一切都是為了不讓「劇作家湯川香代」的身分曝光！

香代在這方面也配合得完美無缺。前來認屍的她完全是以娛樂公司的職員森田加代子的身分出面。她主動將早苗的遺書拿給警方看，同時很自然地提起幾天前接到妹妹的來電，電話內容充滿了厭世的想法，她很有技巧地讓警方相信早苗的自殺是因為不能適應工作和都會生活。

警方和媒體自然對這個事件不感興趣。為了隱藏真相、躲避媒體的騷擾，姊妹倆心意相通，或者應該說是姊姊接受了妹妹的提議才對吧?從這一點來看，也無法否定另外一封「真正的遺書」已在香代手上。而所有的真相就在遺書裡。

那是封不足為外人道的遺書，只有媽媽和姊姊可以展讀。早苗不再感到羞恥，也毫不猶豫地將她和真木英介的關係、從決定自殺到目前的心境全都寫在上面。儘管母女、姊妹相隔兩地二十年，彼此之間血脈相連的牽絆畢竟是無法切斷的。

這時早苗心中已不再怨恨姊姊。固然烙在身上醜陋的傷疤是姊姊造成的，但姊姊其實也背負著難以磨滅的悔恨，一輩子自責地活著。這個肌膚的悲劇是兩人身上的十字架，這份痛苦是兩人在共同承擔。至少在尋死之前，早苗要將自己的心意告訴姊姊。早苗的遺書捨棄了怨恨，字字句句充滿了道別之情。

湯川香代讀了遺書，從字裡行間似乎聽到了妹妹的痛哭。那個逼妹妹走上絕路的男人──真木英介，我絕對不能原諒，不能任他逍遙法外。報復讓她萌生了殺意，從那一刻起，劇作家湯川香代下定決心要在現實的人生舞台演出她自己撰寫的殺人劇，而且她還要擔任主角親自登場……

5

「大概，」千草檢察官將手上玩弄的香菸叼在嘴裡，並撥動了打火機。「那個高中生在小諸市發現的信紙碎片就是那封遺書的一部分吧。」

「嗯。」野本刑警用力點頭說，「整個情節聽起來很合理。那麼是誰撕碎遺書？又為什麼那張碎片會掉在真木的上衣裡？這些疑點還沒有釐清吧。」

「這就要問兇手本人了。」

「關於那個兇手，」刑警看著手錶說，「下午有一個偵查會議，到時候逮捕令來得及申請吧？」

「逮捕令？」

「沒錯呀。總部的刑警也大都贊同湯川香代是兇手的說法。如果再跟他們報告剛剛的說明，肯定大家的意見就會一致。接下來當然就是逮捕兇手了，不是嗎？」

「還不行，這樣會有問題的。」

「為什麼？」

「我們只是推測是香代犯的案，但是還不能完全確定。」

「我覺得沒什麼兩樣……」

「當然不一樣。到目前為止，我們都是根據案情加以推理的，完全沒有可以佐證她涉案的直接證據！」

「可是案情證據不也算是證據嗎？」

「那是就法律上來說的，至於能不能當作證據被採用，要由法官決定，也就是所謂的自由心證。可是光只有案情證據是不行的，更何況連真木英介的屍體都還沒找到。」

「有他的上衣啊，也發現了他被切斷的小指頭，而且是死後被切下來的，這樣就算沒有屍體，也能證明他已經遇害了。」

「你說得沒錯，但是你如何能證明切斷指頭的人就是湯川香代呢？」

「……」

「比方說，她用什麼兇器將小指頭切下來呢？」

「我想……應該是很銳利的兇器吧。」
「是刀子、剪刀還是菜刀呢？」
「……」
「為什麼要切斷他的小指頭呢？」
「……」
「又為什麼要丟棄指頭呢？」
「……」
「真木英介在九月十五日的傍晚，在小諸車站前遇見了水戶大助，之後就沒有人看過他，那麼他是什麼時候被殺害的呢？」
「大概是在當天吧。」
「時間呢？」
「……」
「命案現場在哪裡？在什麼地區的什麼地方被殺的呢？」
「……」
「是用什麼方法殺的？他是被毒死、刺死？還是被縊死、掐死的呢？」
「……」
「回答我啊！野本。」
「你真是愛說笑。」刑警吃驚地大叫說，「千草先生，你什麼時候站在兇手那一邊了？」

「我只是要告訴你，沒有屍體的殺人命案有多棘手，同時也要讓你知道，關於這個案件我們知道的有多貧乏！」

「所以才要逮捕啊！直接在偵訊室裡面對面，我就能讓對方自己說出來。畢竟我是這方面的專家啊！」

「這可是預謀犯罪，兇手早做好了萬全的防禦準備，跟你在路上逮捕的小流氓之類的根本不能相提並論。」

「千草先生，」刑警在一旁陪笑地說，「你聽過這首小調嗎？黑臉大川、白臉野本，可怕的是逼供問案他們最在行……」

「什麼嘛，原來這是你編的啊？」

「才不是呢，這是我們辦公室的年輕一輩去年在忘年會上表演的，還贏得了滿堂彩呢。一課的人大家都知道這首小調。二十年來打擊犯罪，不管什麼狠角色，我總有信心叫對方俯首認罪……。總之我就是想立下逮捕湯川香代到案的這份功勞！」

「野本，」檢察官語氣柔和地說，「你的心情我了解。可是要逮捕一個人不是那麼容易的事；有時候不僅會毀了本人，甚至會破壞對方一家人的生活與一生。法律允許我們行使公權力，所以我們更需要注意到這一點。」

「……」

「我們的交情夠久，所以我想你應該能理解我的做法。除非找到證據、推理合理，而且掌握到讓嫌犯無法否認的致命一擊，否則我是不會同意逮捕人的。」

「……」

「現階段還不能給湯川香代戴上手銬，但是可以出聲了。」

「出聲？什麼意思？」

「就是去見見本人，跟她說說話啊。剛剛我已經跟大川表明我的意見了。今晚應該就會找湯川香代問訊吧？我想應該會有你忙的了。」

「什麼嘛，原來是這樣啊！」刑警的嘴角瞬間浮現了笑容。「不過話又說回來，檢察官你果然心很壞！總是習慣在最後才說出好消息。」

第十二章　聲音的幛壁

1

——請問是森田加代子小姐吧？筆名湯川香代。我該稱呼妳哪一個名字比較好？

「都可以，只不過現在叫我湯川香代的人比較多。」

——那麼請問湯川香代小姐，妳的年齡和現在的職業是？

「三十四歲。從事電視、舞台劇相關的工作，一般被稱為劇作家，但是其實我隸屬於新世紀社這家公司，算是裡面的ＯＬ，或者也可以說是文藝部的職員吧。」

——有什麼家人？

「我和生病的母親住一起。」

——令堂生病了嗎？

「是的，幾乎是臥病在床。幾年前因為腦溢血病倒了，之後右半邊的身體就行動不便……最近逐漸可以拄著楞杖在家裡走路。右手雖然可以抓握東西，但還是沒辦法舉到眼睛的高度……」

——所以妳不方便出門囉？

「我出門時會請人來幫忙照顧……」

——嗯。接下來我要問妳的事項，都是基於辦案上的需要，請妳能協助配合。

「我知道了，請說。」

——妳知道水戶大助這個人嗎？

「是的。」

——他的職業和上班地點是？

「我不是很清楚，印象中好像聽說他在出版社服務吧。」

——他和妳有什麼關係呢？

「我和他沒有關係。水戶先生參加《開幕》戲劇雜誌的劇本寫作比賽獲得第一名。我是當時的評審委員，我對他的作品印象很好，所以記得作者的名字。」

——你們見過面嗎？

「見過。在頒獎典禮的晚會，我記得水戶先生很有禮貌地跟我打招呼，我也表示了祝賀之意。」

——妳應該記得他的長相吧，當然他應該也非常記得妳的臉……

「這個就很難說了。真是不好意思，我已經不太記得他長什麼樣子了，只記得他應該有戴眼鏡吧……」

——你們只有在那個時候見過面嗎？

「是的。」

——有沒有在其他時候看過他呢？比方在旅行的景點……

「沒有。為什麼這麼問呢？水戶先生出了什麼事嗎？」

——他被殺死了，妳不知道嗎？

「我完全不知道。報紙上有報導嗎？」

——當然有報導。案發時間是九月十八日的晚上，案發現場是世田谷區櫻二丁目，就在離妳家不遠的地方。這麼說妳一點都沒聽說嗎？

「是的，我完全不知道。」

——那麼，那一天也就是九月十八日的晚上七點左右，妳人在哪裡？在做什麼？

「……」

——回答不出來嗎？

「你是在問我的不在場證明嗎？有必要問我這種事嗎？」

——我們不是懷疑妳，只是做參考而已。所有認識水戶大助的人，我們都會這麼問的。妳也許會覺得不舒服，但請看在辦案的份上，多多配合協助。

「這問題有點難回答。九月十八日，應該是十天前吧，突然被問起那天晚上七點左右在做什麼，我想應該沒有人能馬上回答得出來吧。」

——請妳回想一下。九月十八日是星期一，一整天都是晴天，晚上很溫暖。每個星期一下午兩點，ＴＢＫ電視台會播出三十分鐘連續劇「愛的星座」，那是妳的作品，妳在哪裡看的？之後做了什麼……或許妳可以用這種方式回想……

「很厲害嘛，不愧是當警察的。我通常在錄完影之後收看那個節目，但是因為不放心，所以電視播出當天還會再看一遍。上個星期的那個節目……啊，我想起來了，我的確是收看了。」

——地點呢？電視台嗎？還是在自己家裡？

「都不是，是在輕井澤。信州電視台也有播映那個節目，只不過因為是地方電視台，播出的時間不同。我記得是下午四點開始播映的。」

——所以當天下午四點妳人在輕井澤。請問是在輕井澤的哪裡收看那個節目的？

「有輕井澤銀座之稱的舊輕井澤路再進去一點，有個叫做愛宕的地方，就位於愛宕山下，是輕井澤一帶最古老的別墅區。當天我人就在那裡的平泉山莊。」

——平泉山莊？是旅館嗎？

「不是，是私人別墅。」

——所有人是？

「TBK電視台的高級主管，也就是戲劇部長的平泉富雄先生。」

——妳是被邀請的嗎？

「不是。是平泉先生的好意，答應我從今年五月起可以隨意使用他的別墅。」

——妳是什麼時候去那個別墅？

「當天，也就是九月十八日一早，大約是七點左右我就出門了。我通常是自己開車，到山莊要開四、五個小時。那一天因為要先到北輕井澤附近勘景，所以特地早點出發。我記得是沿舊輕井澤路開車往北走，從三笠開到小瀨溫泉，經由白系瀑布往峰茶屋，到達北輕井澤。我看了那附近的照月湖後，順著滿是落葉松香味的道路往回走。跟夏天時不同的是，那附近到處是鮮豔的色彩，遊客也不多，我很盡興地享受了高原的初秋景色。到達山莊大約是兩、三點的時候，我記得離『愛的星座』的播出還有一段時間。」

——那個節目在四點半結束，之後妳做了什麼？

「我吃了一些家裡帶來的三明治，喝了自己帶來的即溶咖啡。別墅裡雖然廚房用品一應俱全，可是我連燒個水都嫌麻煩，所以總是自己帶保溫瓶去。之後我就一直工作到黎明。」

——工作？所以妳是去輕井澤工作的囉？

「是的。剛剛提到TBK電視台的『愛的星座』將在十月播映完畢。接下來的作品，對方已經跟我拜託了。目前我正在籌備，九月底之前必須整理出故事大綱，跟電視台討論之後，十月就要開始正式動筆了。那一天我就是為了構思那齣劇的結局才去輕井澤。」

——就因為這樣，妳需要專程到輕井澤嗎？

「那是因為這次的作品是描寫跟輕井澤淵源深厚的作家堀辰雄的青春時代。在現場取材、現場構思，對作者來說是最理想的寫作方式了。而且TBK電視台的平泉先生也讓我隨意使用他的別墅，以便寫出好的作品。所以我已經去輕井澤好幾次了。」

——妳是什麼時候回到東京的？

「隔天，也就是九月十九日的下午從輕井澤出發，傍晚左右回到家。所以你問的九月十八日晚上七點左右，我一直都在那個別墅裡工作。這樣你就可以知道我和水戶先生的案子毫無瓜葛了吧。」

2

對湯川香代的問訊是在她的住處Heights千歲四〇五室進行的。

在千草檢察官的推理中，幾乎已經確定她的犯案，而且偵查會議的結論也支持檢察官的意見，然而就是缺乏證據。兩個殺人案件裡都缺乏讓湯川香代涉案的關鍵要素。現階段還無法展開逮捕行動。光靠案情判斷或自由心證是無法拘捕人的。要求她以關係人的身分出面受審也不太恰當。因此只能由警方前去拜訪，請她協助辦案，接受問訊。

經驗老道的刑警往往能從對方的隻字片語或是細微的表情變化掌握到什麼東西，那個什麼東西是什麼現在很難說，但是對於毫無偵辦方向的案子而言，說不定會是突破對方心防的要素。這就是辦案人員所期待的。

湯川香代很爽快地答應見面。來訪的野本刑警和同行的世田谷警署的年輕刑警本田一起遞出名片時，拿著名片的香代突然驚訝地望著兩人說：「真的嗎？你們真的是刑警嗎……」

她說這話的時候，美麗的嘴唇還露出了微笑。短短的瀏海和細框眼鏡，與她白皙的小臉十分搭配。

「真的，我們是真的警察。」

仔細端詳生性老實的本田刑警立即取出的警察證之後，香代笑著說：「我曾在電視劇裡描寫這種場面，卻是第一次看到這種東西。不過，太好了，也算是一種見識吧。兩位請進。」

她的聲音自然、開朗，臉上也不見害怕與緊張的神色。兩人被引領至一個四坪大的房間，隔著長方形矮几緩緩坐在對面的香代，臉上依然浮現淡淡的笑容。

「剛剛拿到兩位的名片時，我其實是不相信的，一時之間還以為是整人的惡作劇節目。電視上不是有那種節目嗎？設計騙局的人對毫不知情的受害人提出奇怪的要求，或是說出很誇張的謊言，讓對方困擾甚至哭出來，這時就會跳出一個拿著牌子的男人，牌子上面寫：對不起，我們是什麼電視台的整人節目。受害人看了之後便不禁笑出來。實在是很無聊的節目，卻很受歡迎。所以我剛剛看到名片時，心想輪到我了嗎？才會說出那麼失禮的話……真是對不起。不過真正的刑警找我究竟有何貴幹呢？」

就這樣開始了湯川香代的問訊。

所有的提問主要是集中在水戶大助的毒死案——這是偵查總部的指示。千草檢察官也是持相同的意見。既然目前這兩個案件被認定有關聯，而且是同一個兇手所為，所以只須針對其中一件偵辦就行了。

何況真木英介的屍體也還沒找到，既不知道殺害的方法，也不確定犯案的時間和地點。關於真木和湯川香代之間的關係，完全是根據推理和猜測，缺乏佐證。

假如那張寫有「我就像是那隻盲眼烏鴉」的紙片還在的話，至少會是一個線索，可惜紙片已經遺失了。

偵查總部因而想藉由水戶大助的案子逼香代現出原形。因為本案不僅知道殺害的方法、犯案的地點、時間，更重要的是被害人和湯川香代有一面之緣，也因此有了問訊的藉口，而且被害人是拿著刊有她所推薦的得獎作品的雜誌遇害的。

九月十八日晚上七點——以這個犯案時間為主，一一確定她當天的行程。希望在追問的過程中，透過回答時的矛盾、不實等，將她一步一步逼進荷馬咖啡廳。這是野本刑警的想法。同行的本田刑警也認為：「順利的話，今晚就能揪出她的狐狸尾巴！」

兩人就這樣信心十足地到她家登門造訪。可是湯川香代表示案發當天下午到隔天，她都待在輕井澤的別墅裡。實在令人難以置信！她的說法未免太完美了。野本刑警狐疑地盯著對方的臉。但是湯川香代的表情不見絲毫異樣。她平靜的眼神泰然地接受刑警銳利的盯視。

3

——妳說的我已經了解了，但我還是得再確認一下。妳從十八日下午以後就待在別墅裡，請問這期間有跟什麼人見面嗎？

「沒有，我沒有跟任何人見面。」

——所以並沒有人看到妳在別墅裡囉？

「沒有。是的，也應該不會有吧，我想。」

——但是妳開車經過輕井澤的街上，前往北輕井澤，然後又回到別墅工作。這一路上不可能連一個人都沒有看到妳吧？

「我在開車時的確看到了很多人，我想對方也看到我了，可是那些都只是單純的觀光客，我根本就不認識，我沒辦法請他們出面作證。」

——別墅裡有車庫嗎？

「有。當天我將車子開進車庫，並且拉下鐵門。」

——當時，隔壁別墅有人看到妳嗎？

「沒有。因為輕井澤現在已經是淡季，到了九月中旬，幾乎所有的別墅都人去樓空。而且平泉先生的別墅占地寬廣，四遭圍繞著原始林，而且門口也設有門柱，別人是不會闖進來的。至於你說隔壁別墅，因為距離太遠，應該也不會有人看到我才對吧！」

——那棟別墅是平房嗎？

「不是，是兩層樓的建築。」

——妳是固定住在哪一間嗎？

「是，我住在二樓東邊的房間。那是間客房，裡面有一張沙發床，那天晚上我就是在那裡工作的。」

——妳工作的時候會打開窗戶嗎？

「不會。輕井澤的夜晚已經轉冷了。入夜之後，甚至需要生火。家裡有老人家的，大概都已經拿出暖爐桌來用了吧。」

——所以窗戶是關上的囉！窗簾呢？

「這還用說嗎！我當然不希望被人看見房裡的燈是開著還是關著的，所以當然是把窗簾拉上。不止這樣，為了遮擋狂風暴雪，別墅還裝有厚厚的遮雨板。那天晚上我工作時是連遮雨板都關上的。」

——哦！連遮雨板嗎？可是那天的天氣不是很好嗎？

「我是為了小心起見。畢竟我是一個女人家，在森林環繞的山莊過夜，總是得小心門窗。即使在旺季，也都有飛車黨闖入民宅鬧事，發生性侵害的事件，所以夏天會有警車巡邏，但是現在這種季節就沒有警車巡邏了。因此我必須小心門窗，隨時注意不讓人發現只有我一個女人在家。」

——所以外面的人甚至不知道妳在屋子裡囉？當然也就不會有訪客來找妳吧。

「那是當然的。就算有人在外面呼喊，我也不會應門的……」

——根據妳前面所說的，妳在十八日下午至隔天早上，是在一個沒有人看得到的地方，換句話說，妳將自己給藏了起來，而水戶大助則是在妳不見蹤影的這段時間裡遇害了。妳不覺得很奇怪嗎？

「你這種說法才奇怪吧？我一個人開車到人家借我使用的別墅獨自工作，剛好那一天東京都內發生一件命案，這跟我有什麼關係啊！」

——我們為了確認這件事跟妳無關，所以才這麼追問妳。

「應該沒有這個必要吧。」

——有沒有這個必要，應該由我們判斷。水戶大助和妳有一面之緣，而且是妳推薦了他的作品。案發當天，有個女人打電話約他到命案現場。我們認為這其中的理由可能是對方提出要上演他的作品吧。事實上水戶大助臨死前手上還拿著那本刊登得獎作品的雜誌，而那已經是六個月前的舊雜誌了。

「……」

——案發時間，妳人在輕井澤，如果你能具體證明這一點的話，我們也就沒話說了。所以，為了妳好，請再仔細想想。

「那一天我一個人工作到三更半夜……對了，沒錯，我想起來了！有人可以證明我十八日傍晚在輕井澤了。」

4

湯川香代的問訊結果讓偵查總部的期待完全落空了。她所提出的不在場證明，已經由第三者證實了。

她所提出的不在場證明詳述如後。

在平泉先生的別墅一樓有個寬敞的客廳。她將車子開進車庫之後便直接走進房間，關上遮雨板、窗簾的客房就像夜晚般地黑暗。由於她很熟悉房內的狀況，摸索到開關後，打開壁爐台上蠟燭造形的電燈，當時她看了一下時鐘，時間還不到三點。「愛的星座」是四點才開始播出，離播出還有一段時間，於是她坐在沙發上閉目養神，卻突然感到渾身疲軟無力，本來只想打個盹，不知不覺竟睡著了。

「醒來時，已經是四點過後。我趕緊打開電視，連續劇已經播到後半段了，而且還是上個星期就已經播出的。原來這裡的播出時間比東京晚一個星期，我失望地關掉電視。」

為了趕走睡意，她喝了帶來的咖啡，並吃了一些三明治，之後就開始工作了。她打開行李袋，拿出裝有資料的大牛皮紙袋和堀辰雄作品集。他的作品有「輕井澤文學」之稱，由此可見他有多麼喜愛這片土地。在他長年居住此地，不斷描寫當地自然的作品中，她特別挑選《起風了》、《美麗村莊》作為這齣戲的骨架。出現在小說《美麗村莊》秀麗風景中的少女，之後成為《起風了》的女主角節子登場。這名女性也就是與堀辰雄訂婚的矢野綾子。然而這個罹患肺結核的少女卻在不到一年的時間裡，於雪封的八岳山療養院結束短暫的一生。

電視劇將以輕井澤為舞台，描寫堀辰雄年輕時和紅顏薄命少女綾子之間的情誼，並高聲謳歌愛與死的交響情詩。這是她對這部作品的野心。

她已經有了大致上的構想，只是對故事的結局還沒有具體的想法。今天晚上一定得完成才行……她抱著資料起身時，腦海中突然掠過母親的身影——不知道排便了沒有？

她昨晚和母親聊天時，得知母親已經便秘兩天了，於是她交代說：如果明天還是一樣，就吃些瀉藥吧。幾天前她才吃過那些瀉藥，印象中藥是放在工作室裡，大概是在書桌的抽屜裡吧。找一下的話，應該就可以找到……

「於是我立刻打電話回東京家裡。我不在的時候會請安川亞紀女士來幫忙。她很快就來接電話，並告訴我母親剛剛已經自然排便了。之後我請母親聽電話，跟她說輕井澤已經很冷了，我明天傍晚就會回去……便掛上電話。」

那是下午五點左右。之後她立刻上二樓，將密密麻麻寫著劇情進展的順序、各個場景的人物動作、臨時增加的台詞的筆記本攤開在書桌上，並點了一根菸。

穿梭在白樺和落葉松的寒風輕輕拍打著遮雨板。年輕時的堀辰雄也曾聽著這種風的低語，揮動創作的筆吧；寫累了，丟下筆時，一個少女微笑地看著他的眼睛。少女的脖子柔細、胸板單薄、眼眸清澄閃亮……

香代的思緒不知不覺進入了戲劇的世界裡。這時樓下的電話響了。空蕩蕩的屋子裡，電話鈴聲尖銳地竄進她的耳朵裡。

「電話是來幫忙的亞紀打來的，她說家裡來了一位田村文子小姐。我不禁大叫一聲：糟糕，我都給忘了。」

田村文子是香代住處附近文具店老闆的女兒。文具店的二樓是咖啡廳，兩家店都是她們家開的。香代因為常常去那兩家店光顧，自然便和文子說起話來。文子曾提起自己的願望：我現在就讀於私立女子大學，將來想從事主播或是主持人的工作。

「因此她拜託我帶她到電視台參觀，甚至介紹女主播讓她認識。我答應了，但工作一忙便耽擱了。」

香代在文具店二樓的咖啡廳碰到文子是九月十七日的晚上。這家咖啡廳是文子的父親開的，她有時候會來幫忙。

「當時她提到：很想參觀電視台，最喜歡TBK電視台的花木久美主播。於是我答應她明天就帶她去。文子聽了當然十分高興，問我幾點鐘去，我說：妳晚上五點到六點左右到我家，我們晚餐在電視台的餐廳吃，之後去參觀電視台、觀摩公開錄影的節目。」

當時香代還沒有想到要來輕井澤，可是她回到家構思電視劇的內容時，突然覺得如果能獨自在那山莊過一夜，或許會有什麼好的想法吧。

「的確是我的疏失。但是為構思劇本而苦的時候，腦子裡是不會想到別的事的，簡直就是全神貫注在劇情裡。我完全忘了和文子的約定，隔天一早便前往輕井澤。因此我請文子來聽電話，跟她說明原委，並且真心道歉說：實在是對不起，回去之後我一定履行約定。」

倒是電話中文子的聲音意外地顯得無所謂，她笑著說：請別太在意，我也只是好玩而已。甚至還開玩笑說：下次也帶我到輕井澤玩吧。她輕鬆爽朗的語氣讓香代覺得舒坦了許多……

「這樣就能確定九月十八日的傍晚，我人在輕井澤。還有，隔天早上我是在別墅附近的王子飯店吃早餐的，我每一次來都是去那裡吃早餐。飯店裡有我認識的服務生，我還記得跟他打了聲招呼。對方大概也還記得我吧。我只負責把事實說出來，至於確認與證明，應該是你們刑警的工作吧……」

5

有關湯川香代的問訊結果，當天晚上便回報偵查總部。但是總部辦案人員的信心並未遭受打擊，因為她的說法充滿了諸多疑點！大家一致認為缺乏真實性，完全是她自己編派出來的。

湯川香代對自己編派的不在場證明顯得很有把握，她肯定是笑看著兩位刑警默默離去的背影。但是一如大多數的犯罪者一樣，她的這種得意洋洋是持續不了多久的。身受嚴格訓練和有無數經驗的刑警們，在堅實的辦案技巧與鍥而不捨的追查下，再怎麼狡猾的詭計都能順利突破——大部分的刑警都如此認為。

「畢竟對方是個劇作家嘛！」大川警部笑著說，「編故事是她的本行。不過今晚只是舞台劇的第一幕，我們也只是聽聽她的開場白是怎麼說的罷了。反正最後一幕的結局已經確定了，到時候她會趴在偵訊室的桌上哭喊著：對不起，我是兇手……」

這個時候沒有人會懷疑警部的話，因為大家都認為這是湯川香代犯下的案子。身為辦案的專家，這是他們的驕傲與自信。

然而，第二天陸續進來的調查報告卻讓偵查總部的期待破滅了。湯川香代所陳述的竟然都是事實。首先TBK電視台的高級主管，同時兼任戲劇部長的平泉富雄證實了香代的說詞。他說：「我們電視台的確是拜託湯川小姐為新戲執筆。這個企劃是我的提案，她的作品向來都深獲好評，就連收視率也是中午時段連續劇的冠軍。所以緊接著目前還在播映的『愛的星座』，我們從今年三月就開始跟她洽談下一部戲，直到五月才得到她的首肯。

關於新戲的內容，我的希望和作者的想法完全一致。主題是小說家堀辰雄的青春時代，和他與年輕時就病逝的未婚妻矢野綾子之間清純浪漫的愛情故事。當然這是以女性為對象的連續劇。主題曲也內定由本電視台招考進來的新人歌手主唱。

說到堀辰雄，故事場景當然得在輕井澤。我們固然會搭佈景，但儘可能還是會到當地錄影。讓觀眾欣賞到偉大的自然風景，其實是我們的另一個目的。

幸好我在輕井澤有一棟別墅，所以我提議：如果取材和構思上有必要到當地，隨時可以使用我的別墅。為了避免每次使用時還得再開口的麻煩，我將鑰匙交給了湯川小姐。我和家人只有八月的時候會去別墅住，所以那裡幾乎是空屋。為了維護管理，有人到那裡住也比較好。六月份的時候我曾經到輕井澤打高爾夫球，在別墅住了一晚，發現房子整理得很乾淨。

我沒有收取任何的使用費，倒是湯川小姐對使用電話、水電等費用很過意不去，特地送我太太高級禮物，真是不好意思。這話我只能在這裡說，其實有關湯川小姐的取材費，電視台付了我一些費用。

那棟別墅是我父親那一代蓋的，建地很廣，感覺就像蓋在山林裡一樣，一到了晚上便顯得十分清寂。所以我特別叮嚀千萬要注意關好門窗，所以湯川小姐工作時自然會關上遮雨板。我覺得為了小心起見這也是應該的。

總之，我答應她隨意使用別墅。因為不需要每次都跟我說一聲，所以她九月十八日晚上是否住在那裡，我並不清楚。總之，我不希望一點小事鬧得沸沸揚揚，為了這種事而延誤她的寫作進度，會造成我們電視台的困擾……」

在總部裡，緊接著這份證詞的是來自輕井澤警署的報告。那是依照總部提出的事項所做的報告，亦即查登九月十九日早上湯川香代是否出現在舊輕井澤的王子飯店餐廳。

該份報告內容：王子飯店的總經理和平泉富雄是打高爾夫的球友。香代在飯店餐廳用餐時，以平泉富雄的名義使用他的特別會員卡，享受一成的優惠，所以餐廳的員工知道她是「平泉山莊的貴賓」，也跟她很熟。

另外，關於別墅區的巡邏警車目的在於防止竊盜，有時也會幫忙留意門窗有無鎖好與房屋安全，但沒有確認屋裡有無住人或其行動。也就是說，警方並不知道九月十八日傍晚平泉山莊是否有人住在裡面。

然而這些報告並沒有讓偵查總部感到失望。

湯川香代九月十九日早上之所以在王子飯店用餐，是否是一種膚淺的不在場證明的設計？到輕井澤，車程約需四、五個小時，在犯案之後，直接開車過去的話，當天晚上就能抵達平泉山莊，所以隔天一早出現在輕井澤的某處，一點也不奇怪。

關鍵在於九月十八日傍晚從她東京的住處打到輕井澤別墅的那通電話！如果那通電話沒有作假，辦案人員便會陷入瓶頸。香代和安川亞紀、田村文子兩位女性通過電話之後，必須在一個小時又幾十分鐘後回到東京的荷馬咖啡廳執行殺人的計劃。如此一來這項犯案根本就不可能成立，只能排除她涉案的可能性了。同樣的，若能從香代的話裡發現與事實相違的部分，那麼辦案人員就能反過來逼問她了。

講電話的人是誰？撥電話的人又是誰？有沒有撥錯電話號碼？這也難怪偵查總部對安川亞紀、田村文子的供述會有高度的關注。

6

【安川亞紀的供述】

是的，我認識湯川香代小姐。她出門工作時，我會過去幫忙照顧病人和做些家事。不是每天；多的時候，一個星期會有兩、三天。由於沒有固定的上班時間，工作也很輕鬆，算是打工性質的吧。

湯川小姐的母親，右半身行動不便，但是拄著枴杖的話，可以自己上廁所，所以不是很需要照顧的病人。我的工作是煮飯，偶爾幫忙買買東西。如果有客人上門拜訪，我問清楚對方的來意之後，再打電話到湯川小姐的工作地點。這對年過六十的我來說，實在是再好不過的工作了。

我那開計程車的兒子常要我不必那麼辛苦，但我又不是老得做不動了，而且我也希望有自己的零用錢。當初我是跟在湯川小姐這棟公寓當管理員的外甥商量，看看有沒有合適的工作可以介紹給我，結果他說：正好湯川小姐拜託我幫她找人……。之前找過外派的家事幫手，由於每次來的人都不同，沒辦法立刻進入狀況，她們覺得很困擾。

我家在經堂二丁目，離湯川小姐家不遠，隨時一通電話打來我立刻就能趕到。是的，我是從去年年底開始在她們家幫傭……

（前去問訊的辦案人員首先詢問有關安川亞紀出入香代家的經過。亞紀不是正式的家事外派人員，也不是住在雇主家的女傭。她可能是香代家早就認識的朋友，也可能是親戚，這樣她作為證人的可信度便會有問題，甚至有可能作偽證。不過聽了她的供述之後，這種擔心似乎是多餘的。）

你說的九月十八日，那一天我的確是在湯川小姐家。大概是前一天晚上十點左右吧，她來電說臨時要去輕井澤，希望明後兩天幫她照顧病人。她從今年五月開始已經去過好幾次輕井澤了。那一天我是早上八點到她家，湯川小姐已經出發了。

是的，那天下午她的確是從輕井澤的別墅打電話回家。原本是要我讓她母親吃些瀉藥的，但是她母親在中午時已經自然排便，所以就不需要再吃藥了。

電話就在她母親的枕頭邊，雖然伸手就能拿到，但因為行動不便，只要電話一響，都是我先去接，問清楚了對方的目的，有必要時再交給她接聽。那是個很方便的電話，拿到哪裡都能接聽。我記得好像是叫插接式的電話……

病人的床頭訂做了一個櫃子，裡面安裝房間的電燈開關、電話插座、使用電毯時的接頭等等，是個很方便的設計。病人情況好的時候會靠在櫃子上喝茶、用餐。那天電話響的時候，她正好靠著櫃子看電視，我將聽筒交給她，她和湯川小姐聊了一下，問她工作還順利嗎、輕井澤已經很冷了吧之類的，三、四分鐘後，她將話筒交給我時，對方已經掛上電話了。

三十分鐘之後田村文子小姐來了，電視上正好開始播出「黃昏劇場」，那是五點半開始的節目。

（就這樣安川亞紀的供述觸及了問題的核心。偵辦人員首先詢問道：妳是為了告訴湯川小姐文子來訪才打電話到輕井澤的別墅？亞紀用力點頭說是。關於當時的情況，偵辦人員的報告內容如下。）

——講電話的人是誰？

「是我。」

——撥號的人也是妳嗎？

「沒錯。湯川小姐的母親右手會顫抖，沒辦法撥號。每次都是我幫她聯絡上對方之後，才將話筒交給她。」

——這是妳第一次打電話到輕井澤的嗎？

「不是，過去也打過好幾次。」

——田村文子是在房間外面等的嗎？

「不是，她也在房裡。因為對專程而來的文子小姐不好意思，湯川小姐的母親說她女兒應該不是故意爽約，要我立刻打電話到輕井澤讓湯川跟文子小姐賠不是，所以就請文子小姐也一起進來房間。文子小姐看到躺在床上的病人時還有些吃驚。」

——之後就立刻打電話到輕井澤了嗎？

「是的。」

——當時田村文子也在旁邊嗎？

「是的，她就坐在我旁邊。」

——妳還記得那個別墅的電話號碼嗎？

「我不記得，不過常用的電話號碼都已經大大地寫在紙上貼在牆上了。像是電視台、劇團事務所啦，以及湯川小姐寫作時常去的飯店，還有醫院、洗衣店等，總之常用的電話號碼都寫得清清楚楚。」

——所以你是一邊看著那張紙一邊撥號囉？

「不是。我去她們家時會隨身帶著一本小筆記本，就像記事簿一樣。上面記了一些電話號碼。撥電話號碼時，如果一直看著牆上貼的數字，手指頭會跟不上，而且我年紀也大了，看得不是很清楚。」

——於是妳將筆記本放在電話旁邊，看著上面的號碼打的囉？

「沒錯。」

——妳現在有帶著那本筆記本嗎？

「有，就在這裡。」

——麻煩妳唸一下輕井澤別墅的電話號碼？

「〇二六七四……這是撥到市外的區域號碼，然後是九－二八五三。」

——〇二六七四（九）二八五三嗎？妳當時撥的是剛剛唸的這個號碼嗎？

「沒錯，我就是撥這個號碼。」

——從對方的電話聲響到有人來接大概是多久？

「十秒、二十秒吧……反正就跟平常一樣。」

——那個聲音確實是湯川香代嗎？

「是的，的確是湯川小姐。」

——我再問一次。妳確定是自己撥了這上面所寫的十個號碼嗎？

「沒錯。為什麼要這麼問呢？如果撥錯了號碼，不就是不是打到輕井澤了嗎？我的確是打到那個別墅去了，我還在電話中和湯川小姐講了話。如果你覺得我說謊，可以去問問田村文子小姐！」

7

安川亞紀的供述和湯川香代所說的完全一致。亞紀的筆記本上所寫的電話號碼也證實了可以打到平泉山莊。而且她們的證詞也因田村文子的供述而更具真實性。

「湯川香代老師？是的，我認識她。雖然我們開的是家小咖啡廳，但是她常來。湯川老師可是目前最紅的女劇作家，而且又在電視台工作。我對電視台的工作很有興趣，所以很自然就跟她親近了起來。我覺得能跟那樣的老師來往，應該不錯。

九月十八日嗎？沒錯，那一天我確實去老師家拜訪。因為前一天晚上，我們在店裡遇到了，老師答應要帶我去ＴＢＫ電視台參觀……。其實以前我就拜託過她。她要我傍晚五點到六點之間到她家，我到達的時間正好是五點半。我在門口看了一下手錶，所以是這個時間絕對沒錯。結果老師竟然不在家，我有點生氣。連時間都已經跟人家約好了，真是太過分了！

於是我問幫傭的歐巴桑——對了，就是那個叫做安川亞紀的歐巴桑——請問老師去哪裡？她一臉困惑地說請稍待，便轉身進去，很快地又出來說請跟我來，帶我進去屋子裡。我們走到老師母親的床邊……我嚇了一跳。因為我完全不知道會有個病人在……

電話？啊，打了呀，亞紀歐巴桑說老師在輕井澤的別墅，於是幫我打電話給她。

電話真的是打到輕井澤嗎？因為我坐在亞紀歐巴桑旁邊，很自然地可以看到她的撥號動作。沒錯，〇二六七四……的確是輕井澤的電話。我的朋友在暑假的時候到輕井澤的飯店打工，我們幾乎每個晚上都打電話聊天，所以我記得這個長途區域號碼。

撥錯號碼？我想應該不會吧，因為亞紀歐巴桑撥號時很謹慎。她將筆記本放在電話旁，一邊看著上面的電話號碼一邊唸唸有詞地〇—二—六—七—四撥號，連病人都忍不住在一旁催促說：亞紀，動作快一點。我就在旁邊，當然知道她撥的是輕井澤的長途區域號碼。

是的，接電話的人的確是湯川老師。她一直跟我說對不起，還答應下個月一定帶我去。

之後我跟她們借了電話找大學同學出來，約好在新宿碰面，一起去迪斯可舞廳。

我不知道湯川老師和什麼案子有所牽連，總之九月十八日晚上六點左右她人確實是在輕井澤。我剛剛說的都是真的。」

湯川香代果然有確定的不在場證明。案發當天傍晚，她的確是在輕井澤。安川亞紀和田村文子都在電話裡和香代通過話，這是不容忽視的事實。這對偵辦人員來說，是一道堅不可破的「聲音幛壁」。

第十三章　未完的休止符

1

自從真木英介失聯之後，已經超過兩個星期了。

但偵查的行動並沒有停滯。小諸警署在縣警署和鄰近警署的支援下，繼續搜尋屍體。基於嫌犯湯川香代對輕井澤環境的熟稔，警方也必須以平泉山莊為中心搜尋附近的地區。這裡有好幾條可容車子通行的道路貫穿淺間山中廣大的森林和原野，而且四處可見灌溉用的蓄水池、水塘、雜草覆蓋的排水溝渠。由於減產政策的關係，閒置的休耕田長滿了高度及人的野草，成了丟棄廢棄物的最佳場所；拆除的房屋建材、爛掉的榻榻米、傾倒的牆土等堆積如山。

連這些地方都有鋪上柏油的產業道路可供行駛，汽車通行無阻，處處都有可能是藏匿屍體的地點。真木英介是被埋了還是被丟進水裡了？或許只是被隨意丟棄在雜草、灌木叢中吧？因為毫無頭緒，根本無從找起。淺間高原已然是秋天的景象。偵查人員眺望著開始轉黃的群山，不禁發出沉重的嘆息。

（該不會找不到屍體吧？）

高原的秋季很短。每下一次雨，林中的紅葉就加深顏色，山色也跟著轉深；某個清晨，刮起一陣狂風，葉片凋盡的樹枝便只能淒涼地彼此依偎。冬天的腳步總是那麼急促，到了十一月中旬便飄起雪花，凍結的大地被掩蓋在一片白色的蒼茫中。搜尋的行動也不得不暫停了。

何況搜尋人員所搜索的區域也不保證屍體一定藏在那裡。真木的上衣和指頭是在水明樓附近被發現的，這會不會是兇手的聲東擊西之計呢？說不定兇手是要將搜尋的方向導向小諸市附近，好讓他將屍體運往別處。搜尋人員之所以提不起士氣，就是因為心中存有這些疑惑的關係。

（我們會不會白忙一場？）

他們似乎等不及太陽下山，便垂頭喪氣地收兵回營。只有幾隻被帶出去做做樣子的警犬依然充滿了活力。

警方現在最大的冀望就是找到目擊者。

真木和水戶大助在小諸車站前偶遇的九月十五日傍晚，正好有來自靜岡縣的四十名農協青年部觀光客，在參觀懷古園之後，聚集在戰前廣場上。那是一群青年男女的觀光團體。他們在前往當晚住宿的上山田溫泉之前，利用巴士發車前的一點時間，忙著買名產、以車站為背景拍照。在這混亂的人群裡還夾雜了趕著回家的上班族和學生等。

其中有幾名目擊者說看到一個拍照的男人，但只有一位表示看到的可能是水戶大助也可能是其他觀光客，記的不是很清楚了。但是沒有人看到類似湯川香代的女性。

總以為在一群人之中會有人看到什麼的想法其實是錯的。在這種情形下眾人群集反倒形同空無一人一樣；毫不在意的眼睛是看不到任何東西的。

東京的偵查總部將香代的不在場證明調查報告送來時，小諸警署頓時陷入一片的沉悶之中。既然她不是殺害水戶大助的兇手，那也就不是真木英介案的嫌犯了。一向被認為與這兩起命案有關的她，總不可能一邊清白一邊涉案吧。推理中的兇手就這樣瞬間消失了蹤影。

「哎！」小諸警署一名留著一臉鬍渣子的刑警露出自嘲的笑容說，「這會兒不止要找屍體，還要找出兇手。搜尋失物兼尋人。早知道就先去學易經或算命！」

正因為推斷香代犯案，搜尋屍體的行動才會擴大到輕井澤周邊。難道這也是白忙一場嗎？

為了因應新的狀況，開了偵查會議，但是會議上沒什麼人發言。撲朔迷離的案情讓刑警不知該說什麼。

2

十月六日，星期五下午。野本刑警肥胖的身軀跨進地檢署的大樓，推開千草檢察官辦公室的門。

「好久不見了啊！」刑警對著埋首文件中的檢察官和事務官打招呼。

「什麼好久不見，好奇怪的打招呼方式。」檢察官嘴角露出笑意。

「很奇怪嗎？」刑警一臉不覺有趣的表情拉開檢察官桌前的椅子坐下。

「有什麼新發現嗎？」

「那正是我要問你的！根本連要追查什麼都不知道。這下子真的是所謂的海底撈針啊！」

「所以你是來我這個海底的囉？」

「是吧。」

因為長年的交情，兩人如此針鋒相對一點也不會傷感情。

「話說回來，」檢察官低喃：「真叫人不敢相信啊。」

「什麼東西難以相信？」

「就是香代的不在場證明啊！約水戶大助到荷馬、在咖啡杯裡下毒的兇手，再怎麼想都是她。案發當天坐在荷馬包廂裡那個濃妝豔抹的女人就是湯川香代。直到現在我還是認為這個推理沒錯。」

「可是那個推理已經被徹底推翻了。安川亞紀和田村文子都跟人在輕井澤的香代通過電話，這可不是推理而是事實啊！」

「但是她們兩人只有聽到香代的聲音，並沒有看到人啊。」

「那還用說，現在又還沒有有螢幕顯示的電話。」

「安川亞紀真的是撥了輕井澤的長途區域號碼嗎？」

「這一點已經一再確認過了。我們也試著用那支電話重現當天的情形，換句話說，我們實際打電話到平泉先生的別墅，完全沒有可疑之處，就跟田村文子說的一樣，她將話筒像寶貝一樣地抱在胸前，伸手準備撥號，然後看著自己筆記本上所寫的電話號碼，〇……二……六……七……一字不差，甚至謹慎到令人不太耐煩。難怪香代的母親會在一旁催促說：亞紀，動作快一點！她打電話到輕井澤是不爭的事實。」

「那通試撥的電話確實是打到平泉山莊嗎？」

「當然。只不過別墅裡沒人，所以只有電話鈴聲不斷響著。」

「嗯……但是，」檢察官盤起手臂。「那一天，也就是九月十八日，電話鈴響時，湯川香代人不在輕井澤，而是必須在東京都內的某處才行，而且是離荷馬很近的地方。安川亞紀和田村文子兩人是跟在東京都內的香代通電話……」

「怎麼可能！」刑警忿忿地探出身體說，「你的意思是她們兩人做偽證囉？」

「不是，我沒有那麼認為……」

「你仔細聽了。安川亞紀打電話到輕井澤，香代接了那通電話，所以她人在輕井澤。就這麼簡單。既不是有人模仿她的聲音或預先錄好音，這點從兩人的隨意交談就能看得出來。人在東京都的香代怎麼可能出現在輕井澤呢？兩地相隔一百三十公里，就算她手伸得再長，也無法接到別墅的電話……」

坐在一旁的事務官不禁噗嗤一笑，但是刑警還是義正嚴詞地繼續說：「也有刑警提出會不會是使用子母機電話？」

「子母機電話？」

「沒錯，現在廣告得很厲害。就是同一支電話可以使用兩、三個話機，所以香代的房間有一個，她母親的房間也有一個話機。任何一個話機都能接聽來電，也能撥打出去，而且彼此也能通話。」

「嗯……居然有這種電話！所以香代就能自稱是在輕井澤，但其實是在自己房間打電話到母親的房間，而且安川亞紀打出去的那通電話她也能在自己房裡接聽。掛上電話之後，她再悄悄離開公寓前往荷馬……」

「等一下！」刑警邊笑邊打斷檢察官的話。「我只是說總部有這個想法而已。」

「不過這個想法倒是很有意思，不是嗎？」

「不、不。」刑警立刻反駁說道，「香代家的電話是很普通的機種。」

「可是光憑外觀是看不出來的吧？」

「看得出來，子母機電話需要有個切換鈕，特別的是還必須請電信局的人來安裝，每個月得付使用費。可是調查結果，並沒有這樣的事。她們家只有一具電話。關於這一點，從去年開始進出湯川家的安川亞紀也能作證，她們家用的是可以自由移動的插接式電話。」

「……」

「香代的母親完全沒有碰到電話。換句話說，是不可能有機會在電話上動手腳的，而且在跟輕井澤的通話結束後，田村文子還借了這支電話打到朋友家約見面。所以結論是，湯川香代有不在場證明，她不可能是毒死水戶大助的兇手……」

「所以我們到目前為止的偵辦方向都是錯的囉？」

「不是，策劃犯案的人仍是湯川香代，但執行的卻是另有其人。」

「共犯嗎？」

「沒錯。」

「我想不會吧！根據整個犯案過程來看，我實在無法同意共犯的說法。比方說……」

檢察官說明其理由如下。

3

A.水戶大助在小諸車站前看到香代和真木英介全是偶然，但是對香代而言則是個突發狀況。本案的犯案動機就源於這個「偶然」。因為不在計劃之中，所以她一開始就沒有找共犯的打算。

B.殺死真木英介的香代，回到東京之後，決定對水戶下毒的時間只有三天。在這麼短的時間內，她要找同夥、拜託對方殺人、為了自己的不在場證明還得到輕井澤去……她會採取如此危險而無謀的行動嗎？

C.身為共犯的人必須認識水戶大助，而且對荷馬的內部格局也必須有一定程度的了解。要找到符合這兩個條件又肯答應殺人的共犯，應該不容易才對。

D.水戶大助死前留下一句「白色烏鴉」。「白色烏鴉」是打電話到荷馬把水戶叫出來的女人告訴他的，我認為那是她將「白色酒杯」的店名誤說成「白色烏鴉」，跟那張紙片上所寫的「我就像是那隻盲眼烏鴉」無關。這一點不也說明了在荷馬的女人並非只是單純的共犯，而是在心理層面上透露出她就是香代自己。

「共犯說要如何解釋這些疑問呢？事情一旦曝光就會害死自己的殺人行為，若不是自己的親人，有誰會輕易答應這種事呢？」

「……」

「站在香代的立場，她必須跟共犯交待所有的內情，換句話說，她必須說出殺害真木英介的事，才能要求對方協助毒死水戶。這時對方如果拒絕了那該怎麼辦？沒有人能保證對方一定會答應吧！所以那會冒很大的風險，我不認為她會愚蠢到連這一點都看不出來。」

「嗯。」

「所以千草先生認為從頭到尾都是香代單獨犯案，除了她之外沒有其他兇手囉。」

「即使香代有不在場證明，你也視若無睹嗎？」

「我不是對她的不在場證明視若無睹，我反而是睜大了眼睛，我要看穿她的不在場證明是如何捏造出來的！」

「捏造的不在場證明？有什麼根據嗎？」刑警忿然地表示。「湯川香代人在輕井澤，這是不爭的事實！」

「可是，就算這樣……」檢察官說到一半便閉上了嘴巴。就算這樣地球還是會轉動——提倡地球自轉而被送上宗教法庭的伽利略所說的這句話，突然掠過檢察官的腦海。

（就算這樣湯川香代還是兇手！）

事務官桌上的電話響了。事務官接起電話驚叫一聲「什麼」。檢察官和刑警在隨之而來的沉默中看著他一臉緊張地拿出白紙振筆疾書。儘管不知道電話裡講些什麼，但是從事務官簡短的回應和急迫的語調中不難猜出發生事情了。

「哎呀，真是令人驚呀！」電話在幾分鐘後結束，掛上話筒的事務官稍微喘息之後，看著剛剛在便條紙上所記下的文字。

「發生什麼事了嗎？」檢察官開口問。

「是啊。偵查總部來的電話，說是湯川香代在一個小時前發生車禍被送進了醫院。」

「你說什麼？」

刑警幾乎是從椅子上跳了起來。

「地點呢？東京都裡嗎？」

「距離東名高速公路橫濱交流道北上車道約五百公尺的地方，那裡發生了四輛車追撞的車禍。前面的客貨兩用車撞上了大卡車，緊跟在後面的香代為了避開衝出來的客貨兩用車緊急踩了煞車，這時後面的卡車追撞上來，她的車也撞上了客貨兩用車。聽說一個小時前的電視新聞報導了這起車禍。因為新聞報出了湯川香代的名字，總部立刻詢問那邊的警方，已經確認了。」

「之後呢，」檢察官趕緊追問。「傷亡情況如何？」

「客貨兩用車的駕駛當場死亡。香代好像受了重傷，被立刻送進醫院，但是意識不清。」

「在哪家醫院？」刑警邊往門口走去邊問。

「橫濱市綠區，白石外科。」事務官邊說邊迅速將醫院名稱和地址寫在紙上交給刑警。

「千草先生，」刑警走到門口突然轉身用力擠出聲音說，「你看，放著那個女人不管才會發生這種事！我現在要去醫院，趁她還活著，至少要讓她說出共犯的名字才行！」

「你是說我弄錯了嗎？」

「這件事以後再說，那女人已經快死了。」

「野本！」

檢察官站起來時，刑警肥胖的身軀已經消失在門外。

4

三個小時後偵查總部的大川警部來電通報湯川香代的死訊。

接起電話的檢察官突然聽到警部警緊地說：「檢察官，湯川香代死了。不過野本有重大的發現。」

「野本刑警從本人口中問出了什麼嗎？」

「沒有，根本不可能。湯川香代從被送到醫院後就一直意識不清直到斷氣。死因是頭部受到撞擊造成顱內出血，簡單地說，她根本無法開口說話。」

「那麼野本是發現什麼了呢？」

「她的東西，現在應該說是遺物吧。聽說當地警察將車上所有的東西都送到了醫院。裡面有她的皮包，野本把她的皮包打開來看了。」

受輕傷的卡車司機在醫院接受治療。野本對慌忙進出醫院的一名警察說明原委之後，在所轄警署派來的偵查課刑警的見證下，檢查了香代的遺物。其實野本並沒有抱什麼希望，只是既然人都到橫濱了，僅只是確認鎖定的嫌犯已經死了，就這麼回去總部覺得不好意思，而且這實在太沒面子了，於是當下決定至少檢查一下遺物以求個心安。

當地警察只根據香代的駕照確認身分，並沒有打開她的皮包查看。

「野本打開皮包，結果找到一本封面薄薄的記事簿，封面上印有地址簿幾個字。」

刑警翻開記事簿，裡面用鋼筆寫滿了劇團、經紀公司、電視台、報社等地址和電話號碼，其中也有刑警所知道的演員和藝人的名字。

那是一本很平常的地址簿，刑警循著細小的文字，仔細檢查到最後一頁所寫的人名時，不禁驚叫了一聲。在框線外的空白處，一行用鉛筆寫的文字映入他的眼簾。

「這可是重大的發現！」大川警部加快地說著。「上面寫著白夜．水戶四個字和電話號碼。」

「嗯……」

「白夜指的當然就是白夜書院，水戶就是水戶大助，但是沒有寫上白夜書院的地址。總之是為了打電話到白夜書院臨時寫下的，而且是用鉛筆寫在框線外，大概是想在之後擦掉吧，結果卻忘了。這是我的想法。」

「嗯，或許吧。為了約水戶到荷馬，她應該是在犯案當天中午打電話到白夜書院吧。」

「總之都是野本的功勞。這本地址簿現在由當地警方保管。我們認為真木英介的案子是她單獨犯案，但是由於嫌犯已經死了，本案將結束偵查。很遺憾，但也是不得已的事。」

「嗯。」檢察官點頭說道。誠如警部所說的，嫌疑犯的死亡意味著訴訟條件的喪失。因為失去公審的原意，而且該被判罪的主體既然已經不存在了，就沒有繼續偵辦的必要。至於搜尋真木的屍體應該會持續進行，但那是警方為了結案而展開的行動，和以逮捕犯人為目的的偵辦無關。

「不過，」警部接著說道，「水戶大助的案子還沒結束。由於野本的新發現，確定主嫌是湯川香代，也因為她的死亡，讓偵辦的目標可以從此鎖定在一點，反而比較容易解決了。」

「什麼意思？」

「就是共犯啊！香代的不在場證明牢不可破，而且水戶大助是被毒死的，一定是有人在他的咖啡裡下毒……」

「大川，」檢察官語帶嘆息地說，「你也主張共犯的說法嗎？」

「那是當然的，因為香代根本沒有犯案的機會。我們打算徹底調查跟她有關係的新世紀座劇團的演員。這些人裡不乏有著不幸的命運，卻夢想追求燦爛的未來。只要答應讓他們成為電視或舞台的明日之星，願意接受任何差事一點也都不足為奇吧。對劇作家香代而言，他們是最好利用的一群人了。」

「……」

「案發當晚，如果說在荷馬的那個濃妝豔抹的女人是他們的其中之一，我一點都不驚訝。總之，我們有必要徹底調查她的周邊關係，也應該朝這個方向偵辦。另外，我認為香代的母親森田稻知道內情，除了要將她列為偵訊的對象之外，還必須搜查她的住處。不過，她是個病人，不怕她逃走，所以在她女兒頭七之前，先讓她平靜個幾天。香代的死亡或許會讓共犯有所行動吧？千草先生，我們已經進入新的偵查階段，我們的士氣高昂。今天就先報告到此……」

這通電話就在大川警部一人滔滔不絕的情況下結束了。

掛上電話的檢察官心中有一股難以釋懷的感覺。偵查總部已經接受香代的不在場證明，並打算揪出在荷馬出現的「那個女人」的真面目。檢察官推測「那個女人」就是香代，但是這必須要能夠證明她的不在場證明是捏造的才行。

她是單獨犯案還是有共犯呢？這兩個截然不同的主張，存有許多矛盾和疑問，如今警方又得面對湯川香代已經死亡的事實。

一切都將在未能破案的情況下結束嗎？還是會有新的局面展開呢？

山岸事務官靜靜地在一旁擔心地注視著盤起手臂、皺著眉頭、像雕像般動也不動的檢察官。

第十四章　聲音的陷阱

1

千草檢察官覺得渾身焦躁難耐。他的腦子裡始終擺脫不了一具電話；坐在辦公桌前閱讀調查報告時，那具電話總是突然就跳進他的思緒裡。接著電話會自動撥號，而且越轉越快。檢察官的眼前盡是從〇到九的數字，這時他的手指也會跟著撥號畫圈，嘴唇微開地唸著〇、二、六、七、四。因為是下意識的動作，他自己當然不會察覺。

於是那天早上她的妻子一臉狐疑地看著已經吃完早餐、正在喝茶的檢察官，大聲斥責說：「老公，不要那樣！」

其實受到驚嚇的反而是檢察官。

「幹什麼嘛！突然那麼大聲。」

「你不要再自言自語了，感覺很不舒服耶。」

「我又沒有說話！」

「你說了，還有你的手指，從剛剛起就在桌上畫圈圈畫個不停……。我只是忍著沒說，你昨晚也是這樣，吃飯的時候，你拿著筷子一直畫圈圈……嘴裡還一邊唸著〇啊六啊什麼的，一邊不停地在湯碗裡攪拌……」

「哦……是嗎？我倒是一點都沒有注意到……」

「真的嗎？你自己都不知道嗎？」

「嗯。」

「討厭，我想你還是去看看醫生吧！」

「醫生？我又沒有不舒服。」

「一開始大家都是這樣，自己完全沒感覺，說什麼自己沒有生病。可是這就是人初老時常見的典型躁鬱症症狀。」

「鬼扯！這種事能去看醫生嗎？」

「哎呀，真的好像，本人沒有生病的自覺，有時會反抗，有時會有語言暴力或肢體暴力……這是我最近從健康講座的電視節目上看到的。你累了，今年都還沒休假吧？拜託你啦！不去看醫生休養一下是不行的。我還指望你工作到退休呢。說不定是因為工作疲勞產生的精神衰弱，也可能是動脈硬化性精神病……」

檢察官不禁笑了出來，而且一發不可收拾，這更讓檢察官的妻子看他的眼神益發怪異了起來。

「我看是妳才有病呢！而且生的病是電視性智能低下症，通常又叫做電視癡呆症。」

「隨你怎麼說！」檢察官的妻子生氣地扭過頭去。

「生病的原因，」檢察官邊笑邊說，「我大概知道了。其實我最近在思考一個很難的謎題，就是猜不出來。」

「哦，猜謎嗎？」檢察官的妻子探出身子詢問。「什麼樣的謎題呢？答對了有獎品嗎？」

「有，答對的話，可以得到包含去夏威夷旅遊的一百萬獎金。」

「哇……那一定很難囉？」

「嗯。所以我每天都在想啊，妳要不要試試看呢？」

檢察官的妻子表情認真地點頭。

「聽好了。有三個女人，在她們中間有一具電話。那是每戶人家都有的那種普通電話。其中一個女人拿起電話撥號，還出聲唸著〇、二、六、七、四，好讓其他兩人知道她撥的電話號碼。〇二六七四是輕井澤的長途區域號碼，接下來她又的的確確撥了九－二八五三的號碼。」

「慢點，換句話說她一共撥了十次轉盤囉？」

「沒錯。這個女人很正確地撥了輕井澤某戶人家的電話號碼。問題就在這裡，這通電話究竟打到哪了？」

「太無聊了嘛。不就是打到輕井澤嗎？」

「不對。這通電話是打到東京都內的某個地方。請問妳理由何在？這就是謎題。包含夏威夷旅遊的一百萬獎金……」

「該不會是接線台故障了吧？」

「故障的話，哪裡也接不通的。」

「這樣的話，就是那個女人故意撥跟她說出來的電話號碼不一樣的數字……」

「也不對，因為其他女人很仔細地看著她撥號。」

「那不就不可能在數字上作假了嗎？可是撥號時還發出聲音，感覺好像有點怪怪的。

發出聲音……數字作假……單口相聲好像有類似這樣的橋段……」

「喂！」這次輪到檢察官認真起來了。「妳說單口相聲有類似的橋段？」

「對啊。因為我是電視癡呆症，所以知道這種事啊！」

「是什麼樣的橋段？」

「蕎麥麵攤。關西的相聲老師常表演這個橋段。有一位意氣風發的江戶人來到蕎麥麵攤站著點了一碗麵吃。當時一碗麵要價十六文錢，可是江戶人身上只有十五文錢。」

「然後呢？」

「他想如何騙這一文錢。江戶人說：老闆，我都是零錢，你伸出手來接。老闆回答一聲好，便伸出了手。江戶人發出聲音數著：一、二、三、四、五、六、七、八……對了，現在幾點了？老闆回答：九點。江戶人立刻接著數：十一、十二、十三……」

「原來如此，就這樣騙了一文錢。『一、二、三、四、五、六、七、八』、『對了，現在幾點了』、『九點』、『十一、十二』嗎？」

「這是很有名的單口相聲，你沒聽過嗎？」

「嗯。」

檢察官看著半空點著頭，他突然靈光一閃。發出聲音騙錢……出聲撥號……現在幾點……說話聲吸引了對方的注意……對了，就是這個……當時也是出聲的……

檢察官突然站了起來，微笑地看著一臉狐疑望著自己的妻子說：「喂，看來謎題應該是解開了。」

「那夏威夷旅遊……」

「那是不可能的。倒是可以去附近的遊樂園玩一天，妳覺得如何？」

2

檢察官上了二樓，坐在書房的椅子上。他之所以情緒激動是因為這個聯想和他的推理極為吻合的緣故。

（打去輕井澤的電話有辦法在東京都內接到了！）

解開謎題的關鍵就在那個「聲音」上。然而當時混淆檢察官思緒的不是一邊撥號一邊唸〇、二、六電話號碼的安川亞紀的聲音。檢察官想到的是女大學生田村文子的供述。

「亞紀歐巴桑撥電話時很謹慎，她把電話簿放在旁邊，一邊看著上面所寫的號碼，嘴裡還出聲唸著〇－二－六－七，連病人都忍不在在一旁催促說：亞紀，動作快一點。你看她是不是謹慎得叫人很心急呢！」

文子應該是這麼說的。

亞紀，動作快一點——香代的母親為什麼要出聲這麼說呢？

當時安川亞紀並不是第一次打電話到輕井澤，她說：「香代母親的右手會顫抖，沒辦法撥號。每次撥打電話時都是由我先聯絡上對方，才將話筒交給她。每一次都是這樣。」

在這之前，她在病人枕邊已經打過好幾十次電話了。她總是唸出號碼，慢慢地、謹慎地撥號。那是她的習慣，甚至是根深蒂固的毛病，這點香代的母親不可能不知道，可是為什麼偏偏要在那一天出聲說：「亞紀，動作快一點！」

那又不是很緊急的電話，不過是通知女兒有年輕女孩來家裡說跟她約好到電視台參觀。

檢察官在桌上的便條紙寫上十個數字。那是他每天不自覺地自言自語的平泉山莊電話號碼。安川亞紀如果按照這個號碼撥號，自然會打到山莊，可是這樣就糟了，電話必須接到東京都內的某個地方才行，因為香代在那裡等著。

東京都內的電話號碼是七碼，輕井澤是十碼。安川亞紀撥了十個號碼，但是實際上卻只能撥轉七次。十次變成七次，這有可能嗎？有可能的，檢察官心想。

（那個電話是插接式的電話！）

這一點在安川亞紀的供述裡曾經提到，野本刑警也說過。而且香代的母親在床頭裝了一個櫃子，電話的插座就安裝在櫃子上。她母親平常總是靠著櫃子看電視、用餐。電話插座應該是裝在她隨手可及的地方。

看來詐騙的真相即將被檢察官揭穿了。

九月十八日下午五點半——檢察官盯著前方，心中鉤勒著推理中的光景。Heights千歲四〇五室；香代行動不便臥病在床的母親將身體靠在後面的櫃子上坐著，安川亞紀的前面放著一具電話，一臉惶恐的田村文子則在一旁等著。

「亞紀，打電話到輕井澤給我女兒。」

亞紀應聲好，便拿起話筒。就在這一瞬間，母親的手趕緊將電話的接頭拔掉。儘管她行動不便，但是這個動作只需要動動手就行了，而且也不用擔心會被坐在床邊的其他兩人看見，或是她用了身邊的毛毯或被子遮著也說不定。

亞紀一邊看著寫下電話號碼的記事簿，口中唸唸有詞地〇－二－六開始撥號，然而接頭已經被拔掉的電話是無法打通的，撥號的轉盤只是空轉。就在這時，母親喊了一聲：「亞紀，」亞紀肯定會抬起頭來回應：「是。」就在這時母親已經將拔掉的電話接頭插了回去，電話瞬間恢復了正常的功能。

「動作快一點！」

亞紀繼續撥號。七－四－九，撥號的速度稍微加快了，但是撥的號碼仍是正確無誤。當她撥完時，電話裡傳來電話的鈴聲。其實那是東京都內的某個電話鈴聲響了，但是當電話裡傳來香代的聲音時，安川亞紀和田村文子自然認為香代人在輕井澤。

究竟那通電是打到哪裡呢？

檢察官看著便條紙上寫的數字思考時，答案立刻浮現了。香代的母親出聲說「動作快一點」時，應該是亞紀正在撥六的那個瞬間吧？就在此時電話的接頭也插了回去，恢復通話狀態。換句話說，亞紀自七以後所撥的電話號碼，在自動交換機的作業下，自然能接通東京都內的電話。

平泉山莊的電話
026　74（9）　2853
（74　9）2853
東京都內的電話

檢察官重新將那些數字抄寫在便條紙上。

（七四九）二八五三，這就是湯川香代用來作為不在場證明的電話號碼！

然而想到這裡時，檢察官又有一個疑問。我們在撥號時會將聽筒靠在耳邊，這時會聽到電話裡的嘟叫聲。安川亞紀拿起沒有接通的聽筒時，照理說是聽不到嘟叫聲的。如果她當下發現時說道：「哎呀，電話接頭掉了。」那麼一切就沒戲唱了。假設她親手將接頭插好、重新打到平泉山莊，就會發現香代並不在那裡。於是這個捏造的不在場證明將輕易地被拆穿！難道這種情況香代和她母親沒有事先想到嗎？

這是不可能的，檢察官心想。整個犯案過程是那麼小心翼翼地按照計劃進行。利用電話設計的陷阱，也很聰明地利用了安川亞紀的打電話習慣。因此，關於電話的嘟叫聲，也應該跟她的習慣……想到這裡時，檢察官拍了一下大腿說：「對了，就是這樣！」

他想起了幾天前野本刑警到辦公室找他時所說的話。

偵查總部為了確定安川亞紀打到平泉山莊的電話號碼有無撥錯，試著重建當天的情形，也就是實際撥電話到平泉山莊。當時刑警是這麼說的：「沒有任何不對勁的地方。就像田村文子說的，她將話筒像寶貝一樣地抱在胸前，伸直手指開始撥號……」

這就是安川亞紀的習慣。每個人撥電話的習慣不同，有的人將話筒放在前面、有的人會放在坐著的腿上、有的人習慣靠在下巴，甚至有人用話筒一邊敲肩膀一邊撥號。

亞紀則是將話筒抱在胸前，躬著身體撥號。這麼一來，當然不會注意到電話裡有無嘟叫聲了。發現亞紀這種習慣、想出如此縝密的電話詭計，大概是出自香代的母親吧？因為最清楚亞紀這個習慣的非她母親莫屬。兩起命案固然都是香代單獨犯案，但是她母親的建議和協助也不容忽視。

（母親和女兒的完美聯手犯罪嗎？）

檢察官一邊咳嗽一邊點菸。是兩人一起策劃的吧？如此周密的思慮，可說是面面俱到，例如女大學生田村文子的這個安排，因為她的來訪，才有藉口打電話到輕井澤，而且讓她親眼看著安川亞紀打電話到山莊，也能成為日後的人證。

在迷濛的黑暗中，對案件的全貌原本並不是那麼清楚，如今逐漸豁然開朗了。檢察官十分滿意自己的推理。之後他突然將嘴上叼著的菸在菸灰缸裡捺熄。

（七四九）二八五三。香代用來作為不在場證明的這個電話號碼究竟是哪裡呢？是私人住宅？還是事務所或辦公大樓的一室呢？不，真有這個電話嗎？

3

千草檢察官下樓來到電話前。

「哎呀，你還沒出門啊？」從廚房傳來檢察官妻子的聲音。

「嗯。」檢察官簡短回答一聲後拿起了話筒。他撥號的手指有些微微地顫抖。看來為了確認的不安和期待竟讓他全身緊張了起來。

必須冷靜才行。檢察官一如安川亞紀那般，將寫在便條紙上的電話號碼一一唸出聲來撥號：七－四－九－二－八－五－三。

他將聽筒用力壓在耳邊。鈴聲響了，短促的金屬聲斷斷續續地呼喚著某人。電話那頭究竟是誰呢？鈴聲繼續響著。響了五聲……六聲……沒有人接聽。檢察官等待著。現在是早上九點，也許還在睡覺吧？或者房裡根本沒人？鈴聲持續響著，九聲……十聲……會是空屋嗎？還是停業的工廠？依然沒有人來接電話。十二聲、十三聲。鈴聲持續空響著。檢察官數到第十五聲時掛上電話。可以確定的是這支電話目前仍在使用中。

水戶大助遇害當天，湯川香代必須打三次電話。第一次是打到白夜書房，將水戶約到荷馬。如果當時水戶不在，或是拒絕到荷馬，她就必須延後下手或考慮其他方法。結果水戶一如香代的預期，答應晚上七點前往荷馬。他答應去赴自己的死亡約會。

雖然不知道直到傍晚之前的這段時間香代人在哪裡、如何打發時間，但是為了避免遇到熟人，她肯定是十分小心的。快到五點時，她打電話回家，接聽電話的安川亞紀自然會誤以為是從輕井澤打來的。通話的內容是希望讓她母親服用瀉藥，兩人話一說完，便將電話交給她母親。

「工作還順利嗎？」母親如此詢問女兒。這或許是問計劃進行順利與否的暗語吧？香代在電話裡可能說執行計劃的時間已經迫近了，並指示那通打到輕井澤作為不在場證明的電話必須在六點左右打來吧？第二次的電話就是作案前的計劃內容確認。

到了五點半，女大學生田村文子來訪。她是香代千挑百選的人證。安川亞紀毫無失誤地打電話到平泉山莊一事，經由田村文子的做證將更加真實。兩人均依照被賦予的角色行動。香代的角色分配十分得宜。

檢察官繼續思考著。第三次的電話應該不是香代打的。這第三通電話，她等了將近三十分鐘家裡才打來。這支電話是別人所不知道的，是只有香代才能使用的電話——（七四九）二八五三。

檢察官撥電話到偵查總部找野本刑警，他已經來上班了。

「早安，我是野本……」聽筒傳來粗厚的聲音。

「我是千草，現在有件事想麻煩你。先將我說的電話號碼記下來，好了嗎？七四九—二八五三……」

「記下來了。這個電話怎麼了嗎？」

「嗯。我想知道這是誰的電話，也就是說，我要知道電話所有人的姓名和地址。應該是在世田谷區內吧。可以的話，順便幫我調查這支電話設在什麼位置和使用狀況。」

「發生什麼案子了嗎？」

「詳細情形以後再說。我懷疑湯川香代利用這支電話作為不在場證明。」

「香代的不在場證明？你還在說這件事嗎？那個女人當時在輕井澤，這是不容改變的事實啊！」

「所以我才說詳細情形以後再說。總之麻煩你調查了。」

「既然你要我調查，我當然會去調查。」

「盡快幫我查出來，我在家裡等。」

「知道了。反正也不是什麼困難的事，我很快就會回你電話。」

檢察官掛上電話，仰躺在榻榻米上，閉上眼睛。現在只能等野本刑警的報告，不知是吉還是凶？檢察官疲憊的腦子裡浮現了幾張臉孔，一如電影投影燈似的，片段的影像掠過他的眼底。

——那一晚水戶大助倒臥在路上的身影。全身激烈痛苦地痙攣，緊抓著地面逐漸死去的男人。拚命想說些什麼的嘴巴。

——荷馬咖啡廳老闆那張蒼白、沒有表情的臉。站在他身旁的女服務生塗著濃艷口紅的嘴唇，隆起的胸口附近閃閃發光的金色別針。

——到地檢署的白夜書院總編輯。他帶來幾張照片，那是水戶大助用自己新買的相機在人世間留下最後的照片。其中一張拍到真木英介的正面，這個幾小時之後即將死去的男人臉上浮現靦腆的笑容。籠罩在死亡陰影下他被帶去哪裡了呢？

——另一張照片是大手拓次的詩碑。詩碑上刻著〈陶製烏鴉〉的詩句，隱約記得寫的好像是……大嘴巴、大眼睛、看起來有些小尖小壞的藍色烏鴉。

——烏鴉是個惱人的問題。白色烏鴉、盲眼烏鴉。對了，還有從真木的著作中找出那個字眼的四記書房的吉野奈穗子。她是個美人。由於她所帶來的影本這才讓月村早苗浮出了檯面，也才能連結到湯川香代，讓案情有了很大的進展。如果沒有她，說不定這個案子會在沒有任何線索的情況下便告結束。那個女孩愛上真木了吧……

突然電話響了。正陷入漫無邊際回想的檢察官，彈跳般地站了起來，直往電話衝了過去。

「我是野本。」聽筒傳來刑警的聲音。

「怎麼樣，查到了嗎？」

「找到了，真的找到了。千草先生你怎麼會知道呢？」

「不，我什麼都不知道，所以才要你去查。」

「總之，我太驚訝了。首先關於這支電話，電話簿上登記的是江戶一平。江戶幕府的江戶，數字的一，和平的平，江戶一平。地址是世田谷區櫻三丁目，世田谷華樓三十五號。」

「江戶一平？他是誰？」

「在新世紀座劇團擔任劇本和導演的工作，算是湯川香代的前輩。不過這支電話在今年五月更改了登記人，電信局的用戶登記簿上登記的是森田加代子，這是湯川香代的本名

「嗯。這支電話設在哪裡？」

「世田谷華樓三十五號。」

「你是說電話是登記香代的名字，但是安裝在江戶一平的住處嗎？」

「不，他在今年三月過世，聽說年過七十。世田谷警署的巡警有人對演藝界之間的關係很清楚，他說江戶一平的妻子是名演員草川綾子。於是我立刻跟新世紀社確認江戶太太的地址，她目前住在町田市，我剛剛跟她通過電話，知道了一些事。」

江戶一平於今年三月在醫院過世，死因是胃癌。在他將近一年的住院期間，湯川香代去探望過好幾次。香代的母親也臥病在床，這對照顧丈夫已十分疲憊的草川綾子來說，她的安慰就更顯得真情流露。因為同病相憐的關係，增進了兩人的親密度。儘管兩人年齡有所差距，仍然成了朋友。江戶一平過世後，綾子提議將世田谷華樓三十五號的房子賣給香代。因為她認為香代是當紅的劇作家，也是可以信賴的朋友。我也想要那個房子，香代當時是這麼回答的。

世田谷華樓其實是套房式的公寓，不適合做為住家。衛浴廁所等組裝成套的房間裡，除了床、桌椅之外，就只有放衣服的壁櫥。換句話說，就像是飯店的單人房一樣。居住上雖然不方便，但是做為不欲人知的私人「房間」，倒是具有多種功能的便利性。江戶一平買下這個房間就是為了寫劇本、安排演出事宜等用。這是七、八年前的事了。

「湯川香代從江戶太太那裡買下房子時，」刑警接著說，「說是要當作自己的工作室，所以她連電話一起買下來。根據江戶太太的說法，她是當下付了現金，聽香代自己的說法是預支連續劇的劇本稿費。」

「嗯，我知道了。對了，那個房子離荷馬咖啡廳有多遠？」

「很近，走路不用三十分鐘。」

「畢竟不是飯店，進出的人也不會太多吧。」

「那是當然的，更何況那裡也沒什麼人住，通常是公司用來當作員工出差的宿舍，或政客帶著號稱是秘書小姐的在那裡進出。因為都是小套房，也不會有什麼訪客。根據世田谷警署巡警的說法，雖然那裡也有管理員，但是人幾乎都坐在裡頭。他還笑說根本就像賓館嘛！」

「嗯，所以條件十分符合。」

「條件？」

「嗯，水戶大助被毒死的當天，湯川香代就躲在那裡。她說一早就出門去輕井澤，其實是直接去世田谷華樓。打到白夜書院和她家的電話是從三十五號房打出去的，安川亞紀的電話也是打到那裡的。」

「慢點！」刑警趕緊插話，「安川亞紀是打到輕井澤的。這一點有田村文子這個人證。」

「那是個陷阱。我也是在一個小時前才發現的……」檢察官簡單說明自己剛剛的推理，只不過靈感來自單口相聲的蕎麥麵段子卻省略不提。

檢察官說明之後，電話裡傳來野本刑警低吟的聲音：「怎麼會這樣？我居然一點都沒有發覺。」

「那也沒辦法，我也是碰巧注意到的。野本，」檢察官改變語氣說：「根據你的調查結果，我們倒是得立刻搜索世田谷華樓三十五號。跟大川說一聲，請他申請搜索令。」

「知道了。香代母親森田稻的住處是否也要一起搜索呢？」

「嗯。森田稻有協助殺人的嫌疑。搜索住處和偵訊都不能再延遲了。不過不能拘提，畢竟她是個病人，千萬要小心處理！」

「這個我了解。看來終於可以破案了。」

「真希望能夠早點閉幕啊！」放回聽筒時，檢察官用力舒了一口氣。

4

那天早上安川亞紀站在Heights千歲四〇五室門口是在差五分十點的時候。

自從湯川香代在東名高速公路車禍過世之後，亞紀每天都來這裡上班。這固然是因為森田稻的希望，即使不是，亞紀也打算暫時負起照顧病人的責任。白髮人送黑髮人、因悲傷而臥床不起的老母親，她是不能就這麼放著不管的。亞紀的口頭禪就是：我最討厭沒有人情味的人！

「現在就算薪水減半，我也要去幫她。」早上亞紀還跟長子夫婦倆丟下這句話這才出門的。

她從手提袋拿出鑰匙開門。這是自動上鎖的門，如果沒有鑰匙，就得麻煩病人每次都起床開門。所以從香代過世那天起，鑰匙便交給了亞紀。

「早安。」她邊打招呼邊脫鞋。平常都會聽到「請進」、「辛苦妳了」的招呼聲，今天早晨卻沒有。說不定病人睡著了。她走進狹窄的玄關，走廊盡頭就是森田稻四坪大的臥房。

「早安！」亞紀再一次打招呼並打開房門。

就在這一瞬間亞紀驚覺出事了。森田稻趴在床上，下半身纏著薄被，雙手合十，臉朝左邊靠在手上。穢物從她的嘴角流到手腕一帶，弄髒了白色床單。

亞紀跌跌撞撞地走到床邊，扶著森田稻的身體。「太太……太太……」亞紀像個孩子般地一邊啜泣一邊搖晃森田稻的身體。

公寓管理員報警後，消息傳至世田谷警署。偵查總部的大川警部一行人連同鑑識人員趕到四〇五室時，屍體仍如被發現時一樣地趴著。在她的床邊有一個文件箱之類的小盒子，電話就放在上面。電話接頭插進位於屍體枕後訂做櫃子下方的插座裡。病人如果靠著櫃子坐起，就能隨意拔掉和插好電話接頭，而且不會被人發現。千草檢察官的推測果然沒錯。

屍體的頭部附近有打翻的杯子和瓶子。瓶子裡還殘留著些許白色粉末。

「她是喝了這個吧？」鑑識人員拿起瓶子對大川警部說道。

「毒藥嗎？種類呢？」

「從死者的臉色和穢物來看，我想是氰酸鉀吧。」

「死亡時間呢？」

「她已經死了五、六個小時了，所以死亡時間應該是黎明的五點或六點吧。」

拍完照片後，鑑識人員抱起森田稻的屍體時，在場的人都異口同聲大叫：「喂！」原來從趴著的森田稻胸口下方發現了一個用白布包裹的骨灰罐。任何人一眼就能看出那是香代的遺骨。骨灰罐旁邊有張小小的照片。

「這是香代吧？」大川警部拿起照片詢問站在身旁的野本刑警。

「這個嘛……」

那張有些褪色的照片裡是一個穿著白色毛衣、留西瓜頭的少女正面半身像。

「上面有寫什麼嗎？」

刑警接過警部遞上來的照片翻到背面一看，不禁驚訝地說：「這是早苗！」

「早苗？她那自殺的女兒嗎？」

「沒錯。上面寫著：出發日早上，早苗五歲那年春天……」

「嗯……就是月村早苗嗎？」警部重新端詳照片上的那張臉。所謂的出發日早上，應該是指這個年幼的少女離開母親前往住在大磯阿姨家的那天早上吧。身上的傷疤覆蓋在白色毛衣下，早苗跟媽媽和姊姊道別。對一個五歲的少女來說，這是她即將踏上黑暗人生的旅程！

被姊姊燙傷肌膚的早苗在二十餘年後引火自焚，結束短暫的一生。

照片中的少女面無表情地對著鏡頭，一雙怯怯的眼睛睜得圓圓的。少女是在凝視自己的人生結局嗎？

警部看著照片對野本刑警說：「森田稻是將兩個女兒抱在懷裡過世的。雖然沒有留下遺書是一大遺憾，但是我覺得她這個舉動已經讓真相不可言喻。森田稻拚了命也要守住兩個女兒的秘密，她將所有的秘密帶進了墳墓。我們輸了，野本！我們警方完全輸給了這個母親！」

警部說完後咬著嘴唇，刑警默默地猛點頭。似乎有一種無處宣洩的憤怒在他們的血管中奔騰。

「喂！幫忙把死者抬出去！」警部壓抑著情感大喊。

所有人一起動手將屍體抬出去。

「主任！」年輕刑警上前來說道，「這東西放在那裡的佛龕。」

佛龕就設在房裡靠牆的和服衣櫃上。

「那是一個小型佛龕，裡面有三個牌位，第一排放的是森田稻的丈夫，後面並列的兩個，我想應該是公婆的吧。在公公的牌位後面豎著這張紙。」年輕刑警遞出圖畫紙般的厚紙，厚紙切割成牌位形狀。

「噢，是個紙牌位嘛？」

「上面有一些字。」

警部瞇起眼睛看著用原子筆寫在白紙上的歪歪曲曲文字。紙牌位寫著「水戶大助先生之靈」。上面的字筆劃凌亂、交錯。

想來是她用不方便的右手用力握緊原子筆，拚命抑制顫抖的手指，慢慢地一個字一個字寫出來的吧。

「應該是森田稻寫的吧。」

森田稻大概是為了不讓香代發現，才親手做了這個牌位。殺害真木英介是她們母女倆悲情的願望，報復的情感勝過罪惡感。可是水戶的情況不一樣，那是為了保護香代才殺死了這個跟她們無冤無仇的青年。罪惡感讓森田稻難以承受吧？為了求得水戶在天之靈的原諒，她必須如此偷偷地為他祈求冥福。

森田稻留下的紙牌位彷彿是香代犯罪的自白。

「將這個帶回總部！」警部如此下令，他發現自己的聲音聽起來十分沉重。

如今就算找到有力的證據，也都太遲了。警方為了辦案本想對她逼供，但是她卻死了。司法已經對她們母女倆莫可奈何，有誰能對死者進行審判呢？

5

這是霧氣濃厚的深夜。

傍晚下起了一陣細雨，雨一停便吹起一股怪異的暖風。入夜之後，悶熱的空氣裡開始有白色煙霧流動，眼看整個街頭就籠罩在白霧之中。在這白霧裡只能看到二、三十公尺外的建築物的模糊輪廓，上面的霓虹燈、經過建築物前的車燈都溶化在霧裡，暈成一片。

兩個男人並肩走在夜晚濃霧籠罩的街上的是千草檢察官和野本刑警。兩人參加完偵查總部所舉辦的案件檢討反省會，正走出了世田谷警署的大門。

檢察官是在上午收到森田稻自殺的通知，當時他正忙著偵訊其他案子的關係人。因此沒能看到森田稻的自殺現場，跟總部的聯絡也只好交給山岸事務官來處理。但是到了傍晚一得空時，大川警部來電說：「能不能請你出席會議？說是案件檢討反省會，其實那只是表面上的說法，應該算是對辛苦辦案同仁的慰勞會。能不能撥空參加呢？」

負責本案的檢察官總不能拒絕出席吧。當他驅車前往世田谷警署時，這場霧還沒開始。

「好大的霧啊！」檢察官走出大門時說道。

「這是靄才對。」刑警糾正他。

「霧跟靄有什麼不同？」

「總而言之，下在低地的是霧，在比較高處瀰漫的則是靄。」

「那在中間的是什麼？」

「靄霧吧！」刑警對自己的胡言亂語也感到好笑。

霧越來越濃了。白色氣流變成微粒濕濡了他們的臉頰，這已經不是霧氣而是霧雨了。

「不過，說起來今天的反省會還真不帶勁啊！」刑警說道。

「的確。」檢察官點著頭說。

儘管慰勞會是以反省會為名義而舉辦的，但也準備了酒和小菜。檢察官不知道這種時候的費用是誰出的，他目測了一下，應該每個人有兩盅酒的份吧。可是卻聽不到酒宴上應有的叫喚笑鬧聲，大家只是靜靜地舉杯。努力追查兇手，卻在臨門一腳的時候，無法進行逮捕。這種挫折感讓房間裡的氣氛變得相當沉重。

酒宴中的主要話題還是圍繞著那通電話的詭計。當時一名中年刑警問檢察官：「那兩個電話號碼後面的七個數字一樣，發現這個巧合的應該也是她母親吧？」

「我也是這麼認為。」檢察官回答，「對臥病在床的母親而言，從床上所能看到的東西就是貼在牆上的那些電話號碼吧，大概森田稻已經看了幾十次幾百次那個號碼了。所以應該是做母親的先發現這些重複的號碼吧？但是想到利用插接式電話的，應該還是香代吧。兩人因這個奇妙的發現而鼓掌叫好。心想有一天可以拿來嚇嚇誰！她們母女並非為了犯罪，而是當作一個好玩的遊戲，彼此討論如何設計這個陷阱。結果卻用在真實的殺人計劃裡……」

中年刑警接著又問：「高中生在小諸市發現的那張上面寫著我就像是那隻盲眼烏鴉的碎紙片，檢察官推測那是月村早苗遺書的一部分，為什麼這部分的遺書會掉在真木的上衣裡？是誰撕碎了遺書？我實在是搞不懂……」

這個疑問也同樣困擾著檢察官。

「我也沒看到啊，」檢察官笑著說，「一切都只是我的猜想。就像說書人說得跟親眼看見的一樣，你就這麼想吧。」

檢察官在眾人的注視下，說出自己的猜想。

真木英介遇害當天，也就是九月十五日下午五點十七分。

冒稱日高志乃的湯川香代在小諸車站前的某處，刻意避人耳目地等待特急白山五號列車的抵達。真木英介就是搭乘這班列車，那是兩人約好的。

列車準時抵達。真木出現在收票口，香代走上前打招呼：「教授，讓你久等了。我是日高。」

「妳好，我是真木，今天真是麻煩妳了。」

交談的內容大概就是這樣吧，這點就算沒有親眼目睹也猜得到。這就是說書人的本事！檢察官等大家笑聲停止之後接著往下說。香代應該是自己開車到小諸。這個案子作案時必須用到車子，但是在列車到達之前，她的車子無法在車站前停太久，所以她應該是將車子停放在那裡的停車場或比較不引人注意的地方。她跟真木說要去開車，暫時離開了。

這情景讓從同一班列車下來的水戶大助看到了。他等女人離開後才走到真木後面拍他肩膀說：「教授，好久不見了。在大學時承蒙您的照顧，我是水戶大助。」

「哎呀，是你啊……」和過去教過的學生意外相逢，真木肯定十分驚訝。

「今天是跟湯川老師有約嗎？」水戶大助這麼問，但是真木聽了卻是一頭霧水。

「湯川？誰啊？」

「就是剛剛那位女士，劇作家湯川香代老師啊。」
「才不是呢，那個人是附近的農家主婦，是日高女士。」
「是嗎？我還以為是湯川老師呢！不過我們也只是在宴會上見過一次面……」
水戶大助肯定是半信半疑地結束這段對話。他拿出相機，看著取景器說「教授，拍一張吧」，真木稍微擺了個姿勢。「再來一張」，水戶舉起相機時，湯川香代正好走了過來。為了避開熱鬧的站前地帶，將車子停在其他地方的她前來接真木了。看到她的真木一邊舉起手跟她打信號一邊無視於水戶往女人的方向走去。水戶肯定是一臉茫然地目送著他的背影離去。
這時香代應該沒有跟水戶大助直接打照面才對。但是應該注意到和真木說話的年輕人。她發動車子時問道：「剛剛跟教授說話的是您的朋友嗎？」
「他是我大學教過的學生。很奇怪的傢伙，居然說妳是劇作家湯川香代！」
「哦，那教授怎麼說呢？」
「我當然是說認錯人了。可是他卻驚訝地說曾在宴會上和妳見過面。」
「真是有趣的人，他叫什麼名字？」
「水戶大助，好像是在哪家出版社工作……」
對香代而言，她的心情在這一瞬間轉涼了。之後車子開往哪裡也就沒人知道了。總之，犯案必須等到日落西山、天空轉暗了才能動手。如果她說路上正在施工，必須繞路才行，對當地並不熟悉的真木也只能相信吧。

她將車子避開街燈開往行人稀少的田間小路，直到接近事先想好的地點時，四周已是一片漆黑。香代將車停下來說馬上就到了。因為路況不熟開起車來很累，覺得喉嚨乾渴。她編了這樣的理由拿出事先準備好的果汁或可樂，自己喝了，也請真木喝。真木不好拒絕。他為了拿到田中英光的資料，必須靠眼前的日高志乃幫忙才行。就算再怎麼討厭的飲料，他都不能拒絕她的好意。加在飲料裡的毒藥應該是氰酸鉀吧。同樣的毒藥也用在水戶的毒殺和森田稻的自殺。

看到真木喝下有毒的飲料後，香代這才直呼「真木英介」的名字。

「我不是日高志乃，我是在磯部溫泉自殺的月村早苗的姊姊。這是早苗的遺書，你是如何對待我妹妹的？妹妹所有的怨恨、感嘆和悲傷都寫在這遺書裡。真木英介，我也要讓你像我妹妹一樣痛苦地死去。」

香代將手上的遺書拿到對方面前。這一刻真木的身體一陣劇痛，胸口像燃燒般地發燙，他撲向香代，搶走了遺書，一把撕碎了。他一定想逃離現場，但是身體已經失去自主。在狹窄的車廂裡，香代眼睜睜地看著男人掙扎地死去……

「他的屍體被丟在哪裡？即使說得跟真的一樣的說書人也沒有親眼目睹。只不過在今天的搜索報告中提到香代的相簿裡有很多道祖神註[1]的照片。在世田谷華樓的房間裡，也有好幾本《信濃路道祖神》、《信州石佛之旅》等書籍。相簿裡記載了拍照的地點，幾乎都是以小諸市為中心的佐久一帶。香代大概是走訪石佛時開車在那附近繞過。我想真木的藏屍之處和她拍攝的一些道祖神照片的地點應該有關，可能在那條路線上，或是該路線所形成的區域裡。

另外關於真木的上衣和被切下的小指頭，據說那截小指頭用手帕包著，這是不是香代當初計劃要帶走的呢？不過這也只是我的猜測，她可能是想把真木英介的小指頭埋在妹妹早苗的墳墓裡吧？畢竟過去妹妹傾心於這個男人、委身這個男人。如今將這男人肉體的一部分獻在墳前，應該是最好的祭拜吧？

關於命案現場，她想誤導警方，因而決定將真木的上衣隨便丟棄。這也是她混淆辦案方向的詭計。可是那天晚上，小諸市附近發生火災，穿過市內的國道上又發生兩起車禍。路上到處是警車、救護車和消防車不時發出的警笛聲。這情景嚇到了香代。萬一在這場騷動中，自己也出了車禍……萬一在哪裡被攔下來……車子裡有一截人的指頭和男人的上衣。犯罪之後的極度緊張和異常的恐懼，往往會干擾正常的判斷，做出超越常理的舉動。香代的情形應該也是這樣的吧？她覺得必須將危險的東西丟掉才行。當她將上衣和指頭從奔馳的車窗丟向雜草叢生的暗處時，同時也拋棄了自己最初的計劃……」

霧氣籠罩的黑夜街頭，來往的行人似乎跟平常一樣多。白色的暗夜裡，靠近的黑色人影，行經千草檢察官和野本刑警身旁，又消失在白色的暗夜裡。汽車和行人都以緩慢的速度行進。這時燈光也發揮不了什麼功用，所看到的東西就像是透過被水淋濕的玻璃看出去一樣，模糊且暈散了。

檢察官剛剛在檢討會議上發表了跟自己的推理和猜測毫不相干的意見。他不禁反省自己的說法正確嗎？

沒有兇手的自白、沒有目擊者的證詞，也沒有支持推理的證據，是偵查出錯了嗎？還有其他可行的辦案方法嗎？

「野本，」檢察官對著並肩走在一起的刑警說，「明天是香代的頭七吧？」

「沒錯。」

「我做錯了嗎？」

「嗄？」

「你主張要逮捕湯川香代，可是我阻止了你。我做錯了嗎？」

在霧中，刑警輕輕地搖頭，但是檢察官並沒有看見。

「以前，」野本刑警忽然開口說，「有首歌叫做夜霧，今晚也謝謝你。那首歌唱的就是今天這種夜晚吧？」

「什麼，你居然是在想這種事？」

「因為也沒什麼其他好想的嘛。走在這種霧裡，感覺就像要走進幻想的國度一樣。」

他的感想讓檢察官莞爾一笑。夜霧竟然讓刑警變成詩人了嗎？

身材較高的檢察官和體型肥胖的刑警走在濡濕的路上，消失在白色的暗夜裡。

註[1]設立在路旁保佑路人與旅人的神像。

解說

千街晶之

對於土屋隆夫的小說，感覺就像是在兩種印象中搖擺不定的鐘擺一樣。

其中一種印象，當然就是「對本格的堅持」。一如鮎川哲也。和土屋一樣，甚至比他更執著於本格的大有人在；但除了以實際作品問市之外，並以理論示人的作家之中，恐怕土屋算是本格極右派吧。

土屋曾說「偵探小說是一種除法的文學」。探討土屋隆夫的推理小說觀時，這應該是必然會被提及的一句話吧。嚴格說來，這句話是其第一部長篇小說《天狗面具》（一九五八年）書中人物的台詞，但被視為是作者土屋隆夫的意見並不為過。土屋經常表明的本格推理小說觀，恐怕比現存的作家都要來得嚴謹。「為了解決一個事件而導出的推理，必須是獨一無二的。（中間省略）如果讓讀者認為還有其他更合理、更適當的推理，那麼作品的價值將會減半吧。不可動搖的推理，就是其間不容有任何其他的臆測與想像的唯一絕對的推理。當作品中的偵探角色說出真相時，讀者完全沉醉於該理論的嚴謹」（摘錄自《推理小說原則》）。他說得如此斬釘截鐵、清晰明白，不禁令人聯想到「秋霜烈日」的意象。

另外一個印象是，土屋絕對不是以切割拼圖的方式來解謎的作家。基於「推理小說也是文學」的堅定信念，他致力於賦予每個角色細微的人性化的一面。他小說中的人物，沒有一個是偏執、變態，而是像活在這塊土地上的現實世界的人一樣。

抱持這種理念的土屋，其作品經常會被形容是「文學性的」。的確，儘管土屋的作品都是推理小說，但他個人身為一名讀者則具有純文學的品好。這種讀書經驗的累積，讓他的作品更具深度，應是不爭的事實。然而就只是這樣嗎？沒有破綻的本格取向和細膩刻劃出場人物的寫作態度之間，是否存有一種勞不可破的緊密關係呢？

在思索這個問題時，給了我提示的作品正是《盲目的烏鴉》。

《盲目的烏鴉》是土屋隆夫一九八〇年九月特地為光文社河童小說系列而寫、發行的第八部長篇作品，而第七部長篇《獻給妻子的犯罪》是一九七二年出版，所以這是已經睽違八年的長篇之作。

昭和二十四年在大師太宰治墳前自殺的無賴派作家田中英光全集即將由大型出版社發行，私立大學副教授也是文藝評論家的水城守人負責執筆解說。當雜誌上發表他正在著手蒐集英光的資料時，很快便有一名住在長野縣、自稱日高泰子的人來信，希望他能跟自己的公公見面，因為她公公對英光很熟。十分高興的水城依約來到了長野縣，然而等待他的卻是一個陷阱。

寫到這裡，已經讀完《盲目的烏鴉》的讀者大概會抗議：「怎麼人名全都不一樣了。評論家的名字才不是水城守人，而是真木英介；寄信給他的人也不是日高泰子，而是日高志乃。」其實土屋迷的讀者應該早就發現了，前面所提的梗概並非是《盲目的烏鴉》，而是摘錄自一九七二年發表的短篇〈泥塑文學碑〉開頭的部分，換句話說，《盲目的烏鴉》是以〈泥塑文學碑〉為原型而改寫的長篇。

但是在這裡必須聲明的是，《盲目的烏鴉》並非只是短篇的延伸而已。〈泥塑文學碑〉的主要出場人物只有水城守人和自稱日高泰子的女子，一共兩位（作為配角的警察、編輯等僅只在最必要的情況下出現），篇中的犯罪手法也比較單純。相較之下，在《盲目的烏鴉》裡，真木英介收到自稱日高志乃的人來信、前往長野而下落不明，只是故事的序幕而已；在真木失蹤之後，一名從東京世田谷的一家咖啡廳衝出來、名叫水戶大助的男人留下一句「白色烏鴉」便毒發身亡，這一幕就在恰巧經過的千草泰輔檢察官和部屬山岸事務官的眼前發生。幾個星期之後，在千曲川發現了真木的一截指頭和寫有「我就像是那隻盲眼烏鴉」的紙片。兩個毫無關聯的事件都留下了共通的關鍵字「烏鴉」，烏鴉就此成為線索，於是千草檢察官等人展開了偵查……以上的梗概看起來一目了然，其實《盲目的烏鴉》的情節很複雜。猶如土屋的長篇經常有的情形，本書的故事發展到一半時出現了可能是兇手的人物，敘述的重點轉為其不在場證明的破解，但不時又會出現涉嫌的人已經死了，或是那個人是否真的已經死了等懷疑，這些在故事結束之前始終是錯綜迷離的。

在《盲目的烏鴉》書中，不僅遇害的人數較多，死前留下的訊息、不在場證明的破解等都是〈泥塑文學碑〉中所沒有的。千草檢察官所帶領的偵查人員和因為愛慕真木而自行追查失蹤真相的編輯吉野奈穗子等人，也都是改成長篇後所增加的角色。評論家所面臨的命運在長篇與短篇之中截然不同。

故事的開頭依然承接評論家受邀為田中英光全集寫解說的設計，但是《盲目的烏鴉》除了真有其人的文人之外，更將重點放在另一位異端詩人大手拓次的身上，而書名也是來自大手的詩。不單是小說主題的文學家增加為兩位，就連被毒死的水戶也是希望成為劇作家的文藝青年，另外跟故事關係不大的奈穗子上司也經常吟詠齋藤茂吉的詩句。這種隨處可見的「文學趣味」，在一向喜歡以真有其人的文學家為題材的土屋作品中，《盲目的烏鴉》應該是最明顯的一部，甚至有點過頭了。然而這應該只是一種欺上瞞下的手法吧？我想透過比較兩個作品中對田中英光的處理，來凸顯這種「文學趣味」在《盲目的烏鴉》中所發揮的作用。

相對於〈泥塑文學碑〉裡的水城守人並沒有特別著墨於田中英光，而在《盲目的烏鴉》裡，真木英介小時候目擊了田中英光的自殺，相關的記憶還成為他捲入事件的遠因，作者以更宿命的關係來描寫主角（其記憶跟性愛有關，則是土屋作品的另一個特色）。在〈泥塑文學碑〉中，英光是用來吸引水城的最佳誘餌，但那只不過是個巧合，而在《盲目的烏鴉》裡，讓真木上勾的甜美誘餌則必須是他所難以忘懷的英光不可。

在《盲目的烏鴉》裡，藉由對田中英光的處理，成功地描寫出真木英介這個男人的許多面向。關於真木過去的行徑，的確有令人非議之處，但是無法從童年時所刻劃下的強烈記憶中跳脫，反而落入陷阱的他，不禁引人為他悲傷也是事實（〈泥塑文學碑〉則是以更奔放的筆觸來描寫水城）。讓吉野奈穗子這個愛慕真木的女性出場，也可說是基於不讓他成為一味惹人厭的角色的考量吧！此外，就像真木躲不掉英光的詛咒一樣，大手拓次的親筆簽名也扭轉了另一個人的命運。如果沒有這紙簽名的話，因其成為遠因的事件或許就不會發生了。在這個意義下，田中英光和大手拓次可說是攪亂這些事件當事人命運的第一顆棋子，然而他們的文學作品根本無視於後世人們的愛恨情仇，依然在加害人、被害人、辦案人員所無法觸及的領域裡靜靜地繼續存在。就像象徵無常的宿命一樣。

加害人在犯罪之前也曾有自己的人生規劃，被害人在遇害之前亦然。只是雙方都被無法抗拒的宿命（不管其是否有自覺）所左右……。我認為《盲目的烏鴉》所瀰漫的哀愁感，正是源於這種認命的觀念。

並非僅止於本書，土屋隆夫大部分的小說，其犯罪的遠因通常就像顆定時炸彈隱藏在關係人的人生某處（以復仇為動機的作品也都是如此）。其最新作品《聖惡女》，故事的前半段幾乎沒有懸疑的要素，而是敘述一個擁有副乳，也就是有三個乳房的女主角不幸的一生，可說是風格完全不同以往的作品。暫且不論其是否成功，我們不妨認為這是將過去土屋作品中的「不側重事件的描寫，而是透過出場人物對人生的敘述，讓犯罪的經過更加立體化」的意圖，做了更徹底的嘗試。

作品中兇手的犯罪手法是不容有絲毫的破綻，然而越是計畫性的犯罪（不同於衝動型的犯罪），加害人與被害人的過往就必然存在著某些伏筆（有點類似阿嘉莎・克莉絲蒂在《零時》（編按：中文版或譯為「本末倒置」）中的想法）。因此不能將描寫其性格或人生的部分省略，反而要盡可能地具體闡述……。如果說這就是土屋隆夫描繪犯罪構圖的方法論，那麼他對理論性的斯多葛派的態度以及其文學上的素養便可說是一種相得益彰的作用吧。在這個意義下，其實土屋作品中的「文學性」不過是另一種將犯罪的表象到深層曝曬在眾人面前的語言罷了。

本文作者簡介——千街晶之

一九七〇生於北海道。立教大學文學院畢業。隸屬於立教推理俱樂部。一九九五年以《永不停止的傳話遊戲——歌德式推理小說的族譜》榮獲第二屆創元推理評論獎。於《朝日新聞》、《週刊朝日》、《週刊文春》等報章雜誌發表書評與執筆專欄，乃當今十分活躍且備受矚目的推理評論家。著有《新浪潮推理讀本》（合著、原書房）、《水面的星座、水底的寶石》等。時時受邀為文庫本小說寫解說。

國家圖書館出版品預行編目資料

盲目的烏鴉／土屋隆夫著；張秋明譯. -- 初版.
-- 臺北市：商周出版：家庭傳媒城邦分公司發行，民94
面；　公分. --（土屋隆夫推理小說作品集；8）
譯自：盲目の鴉
ISBN 986-124-512-X（平裝）
861.57　　94019615

土屋隆夫 TSUCHIYA TAKAO 推理小說作品集 08

盲目的烏鴉

原著書名／盲目の鴉
原出版者／光文社
作者／土屋隆夫
翻譯／張秋明
總編輯／陳蕙慧
責任編輯／簡敏麗
發行人／何飛鵬
法律顧問／中天國際法律事務所　周奇杉律師
出版／商周出版
城邦文化事業股份有限公司
台北市中山區民生東路二段141號9樓
電話／(02) 2500-7008　傳真／(02) 2500-7759
E-mail／bwp.service@cite.com.tw
發行／英屬蓋曼群島商家庭傳媒股份有限公司城邦分公司
台北市中山區民生東路二段141號2樓
讀者服務專線／0800-020-299
24小時傳真服務／02-2517-0999
讀者服務信箱E-mail／cs@cite.com.tw
劃撥帳號／19833503　英屬蓋曼群島商家庭傳媒股份有限公司城邦分公司
香港發行所／城邦（香港）出版集團有限公司
香港灣仔軒尼詩道235號3樓
電話／(852) 25086231　傳真／(852) 25789337
馬新發行所／城邦（馬新）出版集團
Cite (M) Sdn. Bhd. (458372 U)
11, Jalan 30D/146, Desa Tasik, Sungai Besi,
57000 Kuala Lumpur, Malaysia
電話／603-9056 3833　傳真／603-9056 2833
E-mail／citekl@cite.com.tw
封面設計／聶永真
印刷／中原造像股份有限公司
排版／浩瀚電腦排版股份有限公司
總經銷／農學社
電話／(02) 29178022　傳真／(02) 29156275
□2005年（民94）10月初版
售價／320元　Printed in Taiwan